Das Buch

Theo Altena lebt mit seiner Frau Sylvia in einer Provinz in Nordholland. Sylvia arbeitet als juristische Beraterin beim städtischen Wohnungsamt, Theo ist Lehrer. Zusammen führen sie ein geordnetes Leben, und ihre Ehe ist sehr harmonisch. Da begegnet Theo der Surinamerin Iris Pompier. Iris ist die neue Sportlehrerin an seiner Schule. Theo ist sofort fasziniert von ihrem exotischen Temperament, und die beiden beginnen ein leidenschaftliches Verhältnis. Ihre unterschiedliche Hautfarbe überschattet jedoch die lustvollen Treffen, und Theo sieht sich plötzlich schonungslos konfrontiert mit dem alltäglichen Rassismus. Ihre Affäre bleibt nicht unentdeckt: Theo droht das Ende seiner bürgerlichen Existenz, er muß sich entscheiden zwischen seinem gewohnten Leben und der erotischsten Frau, der er jemals begegnet ist...

»Joost Zwagerman ist es gelungen, eine beiläufige Affäre zum Beispiel einer verlogenen Political Correctness zu stilisieren.«

Osnabrücker Zeitung

Der Autor

Joost Zwagerman ist im Jahre 1963 geboren und studierte an der Universität Amsterdam Germanistik und Literaturwissenschaft. Mit 23 Jahren veröffentlichte er seinen Debütroman *De Hooudegreep.* Seinen Ruf als vielversprechendes literarisches Talent verdankte er aber schon vorher der Herausgabe von »De Held«, einer rebellischen Literaturzeitschrift. In den Niederlanden sind seine auch von der Kritik begeistert aufgenommenen Romane große Erfolge. Auf deutsch erschien 1995 sein Roman *Falsches Licht.*

Joost Zwagerman
Die Nebenfrau

Roman

Aus dem Niederländischen
von Rolf Erdorf

DIANA VERLAG
München Zürich

Diana Taschenbuch Nr. 62/0214

Die Originalausgabe
»De buitenvrouw«
erschien 1994 bei Uitgeverij De Arbeiderspers

2. Auflage

Taschenbucherstausgabe 10/2001

Der Diana Verlag ist ein Unternehmen der
Heyne Verlagsgruppe München
Printed in Germany 2001

Umschlagillustration: Stefan Noll/
Daniela Wagner Photographers
Umschlaggestaltung: Hauptmann und Kampa
Werbeagentur, CH-Zug
Satz: Schaber Satz- und Datentechnik, Wels
Druck und Bindung: Elsnerdruck, Berlin
Gedruckt auf chlor- und säurefreiem Papier

ISBN: 3-453-18973-6

http://www.heyne.de

bui'tenvrouw (de, -en), [Außenfrau]; Nebenfrau; neben rechtmäßiger Ehegattin oder beständiger Konkubine ein Partner, der andernorts wohnt. »Jeden Abend nimmt er sein Auto, um in den Armen seiner buitenvrouw am Verlengde Gemelandseweg zur Ruhe zu kommen« (Vianen 1971:40)
Etym.: Siehe buiten-* (b) und vrouw* – Syn. buiten* (B, 2), buitje*.

Aus: »Woordenboek van het Surinaams-Nederlands« – J. VAN DONSELAAR

Eins

Schüler der Abschlußklassen hielten Theo Altena für das geringste Übel, an das man in Niederländisch geraten konnte, und das war schon als Kompliment aufzufassen. Es bedeutete, daß die Schüler es mit einem aushielten. Auf Schulfeten erlebte er bisweilen, daß einer übermütig auf ihn zusteuerte und die Bemerkung fallenließ, er sei »okay«. Theo war immerhin der einzige Lehrer, der sich an solchen Abenden auf die Tanzfläche wagte, den genierten Blicken seiner anwesenden Kollegen dabei unangenehm ausgesetzt. Das Westfriesische Kolleg hatte kein Talent für Parties und Klassenfeiern. Die Versuche, die Kantine für solche Abende zur Diskothek umzumodeln, führten jedesmal zu dürftigen Ergebnissen. Die gemietete Festbeleuchtung glich noch am ehesten einer Ansammlung von Gartenlichterketten, eilends mit farbigen Glühbirnen versehen; ein amateurhafter Diskjockey legte ständig die falschen Scheiben auf, und für jeden Schüler gab es drei Getränkebons für Limo oder Bier – nicht genug, um sich zu betrinken oder auch nur so zu tun als ob. Zu kräftig geschminkte Mädchen rauchten blasiert ihre Filterzigaretten und hockten grüppchenweise um die langen, rechteckigen Tische, an denen tagsüber noch Kaffee und Puddingteilchen verzehrt worden waren. Die Jungs schlenderten scheinbar gleichgültig an den Tischen entlang, doch ihre T-Shirts und Hemden zeigten um die Achselhöhlen Schweißflecken groß wie Frisbee-Scheiben, und aus ihren Augen sprühte hitzige Erwartung, wenn sie unversehens einem Mädchenblick begegneten. Nicht nur auf derartigen Feiern, sondern auch im Unterricht fragte Theo sich wiederholt, ob es wirklich ein Verdienst war, bei solchen Schülern beliebt zu sein. Wahrscheinlich fanden sie jeden »okay«, der in ihren Augen ein nachsichtiges, leicht hinters Licht zu führendes Weichei war. Er beließ es bei solchen Gedanken; schließlich mußte er noch eine Weile durchhalten.

In den unteren Klassen war er weniger populär, das wußte er erst seit kurzem. Iris hatte es ihm erzählt, an einem der Dienstagnachmittage, als er auf der dreisitzigen Couch bei ihr zu Hause mit ihr vögelte und heimlich hoffte, daß sie es dort nie mit ihrem Mann getrieben hatte. Iris gab Sport, für die Kinder das Fach, wo man vor und nach der Stunde in den Umkleideräumen am allerbesten den neuesten Klatsch durchnehmen konnte. Widerstrebend und nur auf sein nachdrückliches Bitten hin hatte Iris ihm erzählt, was sie alles über ihn aufgeschnappt hatte. Zu seinem Erstaunen war wenig Schmeichelhaftes darunter gewesen. Sie hatte gehört, wie die Mädchen aus der Orientierungsstufe nach der Stunde unter der Dusche über ihn tratschten und herzogen, laut und schrill, ihre Stimmen vervielfacht von den Wänden des Duschraums. Iris wußte auch, daß die Mädels aus der Mittelstufe ihn »die Nase« nannten, was ihn allerdings kaum wunderte. So hatte er schon geheißen, als er nicht älter war als diejenigen, die ihn jetzt anscheinend so widerlich fanden. Theo hörte die Erstkläßler schon lautstark verkünden: »Gleich Niederländisch bei der Nase; Scheiße.«

Sie hatten am Dienstagnachmittag zwei gemeinsame Freistunden. Wenn Iris dann zu sich nach Hause fuhr und er ihr in seinem Toyota folgte, hoffte Theo immer auf Unwetter und Finsternis. Es gab Tage, da war die Luft so dunkel wie Brackwasser, und wenn es regnete und sie ihre Lichter einschalten mußte, machte das ihre Flucht aus der Schule noch eine Spur illegaler, und er konzentrierte sich auf die schaukelnden Rücklichter ihres Volvos, die wegen des Regens ständig ihre Form veränderten, zwei orangefarbene Spots in der kleinen Wasserorgel auf seiner Frontscheibe. Die Vorstellung, daß sie ihn durch halb Hoorn geleitete und er ihren Rücklichtern unterwürfig folgte, die Hände mit dem gleichen sanften Griff ums Steuer gelegt, mit dem er liebkosend ihre Hände fassen würde, wenn sie die Arme vor ihren Brüsten verschränkte ... Er, die Nase, brauchte nicht viel. Die wöchentliche Fahrt durch Innenstadt und Randbezirk hätte ihm schon genügt. Das verbotene Liebesspiel war Zugabe, Nachspiel.

Jetzt, drei Wochen nachdem sie ihn über sein wenig erfreuliches Image bei den jüngsten Schülern aufgeklärt hatte, war Iris bis auf ein T-Shirt nackt, und Theo lag mit zerknautschten Klamotten wie eine Playboy-Witzfigur neben ihr auf der Dreisitzercouch. Es war April, die Glasschiebetür zum Garten hin stand offen. Sonnenlicht fiel mit pornographischer Schärfe auf ihre Körper. Bei den Fußleisten hoben sich Staubflocken von den weißen Steinfliesen ab. Eine Fliege hatte sich ins Haus verirrt. Hinten im Garten entdeckte Theo Nadelgehölze, die ihm zuvor nicht aufgefallen waren. Mußte Sidney wohl am Wochenende gekauft und eingepflanzt haben. Theo war kein skrupelloser Liebhaber. Dies hier war nicht sein Haus und würde es auch nie werden. Nie wäre ihm in den Sinn gekommen, Sidney Pompier sein Eheglück zu mißgönnen, besonders weil Iris seine Ehe mit Sylvia immer respektiert hatte. Theo lief geradezu über vor Respekt, womöglich aus Schuld-, sicher aber aus Schamgefühl. Nicht eine Forderung stellte er an sie und hoffte insgeheim, seine demütige Gelassenheit würde die Schuld des Fremdgehens verkleinern.

Freigesprochen durch dumme, fragwürdige Entschuldigungen, gestattete Theo sich, was ihm an den Dienstagnachmittagen mit Iris das Liebste war: den Genuß, sie zu betrachten. Soeben hatte sie mit dem Fuß ihren Pulli und ihren Rock vom Boden gefischt. Das hatte er sie vielleicht schon dreißig- oder vierzigmal tun sehen, aber auch jetzt kam es ihm wieder vor, als würde alles, was sie tat, ihm zum ersten Mal dargeboten. Sie nackt sehen zu dürfen erschütterte ihn in gewisser Weise noch immer. Am meisten bestaunte er ihre Farbe. Haut, Haar, Augen: alles an Iris war schwarz. Nur ihre Fußsohlen und Handflächen schimmerten hell wie Kiefernholz und waren doch weicher als Löschpapier. Und ihre Nägel bildeten, rosa und weiß, einen so starken Kontrast, daß Theo sich manchmal einbildete, sie seien nur locker aufgeklebt und er könne sie alle zehn jederzeit von ihren Fingerspitzen schieben. Nie zuvor war er sich so häßlich vorgekommen wie bei ihr. Mit Sylvia schaute er sich jeden Montagabend eine amerikanische Fernsehserie über reiche Juristen in Los Angeles an, und als in einer der Folgen eine schwarze Anwältin mit einem weißen Staatsanwalt im Bett landete und ihm zuflüsterte: »You're very sexy for a white man«, wich Theo das Blut aus dem Gesicht. Sylvia hatte genau in diesem Augenblick die Fernbedienung vom Tisch genommen und die Lautstärke geregelt, was ihn schon fast panisch alles mögliche hatte vermuten lassen. Ach, die heimlichen Freistunden am Dienstag! Sanft umklammerte Iris mit ihrer schwarzen Hand seinen weißen Nacken. Sie brauchte nur einen kosenden Finger nach ihm auszustrecken, und seine Haut war, was sie war: bleich und weich wie die eines plastikverschweißten Tiefkühlhuhns. Eine Balz zwischen Paradiesvogel und mausgrauem Spatzen. Alles wurde nur noch schlimmer, wenn er daran dachte, daß seine Anbetung ihrer Hautfarbe wie eine ins Gegenteil verkehrte Diskriminierung war, die allerdings bei näherem Hinsehen nichts mehr in ihr Gegenteil Verkehrtes hatte.

Iris hatte ihre Kleidung aufgelesen und zog sich noch im Liegen an. Mit angewinkelten Beinen, wobei ihre Knie fast ihr Kinn berührten, streifte sie den Slip bis zu den Schenkeln hoch, stellte dann beide Füße auf den Boden, preßte die Schultern gegen die Rückenlehne und drückte ihr Becken hoch, um schließlich den Slip über beide Pobacken zu ziehen. Danach waren Pulli, Rock und Nylonstrümpfe an der Reihe. Sorgfältig beobachtete Theo ihre Bewegungen und entdeckte Strophen und Refrain in ihrem hastigen Ankleiden. Nichts von alledem durfte ihm entgehen, wußte er doch, daß sogar das Ankleiden ihm noch am selben Tag ganz unwirklich und ungereimt vorkommen würde. Eine Stunde später, und schon rannten wieder sechzehnjährige Gören mit langen, staksigen Beinen zum Rhythmus ihrer klatschenden Hände durch die Turnhalle, sie ließ einen Barren in die Halle schleppen oder die lange Matte ausrollen, und er, er verteilte Fotokopien, auf denen der Unterschied zwischen Rhythmus und Metrum, Jambus und Trochäus erklärt wurde, oder diktierte die Fragen einer Klassenarbeit, bei der wahrscheinlich die Hälfte der Schüler wieder mit einer Fünf abschneiden würde. Niederländisch bei der Nase, Scheiße.

»Und, sind sie diese Woche wieder tüchtig über mich hergezogen?«

Seit sie ihn aufgeklärt hatte, stellte er Iris wöchentlich diese Frage. Seine Beunruhigung über seinen Ruf bei den Schülern hatte sie im Lauf der Wochen allmählich gelangweilt. Auch diesmal gefiel ihr die Frage nicht; er sah es an ihrem kurzen, pflichtschuldigen Lächeln. In einer Frauenzeitschrift der Sorte, die Fotomodelle zu Protagonistinnen weiblicher Freiheit und Unabhängigkeit erhoben, obwohl deren kosmetische Perfektion unbeabsichtigt auch etwas Unheilverkündendes heraufbeschwor, hatte Theo einmal gelesen, verletzter Stolz würde einen

Mann nicht unbedingt anziehender machen. Also aufgepaßt. Iris zupfte mit Daumen und Zeigefinger an einer Ecke des Badetuchs, das sie zuvor über die Couch gebreitet hatte, um den Bezug zu schonen. Als sie nicht antwortete, sagte er in einem Ton, als habe er sich zu entschuldigen: »Mit der Oberstufe habe ich überhaupt keine Probleme. Das läuft wie geschmiert.«

Iris legte ihre Hand auf seine Wange. Das ärgerte ihn. Er fand die Geste mütterlich und bevormundend.

»Wer hat gesagt, du hättest Probleme?« sagte sie.

»Du! Die unteren Klassen finden mich widerlich.«

Iris seufzte.

»Theo, ein paar Mädels haben dir einen Spitznamen gegeben und tratschen über dich. Was regst du dich auf?«

»Hast du eigentlich einen Spitznamen?«

Das war nicht nett. Er wußte die Antwort, während sie lediglich ihre Vermutungen haben konnte. Iris zog ein Du-kannst-mich-mal-Gesicht und erwiderte nichts. Sie hatte viele, viele Spitznamen, aber sie kannte wahrscheinlich nicht einen. Aus Feingefühl hatte Theo ihr nie davon erzählt. Sie bezogen sich allesamt auf ihre Hautfarbe. »Blackie« oder »Nellie« – nach der Sprinterin – waren noch die unschuldigsten. Jedesmal wenn sich ein an Rassismus anklingender Vorfall in einem x-beliebigen Stadtviertel zu einem landesweiten Skandal ausgewachsen hatte, zeigte sich im Fernsehen mit Sicherheit eine progressive Politikerin – immer eine Frau – und verkündete mit heiliger Entrüstung, wir Niederländer sollten uns doch ein Beispiel an »unseren Kindern« nehmen: denen sei jedwede Diskriminierung fremd. So eine Tussi müßte mal in der Schule auftauchen und hören, was manche Schüler in der Pause so von sich gaben.

Aus Scham über seine hinterhältige Frage rieb Theo seine vermaledeite Nase kosend an ihrem Hals. Iris' Haar kitzelte ihn an der Stirn. Sie stieß ihn mit sanftem Druck von sich, stand auf und sagte: »Kalt hier. Ich schiebe die Glastür besser zu.«

Theo blieb liegen, wo er lag, die Beine seltsam geknickt, wie ein Skifahrer nach dem Sturz. Draußen wogten die Nadelgehölze im Wind. In einem angrenzenden Haus fing ein Kind an zu weinen. Direkt an seinem Ohr ertönte ein scharfes Gesumm, eine Fliege zog Bahnen vor seinem Gesicht, und Theo wedelte mit der Hand wie einer, der sich Kühle zufächelt. Er schloß die Augen, und unwillkürlich verzog sich sein Mund zu einem behaglichen Lächeln. Iris stellte ihm die Frage der Verliebten und Verehelichten.

»Woran denkst du?«

Später am Nachmittag erzählte Iris ihm, daß ihr Interesse für ihn erwacht sei, nachdem sie die Mädchen einer Abschlußklasse im Umkleidraum zum ersten Mal über ihn habe reden hören. Sie standen bei der Garageneinfahrt, Iris' Stimme ging in die Höhe, als sie ihre Schülerinnen imitierte. Theo lächelte und sah weg. Heimlich beobachtete er sein Profil im Seitenfenster des Volvos. Er hatte eine große Nase. Er hatte eine kolossale Nase. Eine knorriges Gebilde, der flache Nasenrücken wuchs sich zur Oberlippe hin zu einer mächtig gewölbten Hochebene aus, breit, knollenförmig und mit kleinen Dellen auf den Nasenflügeln; weder geeignet, damit Autorität auszustrahlen, dafür mangelte es dem Nasenrücken an »Willenskraft«, noch, im Scherz hineinzubeißen; dazu war sie dann doch zu fleischig und furchterregend. Trotzdem hatte Sylvia es vor acht Jahren einmal getan und – autsch! – kosend in seinen Riechkolben gehappt. Ihre Zähne in seinen schwellenden Nasenflügeln, sie zwanzig damals und er sechsundzwanzig, eine Legion unbändiger Stechmücken umschwirrte ihr gammeliges Zelt, in dem es warm, stickig und dunkel war, während ihre sandigen Füße gegen die halb zugezogenen Reißverschlüsse ihrer Schlafsäcke scheuerten und schwarze Streifen auf den säuerlich riechenden Luftmatratzen hinterließen, auf denen sie den Dreh nicht fanden, sondern sich die ganze Zeit bloß ungeschickt und verlegen befummelten. Dieser Biß, damals, dort. Auf dem Campingplatz das Gelächter und Gebrüll britischer Halbstarker mit algengrünen Tätowierungen auf Rücken und Armen, Geklirr von kreisenden Bierflaschen, und als Theo in dieser Nacht viel zu beherzt in ihre Brüste kniff, fuhr Sylvia hoch, die Mücken schwirrten, die Briten lallten, im Zelt fiel eine Niveaflasche um, Schutzfaktor 8, die Sonnenmilch rann eigentümlich obszön über Theos Sandalen und den Stadtplan von Nizza. Sie biß ihn, lachte. Sagte: »Tat das weh? Bei mir auch.« Und bedeckte ihre Brüste mit einem zerrissenen Handtuch mit Blumenmotiv. Sylvia liebte ihn, er rieche nach Asphalt, sagte sie, wenn sie in seinem Nacken schnüffelte, und hatte ihm immer wieder versichern müssen, daß nichts so gut rieche wie dampfender Asphalt, über den soeben die Walze gefahren sei.

Sie heirateten im Jahr darauf, acht Monate nach dem Urlaub mit dem Biß. Seine Familie war hellauf begeistert, ihre eher bestürzt bis verstimmt. Gegen ihre Wahl sei nichts einzuwenden; aber sie sei noch so jung, und obendrein kannten sie sich kaum ein Jahr, weshalb denn alles so übers Knie brechen? Doch Theo und Sylvia waren nicht von ihrem Entschluß abzubringen. Sylvia hatte bei der Alkmaarsche Druckerij ein im Rokokostil gehaltenes Faltblatt ausgesucht, um es der Welt mitzuteilen. Es erinnerte eher an eine Geburts- als an eine Heiratsanzeige. Zwei Cherubim, rechts und links, hielten ein Band, auf dem in Poesiealbenschrift stand: Sylvia Houtman und Theo Altena wollen heiraten. Sie sind herzlich, undsoweiter. Später erfuhr Theo von seinem Vater, seine Mutter habe sofort nach Öffnen des Umschlags die Karte naßgeweint. Dicke, runde Tropfen seien auf die beiden zartrosa Kugelbäuche der achsosüßen Englein gefallen. Dies war Mama Altenas höchstpersönlicher Hochzeitssegen gewesen, eine Besprengung von Theos papierenem Cherubimbäuchlein mit matriarchalischem Weihwasser. Auf der Hochzeit hatte Sylvia noch protestiert, als ihre Mutter, schon angeheitert, Theo verschwörerisch beiseite nahm. Sie hatte einen Arm um seine Schultern gelegt, und Theo war bis dahin nicht bewußt gewesen, daß Mütter solch weiche Arme haben konnten. Vergiß, was die Mutter deiner Liebsten dir auf der Hochzeit zu sagen hat, vergiß es … Aus der Distanz sah Sylvia stirnrunzelnd zu, wie Theo düstere Dinge eingeflüstert wurden. Wahrscheinlich waren es praktische Ratschläge, weise Lektionen, Theo verstand kein Wort von dem, was gesagt wurde, als diese Person plötzlich tiefernst und großäugig wurde und ihr Geflüster in dußliges Geplapper überging. Schon schob Ma Houtman energisch ihr Kinn vor, zur Einleitung einer ganz gewiß beschwörenden Warnung. Aber der Alkohol hatte sie schlaff und schludrig gemacht, und mit dem Heben ihres mit winzigen Härchen bepflanzten Kinns ging auch eine ruckhafte Bewegung ihres Nackens nach hinten einher, was die Ma Houtmansche Kopfdrehung keinesfalls willensstärker machte, sondern eher den Eindruck eines plötzlich auftretenden Ticks erweckte. Nichtsdestotrotz erhob sie ihre Stimme, und in einem Ton, als käme ihr soeben erst diese Einsicht, sagte Ma Houtman: »Du weißt, wie ich darüber denke, mein Junge. Sylvia ist zu jung zum Heiraten. Aber täusch dich nicht, das Kind hat ein eigensinniges Köpfchen.« War das alles? »Ein eigensinniges Köpfchen«, wurde das nicht durchweg auch fröhlichen Vorschulkindern und lästigen Senioren zugeschrieben? Vergiß es, vergiß es!

Über die Hochzeitsfeier sonst natürlich nur Gutes.

Theo hatte mit beiden Müttern fleißig getanzt, die gemietete Band hatte alte Schlager der Stones und der Beatles gespielt und ein nebulöser Großneffe von Sylvia eine dicke, weißgelbe Woge über den guten Anzug seines Vaters gekotzt – alles Erwartete pflegte einzutreten, das war tröstlich und entsetzlich zugleich. Sein Vater, Konfetti auf dem Revers, Krümel von Erbrochenem auf der Hose, hatte sogleich den taufrischen Segen aus ihrer Ehe geflucht. Ein alter Schulfreund Theos hatte noch ein Kondom über den Auspuff ihres Fiats gestreift. Paff! »Frisch verheiratet«: Theo und Sylvia verbrachten in den Herbstferien eine Woche auf der Nordseeinsel Terschelling; für eine Hochzeitsreise in fernere Gefilde war kein Geld da.

Es dauerte ein halbes Jahr, bis Sylvia ihre Scham überwunden hatte und vor ihm auf Händen und Füßen kauern mochte, während er auf Knien hinter ihr hockte und seinen Steifen in sie schob. Es entzückte ihn, daß sie nicht wußte, daß das »die Hundestellung« hieß, und vorsichtshalber klärte Theo sie nicht darüber auf. Als er zum ersten Mal in dieser Stellung zum Orgasmus kam, fiel er vornüber, seine Brust landete mit einem leisen Klatscher auf ihrem Rücken, sie sank flach ausgestreckt unter seinem Gewicht zusammen, eine Wange auf das Kissen gepreßt, und Theo wagte nicht, in ihr vor Anstrengung verzerrtes Gesicht zu sehen, weil er fürchtete, außer Erhitzung auch Widerwillen und Ekel darin zu lesen. Aber nach diesem ersten Mal taten sie es häufiger so. Manchmal stieß Sylvia zögernd ihre Hüften in die Höhe, während sie gleichzeitig ein Hohlkreuz machte, den Rücken krümmte und wieder ins Hohlkreuz ging. Sie hatten es gut, sie beide zusammen. Liebe wolkte in ihm auf wie Tinte in Wasser, wenn er nach einem harten Arbeitstag nach Hause kam und sie sitzen sah in dem Gispen-Sitzmöbel, die Abendzeitung auf dem Schoß und darauf die Katze, die alle Seiten zerknitterte. Das verlor sich nie, auch nach sieben Jahren nicht, diese aufwolkende Wärme in seinem Zwerchfell. Theo brachte oft etwas Leckeres mit, Eis oder Pizza. Zusammen kauften sie schöne Dinge für die Küche, und beide lasen sie sehr gern beim Abendessen. Er hatte gelernt, die drei Stimmen Sylvias zu unterscheiden: die erste, uncharakteristisch regelmäßig, mit der sie ihn fragte, wie spät er zu Bett gehen wolle, oder über seine Scherze lachte; die zweite, dünner und schwankend, um sich geduldig mit ihm zu streiten, und die dritte, wenn sie ihm mit zitternden Mundwinkeln unangenehme Dinge von früher erzählte. Weinen hatte bei Sylvia keine Stimme, die Tränen kamen still, ihre nassen Wangen waren dabei hochrot. Dann tröstete Theo sie, und seine Gedanken schweiften ab. Iris' Stimmen waren nicht zu zählen, so viele waren es. Sie zauberte mit Registern, flog von einer Tonhöhe zur andern in Intervallen, die für Theos ungeübtes Ohr komplette Oktaven umfaßten. Für ihn, diese Stimme! Iris, die ihn taktvoll in den Klatsch ihrer müdegeturnten Schülerinnen einweihte; Iris, die, die Tonhöhe variierend, das Gelächter und Gurren imitierte, das er immer vernahm, wenn er sich seinem Klassenzimmer näherte und ihn eine Orientierungsstufe erwartete. Als sie zusammen in der Auffahrt bei ihrem Wagen standen und er unauffällig sein Profil in der Scheibe studierte, klang ihre Wunderstimme wie von alters her. Aber mochte ihm der Klang auch vertraut sein, die Inhalte waren neu und enthüllend.

»Altena in Niederländisch, das ist vielleicht ein Schnuckel! Wenn er Gedichte vorliest, die keiner versteht, ist er jedesmal ganz aus dem Häuschen und läuft wie bescheuert hin und her, zum Kaputtlachen. Und seine Jeans sind von einer irr-sinns-mäßig danebenen Marke. Echt ein Schätzchen.«

Schnuckel, Schätzchen, das waren die Worte, die er zu

passender und unpassender Gelegenheit in jenen Stunden fallen hörte, in denen er die Mädels unterrichtete. Theo konnte sich nicht entscheiden, ob es ehrenvoll oder doch eher eine Schande war, ihrer Schnuckeldomäne einverleibt worden zu sein.

Iris hatte ihre Darbietung beendet und sah ihn vergnügt an. Jetzt wäre es angemessen gewesen, leichthin zu lachen und zu fragen: »Ach. Sagen sie das?« Aber Theo tat nichts, ihre Darbietung hatte ihn verwirrt. So gruselig perfekt hatte Iris den gefallsüchtigen Backfisch gespielt, daß er sie in einem Anflug von Paranoia verdächtigt hatte, über ihr Alter gelogen zu haben. Eine pubertierende Seele in einem erwachsenen Körper, ein gelenkiger Teenie mit einem festen, glatten Seehundeleib, der sich als Dozentin ausgibt, um die ganze Schule zu veräppeln. Und Theo widerstand der Neigung, sie zu fragen, mit wem sie mit vierzehn Zungenküsse getauscht und wem die erste fremde Hand zwischen ihren Beinen gehört habe, ob es viele gewesen seien, neben denen sie gelegen habe, und – Scham bei dem Gedanken – ob er ihr erster weißer Mann sei.

Iris beugte sich über ihn. Sie drückte ihre Stirn sanft gegen seine, während sie ihn anlachte. Mit Daumen und Zeigefinger kniff sie ihn in die Wange, neckisch und unsanft, wie Tanten bisweilen mit familiärer Grobheit in die Wangen ihrer Neffen kneifen. Zu allem Überfluß wiederholte sie, mit der geliehenen Stimme einer kleinen Kindfrau aus der Mittelstufe: »Echt ein Schätzchen.«

Er bewegte den Kopf, lachte leichthin und fragte: »Ach. Das sagen sie?«

»Ja. Witzig, nicht?«

»Und du wolltest genauer herausfinden, was es mit diesem Schätzchen auf sich hatte.«

»Klar doch. Was dachtest du?«

»Und?«

»Was, und?«

»Bist du enttäuscht, jetzt, wo du es weißt?« Theo wich ihrem Blick aus. Diese Frage war kokett, und sie hatte ihm einmal gesagt, sie könne kokette Männer nicht ausstehen.

Sie stieg in den Volvo, kurbelte das Seitenfenster herunter.

»Eine grauenhafte Enttäuschung, über die ich nach wie vor nicht hinweg bin.«

»Vielen Dank«, sagte er, verdrießlich erleichtert. Nie ließ sie sich zu etwas anderem hinreißen als zu frivoler Ironie, der freundlichsten Art, ihn wissen zu lassen, daß von ihrer Seite nichts anderes in Aussicht stand als ein paar geraubte Stunden, ein oberflächlicher Seitensprung.

Da fuhr sie, die Straße hinunter, beringte Hände winkten aus dem geöffneten Dach. Auf dem Rückweg würde er ihr nicht folgen. Iris wohnte in Kersenboogerd, einem Neubaugebiet östlich der Umgehungsstraße, fünfzehn Fahrminuten vom alten Stadtkern entfernt. Die Vereinbarung war, daß einer von ihnen immer etwas später zurückfuhr als der andere. Gleichzeitig für eine oder zwei Freistunden die Schule zu verlassen, das ging gerade noch. Aber zum gleichen Zeitpunkt zurückzukommen war verdächtig. Meistens war er es, der als erster aufbrach. Dann räumte Iris daheim noch rasch auf – Badetuch in die Waschmaschine – und traf zehn Minuten später ein, genau zu Beginn der siebten Unterrichtsstunde. Aber auch das mußte man variieren. Heute würde er als letzter ankommen.

Als der Volvo außer Sichtweite war, wurden ihr Haus und ihre Straße auf der Stelle austauschbar gegen alle Häuser und Straßen in Kersenboogerd. Waren sie zusammen, bedrückte ihn das nie, aber jetzt, so allein vor ihrem Haus, meinte er sich verantworten zu müssen für sein Fremdgehen, und er hatte Angst, erwischt zu werden: von Sidney, der aus irgendeinem trivialen Anlaß früher heimgekehrt war, oder von Sylvia, die aus den alleridiotischsten Gründen aus Alkmaar herübergeweht worden war und nun durch das Hoorner Neubaugebiet spazierte, in dem sie nichts verloren hatte. Leicht geduckt, als könne der Zufall ihm buchstäblich vom einen Augenblick auf den anderen auf die Schultern geworfen werden, ging Theo zu seinem Toyota und nahm hinter dem Steuer Platz. Was tun, vielleicht eine Runde machen durch die Innenstadt? Unschlüssig zündete er sich eine Zigarette an. Eine Nachbarin fummelte an ihren Gardinen, ihr wassergewellter Kopf huschte hinter einer Batterie von Alpenveilchen auf der Fensterbank hin und her. Ein cooler Liebhaber hätte freundlich gewinkt und die ertappte Wasserwelle von ihrem Fenster verscheucht. Theo winkte nicht. Er rauchte und beobachtete sich durch die Augen der lauernden Nachbarin: Da sitzt dieser lange Kerl und treibt es mit der Schwarzen von nebenan!

Zwei

Wenn er rannte, kam er vielleicht noch rechtzeitig. Der Gong war ertönt, und in den Fluren strömten Scharen von Schulkindern in Richtung Ausgang und Fahrradkeller oder, wenn sie noch eine Unterrichtsstunde vor sich hatten, von einem Klassenzimmer zum andern, alles nach den Gesetzen des computerentworfenen Unterrichtsplans. Über den Schreibtischen der sechs stellvertretenden Schulleiter sowie auf einem schwarzen Brett im Lehrerzimmer hingen Kopien des Plans, und in den ersten Monaten nach seiner Anstellung hatte es Theo manchmal berührt, wie diese Ansammlung von Zahlen, Kreuzen, Pfeilen und zu dreistelligen Codes verkürzten Lehrernamen auf dem Unterrichtsplan bestimmte, daß mehr als zwölfhundert ewigträge Schülerinnen und Schüler sich Stunde um Stunde von Klassenraum zu Klassenraum begaben, plappernd, gähnend, zögerlich, dem äußeren Anschein nach ein völlig ungeordnetes Knäuel von Jugendlichen, doch in Wirklichkeit von einer strengen, ja mystischen Systematik geleitet. Fünf Minuten lang rumorten sie zu Hunderten durchs Schulgebäude, um kurz darauf wieder für fünfzig Minuten plangemäß untergebracht zu sein, ein Wunder der Ordnung, das durch einen verspäteten Schüler oder Lehrer, den man außerhalb der zulässigen fünf Minuten durch die Flure hasten sah, nur noch schöner wurde, unterstrich dieser doch in seiner Einsamkeit die mathematische Perfektion des Plans. Wenn er empfänglich für zermürbendes Sentiment war, dann wußte Theo: die Schule war die Welt. Alles und alle lebten in etwas, das lediglich dem Anschein nach ein unerträgliches Chaos war; doch es existierte ein übergeordneter Plan, anhand dessen Zellen sich teilten, Elektronen sausten und Sterne erloschen. Es konnte nicht sein, daß er durch die Willkür des Zufalls in Iris' Armen gelandet war.

Mit großen Schritten nahm Theo die sechs Treppen zum dritten Stock. Seine Klasse befand sich auf halber Höhe des Flurs. Wie ein Schnellgeher überholte er einige Kinder, wohl wissend, daß Kollegen ihm aus ihren Klassenzimmern heraus hinterhersahen. Er hatte kein Glück: seine Tasche verhakte sich an einem langen, modischen Gewand einer etwa vierzehnjährigen, baumlangen Schülerin, die ihm mit vernichtendem Blick gestattete, den Stoff mit puhlenden Fingern aus dem ausgeleierten Reißverschluß seiner Tasche zu befreien. Um ihn herum ließ das Rumoren nach. Türen fielen zu, die Flure leerten sich. Er war zu spät.

Realschüler, Klasse 3 f. Die Fenster waren aufgerissen, sein Pult stand mitten im Durchzug. Papiere lagen auf dem Boden. Jungs mit geschniegelten Köpfen polierten mit ihren Hintern die Tische und hatten ihre Reeboks oder Nikes auf die Stühle gepflanzt. Mädchen standen in Grüppchen zusammen und ließen vollgeklebte Taschenkalender von Hand zu Hand gehen. Hinten in der Klasse wurden Zigaretten »mit was drin« gedreht, zur Vorbereitung des wichtigen Jointrauchens nach der Schule, im Fahrradkeller oder im Coffeeshop.

Theo deutete auf drei Jungs.

»Okay. Schließt erst mal die Fenster.«

Er hatte seine Tasche aufs Lehrerpult gestellt und war dabei, die Papiere vom Boden aufzulesen. In dieser Haltung, gebückt, sah er hinter sich und entdeckte erst jetzt die Zeichnung auf der Tafel: ein langer, schmaler Kopf, die runde Intellektuellenbrille in Wasserwaage auf einem Riesending von Nase. Daneben eine Sprechblase: BLACKIE IS THE BEST.

Es war nicht die erste Karikatur, natürlich nicht. Wenn es keine hastig hingeworfene Witzfigur mit einem grotesken Riechkolben als Blickfänger war, so stand in regelmäßigen Abständen der eine oder andere obszöne Spruch auf der Tafel, mit dem sie ihn aus der Reserve zu locken versuchten. Die Karikaturen waren immer amateurhaft, die dazugehörigen Texte durchweg sexueller Natur und somit nur für darin Unerfahrene aufregend. Nur ab und zu wurden Kollegen in Wort und Bild zum Gespött gemacht. Das hier war neu. Theo richtete sich auf und legte die zusammengerafften Papiere auf sein Pult. Langsam holte er Bücher aus seiner Tasche, auf den glänzenden Einbänden erschienen die eiförmigen Abdrücke schnell verdampfenden Kondenswassers, verursacht von seinen ewig feuchten Händen. Die Klasse sprach in gedämpftem Ton. Man heuchelte gegenseitiges Interesse und beobachtete ihn währenddessen gewissenhaft. Theo versuchte, lautlos zu schlucken. Unten in seiner Speiseröhre schien sich eine kompakte Kugel zu befinden, als würde sein Ärger sich dort, zwischen Zwerchfell und Rückgrat, mit implodierender Kraft zusammenballen.

»Gut. Setzt euch auf eure Plätze.«

Er war es gewohnt, in Fällen dieser Art wie beiläufig den Schwamm zu nehmen und Text oder Zeichnung schweigend wegzuwischen. Das hatte träge und gelangweilt zu geschehen. Er genoß es, wenn die Enttäuschung über seinen Gleichmut in Wellen von der Klasse Besitz ergriff. Hatte er eine Orientierungsstufe vor sich oder Haupt- oder Realschüler der Mittelstufe, dann rief er einen Jungen – immer einen Jungen – nach vorn und beauftragte ihn, die Tafel sauberzuwischen. Auch das geschah in aller Einfachheit. Man suchte jemanden aus, von dessen Unschuld man überzeugt war, um herauszubekommen, wer statt dessen dahintersteckte. Jedesmal ging ein unbestimmtes Gemurmel durch die Klasse, amüsiert oder auch entrüstet, und es gab immer zwei oder drei, die es nicht lassen konnten, mit raschem, forschendem Blick die Reaktionen des Täters zu peilen – auch jedesmal ein Junge. Während der Stunde hieß es dann warten, bis der vermutliche Täter sich in seiner Bank umdrehte, etwas fallen ließ, mit dem Nachbarn schwätzte oder etwas anderes tat, wofür man ihn aus dem Unterricht schicken konnte, auf Strafexpedition Richtung Schulleitung. »Verdammt, was hab' ich denn getan, ich hab' bloß gesagt … «, folgte ein ungeschicktes Dagegenhalten, worauf man natürlich nie eingehen durfte. »Beklagen kannst du dich beim Schulleiter, okay?« Wenn Theo sich bei Zwischenfällen dieser Art überhaupt über etwas ärgerte, dann über die Tatsache, daß sie meinten, ihn mit so einfachen Mitteln provozieren zu können.

Diesmal traf die Karikatur ihr Ziel, und er wußte, daß sie das wußten. Theo überlegte noch, Text und Zeichnung die ganze Unterrichtsstunde lang zu übersehen, sie nicht einmal wegzuwischen. Aber das würde den stillen Kampf bloß unnötig verlängern. Sie würden sich natürlich die ganze Stunde lang ins Fäustchen lachen. Er entschied sich für die Routineabwicklung und ging zur Tafel. Erst als er den Schwamm nehmen wollte, merkte er, daß seine Hände zitterten. Das würden sie sehen, wenn er vor aller Augen die Zeichnung wegwischte. Theo drehte sich wieder um. Vier bis fünf Rüpel gab es in dieser Klasse, nicht mehr als durchschnittlich. Seine Blicke schossen von einem zum anderen, bis er sah, wie in der letzten Bank einer der fünf öffentlich grinste.

»Wouter Nijman, du bist offenbar sehr vergnügt. Wisch das mal weg.«

Prompt das rituelle Erstaunen: »Wieso ich?«

»Beeilung bitte. Wisch das weg, dann können wir anfangen.«

Die Klasse entbrannte in empörtem Gemurmel. Alle Köpfe drehten sich zu dem Jungen um, der, träge wie ein eine Verletzung vortäuschender Fußballer, aufstand und nach vorn geschlurft kam.

Ehe er so recht begriff, weshalb er das tat, schnappte sich Theo den Schwamm.

»Na los!«

Mit offenem Mund sah der Junge ihn an. Unter dem pickligen Kinn ging sein Adamsapfel wie ein kleines Jo-Jo auf und ab.

»Ja, dann brauch' ich aber ehmt das … Dingsda.«

»Nein«, antwortete Theo, »das Dingsda brauchst du nicht, Wouter. Du hast doch eine Hand oder einen Hemdsärmel?«

Zögerndes Gekicher in der Klasse, vorn begannen zwei Mädchen unterdrückt zu prusten.

»Also, von wegen, was. Fällt mir nicht ein. Geht ja mein Hemd bei drauf.«

Wouter Nijman machte Anstalten, zu seinem Platz zurückzukehren. Dies war ein entscheidender Augenblick. Theo stand seit sechs Jahren vor der Klasse, lange genug, um sich nicht mehr durch die Neigung verwirren zu lassen, so einem Milchgesicht eine tabugewordene Ohrfeige zu verpassen.

»Du kannst zwischen zwei Übeln wählen, Wouter. Entweder du tust, was ich sage, oder du packst deine Sachen und unternimmst einen aufklärenden Besuch bei …« Verflixt, wer war noch mal der zuständige Leiter für die dritte Realschulklasse? »… Herrn Ferweda, der zehnmal weniger geduldig und menschenfreundlich ist als ich; also du weißt, was dich da erwartet.«

In drei schnellen, flüchtigen Zügen fuhr Wouter Nijman mit der Hand über die Tafel. Text und Zeichnung wurden zu einer unkenntlichen Kreideschmiererei. Der Junge ging leise fluchend zu seinem Platz zurück. Theo nahm den Schwamm vom Tisch und legte ihn wieder unter die Tafel.

»Gut so. Das nächste Mal schmeiße ich eine Handvoll von euch, ist mir ganz gleich wen, aus der Klasse. Ferweda, einfache Fahrt.«

Wie ein großes, grobes Insekt brummte böse Unruhe durch die Klasse.

»Ist ja lächerlich!« rief einer. »Einfach unfair.«

»Stimmt. Es ist sehr unfair«, antwortete Theo und schenkte der Klasse ein regentenhaftes Lächeln.

Als der Gong ertönte, wartete er, bis alle achtundzwanzig den Klassenraum und den Flur verlassen hatten. Es war seine letzte Stunde an diesem Tag gewesen. Theo suchte die Toilette auf. Im Neonlicht sah sein Gesicht ganz grau aus. Ein gesprungener Spiegel verzehnfachte seine Nase. Die weißverputzten Wände über den glatten Fliesen waren mit farbenfrohen Graffiti übersät. Viele Verwünschungen, Anzüglichkeiten und Kriegserklärungen an Schulleitung und Lehrer waren in ganze oder halbe Amerikanismen gefaßt. Suck it to me, Heleen. Teacher Trauma. Burning hell for Ferweda.

Fuck die Nase.

Theo beugte sich übers Becken und hielt den Mund unter den voll aufgedrehten Wasserhahn. Der harte Strahl war wie ein Stab, den er sich tief in die Kehle schob, eine wäßrige Endoskopie seiner gärenden Galle.

Drei

Ihr erster Auftritt hatte alle bestürzt. Iris Pompier-Duivenpoort kam in die Schule geflattert wie ein ironisches Schneewittchen-Negativ, wachgeküßt von einem ebenso unglaublich schwarzen Prinzen, inzwischen jedoch inmitten unfröhlich-fröhlicher westfriesischer Zwerge lebend, welche die erste Begegnung mit dem fremden Wesen völlig aus dem Konzept gebracht hatte. Wie ein exotischer Gegenstand, den man unter seinem Glassturz hervorgeholt hat, erschien sie den Schülern, die aus ihrer Irritation keinen Hehl machten; besonders die jüngeren konnten in den ersten Wochen nach ihrer Einstellung ihr nervöses Lachen über so viel Schwarzes in der Turnhalle nicht unterdrücken. Eine Negerfrau als Lehrerin, einfach völlig irre. Schwarz waren Profifußballer oder Diana Ross und Whitney Houston. Schwarz waren eine Fernsehansagerin und die dicken Frauen im Supermarkt und im Außenbezirk, Vorschulkinder mit witzigen Jackson-Five-Schnuten an der Hand führend. Schwarz war ein Dutzend Kinder in den Orientierungsklassen, von denen manche im ersten Jahr geräuschlos auf eine Gewerbeschule oder dergleichen verschwanden, weil sie wohl doch zu hoch gegriffen hatten; schwarz waren die mysteriösen Junkies, die man um das Nationaldenkmal am Dam-Platz herum sah, wenn man mit Freunden oder den Eltern per Bahn einen Tagesausflug nach Amsterdam unternahm. Schwarze waren, kurz gesagt, draußen, irgendwo im Land, und um einen herum nirgends zu entdecken, wenn man über die schmalen Polderwege zur Schule radelte, obwohl es sie wirklich gab, im Fernsehen und in der Zeitung, sobald es um Fußballclubs wie Ajax Amsterdam oder Rotterdam Feyenoord ging, um landesweit bekannte Ausländerviertel oder um Hiphop und Basketball.

Iris war geboren in Paramaribo und aufgewachsen in Amsterdam-Zuidoost. P'pa und M'ma Duivenpoort und die vier Kinder waren '77, Iris war damals zehn, aus Surinam in die Niederlande gekommen. Die meisten Duivenpoorts aus Paramaribo steckten schon in Bijlmermeer und in Rotterdam, und in den ersten Jahren war die Familie bei einer geschiedenen Cousine väterlicherseits untergekommen, die zwei kleine Söhne und eine Fünfzimmerwohnung in dem Hochhaus Frissenstein hatte; da gab es also noch Platz. Sie blieben anderthalb Jahre, bis sie eine eigene Wohnung zugewiesen bekamen, auch in Frissenstein; ein Bau, in dem damals vor allem Türken und Marokkaner und leider Gottes nicht so viele Kreolen wohnten. Mit achtzehn begann Iris ihre Ausbildung zur Oberschullehrerin in Diemen. Sie bestand erfolgreich in den Fächern Körpererziehung und Dramatischer Ausdruck und arbeitete ein halbes Jahr lang aushilfsweise in einer Sonderschule für Lernbehinderte in Osdorp. Sie fand ein Zimmer in Amsterdam-Noord, in dem Studentenheim am Cleyndertweg, wo in zwei Jahren drei Bewohner vom obersten Stockwerk gesprungen waren. Einer war mitten auf dem Dach eines weißen Peugeot aufgeschlagen und dann auf der Motorhaube gelandet; von oben, ab der fünften Etage, sah das aus, als hätte man eine rotschwarze Farbbombe auf den Wagen geworfen. Zum Glück war Iris bald wieder ausgezogen, denn Sidney Pompier wollte sie heiraten, und das war gut. Sidney war ein anständiger *boi,* hatte nie gedealt und zudem feierlich erklärt, »nie nich' mit irgendwelchen Bordsteinschwalben herumgemacht zu haben, da könnten P'pa und M'ma Duivenpoort sich drauf verlassen«. Ihre Eltern gaben der Ehe ihren Segen, die Pompiers galten als gute Familie, und Iris war für Sidney eine schöne *sma*. Drei Monate wohnten sie noch bei P'pa und M'ma Pompier im Pijp-Viertel, danach konnten sie eine Etage zur Untermiete in Bos-en-Lommer beziehen. Iris vermißte ihre Mutter und ihre Großmutter und fuhr jedes Wochenende nach Frissenstein, um dort zu kochen, die Wäsche zu machen und zusammen mit Mama Duif' für *grantata* zu sorgen, die allmählich taub wurde und der manchmal das Gebiß vom Kiefer rutschte ... arme *grantata* mit den dickgewordenen Handgelenken, steifen Waden und dem Rücken, der nicht mehr wollte, so daß sie sich krumm wie ein Bumerang durchs Haus plagte. Kurz, Iris hatte mehr holländische als surinamische Jahre hinter sich, und die ganze Zeit hatte sie in weniger als fünfzig Kilometern Entfernung zu der westfriesischen Mittelpunktschule gelebt, aber für die *Jungs un Deerns* aus den Gehöften von Graft, De Rijp, Hoogwoud und allen *annern Dörper* hätte sie ebensogut von der *annern Kant vonne Welt* kommen können. Nach ihrer Bewerbung und Einstellung zog sie mit Sidney, der weiterhin in Amsterdam arbeitete, nach Hoorn, wo ja durchaus viele Surinamer, Antillianer, Türken, Marokkaner und andere »ethnische Minderheiten« und »Allochthone« wohnten, wie das Land sie aus Gründen der Political Correctness inzwischen nannte, aber die lebten und arbeiteten in großer Schemenhaftigkeit, selbst wenn es die eigenen Nachbarn waren, sie die Post und die Morgenzeitung brachten oder den Gaszähler ablasen. In der Schule lernte man etwas über diese Leute und nicht von ihnen. Oder?

Iris stellte sich dem Gekicher ihrer Schülerinnen gegenüber energisch taub und blind. Sie tat, als sei es die normalste Sache der Welt, daß sie am Westfriesischen Kolleg angestellt war. Mit einer Souveränität, die alle anderen, Theo eingeschlossen, in Erstaunen versetzte, kam sie jeden Morgen mit dem Wagen zur Schule, erschien im

Lehrerzimmer oder in der Turnhalle, mit einer modernen Sporttasche aus Kunststoff über der Schulter, wie kein Sportlehrer sie je zuvor getragen hatte, klapperte an manchen Tagen durch die Flure mit Absätzen derartig hoch, Pumps derartig hip, wie man sie sich an Lehrerinnenfüßen einfach nicht vorstellen konnte und selbst die modebewußtesten Schönheiten aus den oberen Klassen sie nicht in ihren Shops und Boutiquen hatten finden können. Es gab sie, Iris, und es gab sie mit einer Verwirrung stiftenden Selbstverständlichkeit, welche die gesamte übrige Belegschaft, vom Dekan bis zur Kantinenhilfe, mit einem schleichenden, mitunter äußerst ungeschickt verhüllten Unbehagen zu erfüllen schien. Nicht daß ein Mitglied der Belegschaft je zugegeben hätte, sich in Iris' Gesellschaft unbehaglich zu fühlen; daß die Kinder aus den unteren Klassen in den ersten Wochen nach ihrem Dienstantritt manchmal Lachanfälle bekamen, das war eine Sache, die wußten es nicht besser. Aber sich vorzustellen, sie, Lehrerkollegium und übrige Belegschaft, würden auch nur den leisesten Anflug von Xenophobie zeigen, nein wie unschicklich!

Anderthalb Monate bevor sie miteinander ins Bett gingen, hatte sie Theo von den Anstrengungen der Damen und Herren Pauker um sie herum berichtet, jener ach so gut gemeinten Plackerei dieser Leute, wenn sie sich mit ihr in der Kaffeepause oder nach einer Konferenz unterhielten. In solchen Augenblicken sähe man sie denken, »Um jeden Preis normal und entspannt mit ihr umgehen«, interrassische Kommunikation wäre schließlich harte Arbeit. An eine indonesische oder hindustanische Kollegin hätten die meisten sich wahrscheinlich viel schneller gewöhnt, so jemand hätte ebensogut eine dunkel ausgefallene Holländerin sein können, aber eine Kreolin war und blieb unübersehbar fremdländisch. Die meisten Lehrer betrachteten es stillschweigend als Verdienst, als Leistung, daß sie imstande waren, korrekt mit dieser dunklen Frau Kollegin zu verkehren, nicht ahnend, daß fragliche Frau Kollegin, hinlänglich vertraut mit der Unbehaglichkeit und dem bemühten Eifer anderer, gut zu tun und gut zu sein, sich derweil das ihre dachte. Besonders die etwas älteren Lehrkräfte männlichen Geschlechts hätten sich selbst fortwährend im Visier, sobald sie mit ihr im Gespräch wären: »Ich bin ein weißer Mann, der mit einer schwarzen Frau kommuniziert, und ich muß sagen, ich entledige mich meiner Aufgabe verdammt anständig!«

Das und noch mehr hatte sie Theo berichtet, vor fast anderthalb Jahren, sechs Monate nach ihrem Dienstantritt. Es war Januar, die Schüler der vierten Klassen waren im Schullandheim in Tilburg, und Theo und Iris gehörten zu den begleitenden Lehrern. Dort hatte er die Gelegenheit gehabt, ausführlicher als in der Schule mit ihr zu reden. Die Hälfte des Aufenthalts und ein aufreibender Nachmittag waren gerade vorbei. Mit drei frierenden Kollegen und achtzig vollkommen unkonzentrierten Pubertierenden hatten sie sich durch die brabantischen Wälder geschleppt: eine Geländeerkundung, von zwei Sportlehrern mit einem sentimentalen Hang zur Pfadfinderei organisiert. Theo bildete mit ihr das Ende der langen Schülerschlange. Er hörte zu und war geschmeichelt, weil ihre Offenherzigkeit zu bedeuten schien, daß sie ihn nicht zu dem Schlag reservierter Formalisten zählte, denen ihre so skeptischen Auslassungen galten. Gleichzeitig wußte er nur zu gut, daß sie es ihren Kollegen manchmal auch sehr schwer machen konnte. Geriet sie beispielsweise mit Pannekeet, Biologie, ins Gespräch, einem unbeweglichen Riesenvieh aus Enkhuizen mit achtzehn Dienstjahren, dessen eingreifendste Urlaubsreisen ihn bis nach Flandern oder Süd-Limburg (Dreiländereck!) geführt hatten, dann imitierte Iris mit einem Anflug von Verschlagenheit das Klischee der überschwenglich lachenden Kreolin und plapperte genußvoll über *roti, bakkeljauw* und *broodje pom,* auf diese Weise hinterlistig auf die ethnozentrische Panik des armen Pannekeet zielend, der bei Gott nicht wußte, wovon sie sprach, und dessen Frau ihn schon mehr als zwei Jahrzehnte hindurch Abend für Abend am heimischen Herd mit Stampfkartoffeln, Blumenkohl und einem leckeren Stück Tafelfleisch in zerlassener Butter willkommen hieß. Theo hatte Iris im Lehrerzimmer des öfteren mit verblüffender Übertreibung die Tropentussi mimen sehen, und zwar speziell den Lehrern gegenüber, deren nordholländischer Tonfall oder westfriesischer Dialekt sie zu einem Verwirrung stiftenden Sprachgebrauch animierte, einem selbstgemachten Mix aus Hochniederländisch, surinamischem Niederländisch, Sranantongo und hauptstädtischem Rap-Jargon. Seit er sie nun besser kannte und wußte, daß sie in Wirklichkeit gar nicht so gut »Sranan« sprach und den gegenwärtigen Großstadtslang lediglich von ihren jüngeren Brüdern aus Gaasperdam aufgeschnappt hatte, hatte er sie bisweilen sanft zurechtgewiesen. Ob es nicht etwas gemein sei, ausgerechnet die verstocktesten Westfriesen unter den Kollegen mit ihrem eigens dick aufgetragenen surinamischen Zungenschlag in die Enge zu treiben, dem chihuahuamäßigen W, dem rollenden R, dem knalltrockenen K, sobald sie sich über *winti, freyri* oder *kwaku* ausließ?

Dies hatte Mißfallen erregt. Iris war auf der Stelle zum Gegenangriff übergegangen, angefangen mit der Bemerkung, für sie seien Stallhase und Bratklops ebenso fremdländisch wie für alle anderen *pietjel, fladder-bere* und *moksi-meti,* klar? Daß sie sich, um es schnell mal zu verallgemeinern, wegen ein paar ungeschlachter Pauker ihre Herkunft nicht wegnehmen lasse. Daß »Anpassung« und »Integration« sowieso unangebrachte und irreführende

Schlagworte seien, die irgendwelche sich als liberal bezeichnenden, totalbescheuerten Reaktionäre so gern im Munde führten, wenn sie auf der Fahrt von Wassenaar oder den gelderländischen Villendörfern zum Regierungssitz in Den Haag hinter den getönten Scheiben ihrer regentenschwarzen Staatskarossen den Soziologen mimten, kaum daß sie unverbindlich durch die Den Haager Stadtviertel glitten, die sie mustergültig »Rückstandsgebiete« nannten, dieweil sie natürlich Ghettos meinten, während die rar gewordenen holländischen Bewohner dieser Viertel schon seit Jahren von Niggerstraßen und Türkengegenden sprachen und dabei einen forsch anmutenden Ausruf wie »kotzpestscheißstinkbekackt« vorausschickten.

Farbenfrohes kleines Land! Weiße Volksvertreter nähmen die Minderheiten fürsorglich an die Brust, zögen ihnen aber im Sinne einer grotesken Hollandisierung während dieser erstickenden Umarmung am liebsten blaue Trachtenhemden oder Frisiermäntel an, und wenn es irgend ging eine Flachmütze oder Spangenhaube über den Kopf. Sie übertreibe? Vielleicht. Aber es sei nicht zu leugnen, daß die meisten Niederländer ihre Landeskultur, insbesondere deren leicht folkloristische Ausformungen, den »kulturellen Minderheiten« samtweich aufzwingen würden. Die Niederlande würden erst dann wieder in Ordnung sein, wenn Braun und Schwarz im Takt des niederländischen Lebensliedes mitschunkelten; wenn sie die Kinder nicht mehr bis spät abends draußen spielen ließen, um sieben Uhr aufstünden und um elf Uhr in die Falle gingen und zu Silvester einmütig über den weißen Yuppie-Kabarettisten lachten, der vor einem kritischen Yuppie-Publikum pseudokritische Witze über wieder andere weiße Yuppies riß, die zufälligerweise eine falsche Brille trugen oder in den Wintersport fuhren. Das nenne sich dann Integration. »No way, José!« Worauf

Theo antwortete, sie lasse sich genau das zuschulden kommen, was sie anderen vorwerfe: das provokative Zurschaustellen der eigenen Kultur.

Hatte er das oder etwas Ähnliches einmal gesagt, verfiel Iris in grimmiges Schweigen. Aber ihre Launen verflogen schnell wieder, denn sie wußten mittlerweile voneinander, daß die eine nicht bitter war und der andere nicht engstirnig. Außerdem waren es nicht mehr als rituelle Raufereien, die sie aus Gründen der Moral und des Anstands in den ersten Wochen ihrer Romanze ausgetragen hatten, bevor sie einander mit vor schamhaftem Begehren zitternden Fingern streichelten und ihre Körper zu einem zweifarbigen Knäuel ineinanderschlangen, wobei das Braun ihrer Schenkel und das allerschwärzeste Kraushaar um ihren Purpurmund wie geschaffen schienen, sein Geschlecht, wachsbleich und geschwollen, zu einer dinghaften, nicht länger irgendeinem menschlichen Körper angehörenden Substanz zu entwerten, die mit obszöner Austauschbarkeit in sie eindrang wie ein mattweißer Vibrator der allerbilligsten Sorte. Theo liebte sie und besah den eigenen Körper immer mehr mit Erregung und gleichzeitigem Widerwillen. Was ihn aufgeilte, jagte ihm gleichzeitig Angst ein: Sah er zu, wie er in sie und aus ihr fuhr, bot sein Geschlecht im Vergleich zu dem ihren den Anblick von totem Fleisch. Seine Erektion wurde zum stumpenförmigen, wie gehäuteten Kadaver. Besonders verwirrend war, daß der Kadaver kein Gerippe enthielt. Eine Masse von Schwellkörpern preßte sich knochen- und beinlos in das, was er in völliger, ernsthafter Hingabe für den ihm zu offenbarenden Kern alles Lebenden betrachtete: das Farbenspektrum ihrer Möse, die unter seinen Berührungen erglühte und der er so gern ein passendes Opfer in Form einer reinen Penetration ohne angsthafte Nebengedanken dargebracht hätte. Manchmal gelang dies, und er vergaß alle Selbstverachtung. Aber öfter wurden Geilheit und Genuß von seiner Gewißheit übertönt, daß sein Körper den ihren nicht wert sei und er ihre Hautfarbe entehre, indem er den weißen Tod in sie hineinschob.

Er hatte ihr hiervon nie etwas gesagt – natürlich nicht. Daß er sogar in Momenten intimer Lust ihre unterschiedliche Hautfarbe nicht vergessen konnte, hätte sie vermutlich schmerzlicher getroffen als alle verschleierten Beleidigungen kichernder Schulkinder, scheuer Dozenten und belehrender weißer Machthaber zusammen.

Vier

Für den Heimweg wählte Theo immer eine andere Route als für die Fahrt zur Schule. Das hatte er irgendwann einfach so angefangen, und aus »einfach so« war eine Tradition geworden. Frühmorgens fuhr er über Stompetoren und Schermerhorn, wo im Herbst und im Frühling zu dieser Stunde die Sonne über den Ländereien aufging. Mit unbestimmter Wehmut, weil er dort nie gewohnt hatte und ihn entsprechend keine Erinnerungen damit verbanden, labte er manchmal sein Herz an der westfriesischen Kulisse, der Geometrie der Polder, in denen die Kühe folkloristisch grasten. Hinter Avenhorn gelangte er auf die A7, und dann war es bloß noch eine Frage von Minuten, ehe er in Hoorn einfuhr und über Zwaagmergouw und Pollweg die Abzweigung zum Zeehelden-Viertel erreichte. Direkt außerhalb des alten Stadtkerns und von Grünanlagen umgeben, stand das Westfriesische Kolleg, ein merkwürdiges Konglomerat aus historischem Schick und moderner Wegwerfarchitektur, dessen Fassade aus dem achtzehnten Jahrhundert an schuhkartonförmige Nebengebäude aus strohgelbem Nachkriegs-Backstein geklebt war, versehen mit grellblauen Türen und Kunststoffstern.

Die Rückfahrt verlief zumeist schneller: über Heerhugowaard und Sint Pancras geradewegs auf den Autobahnring um Alkmaar. Zurück fuhr Strikkers, Französisch, manchmal mit; in dem Schalensitz von Theos geliebtem Toyota entzündete er dann ungebeten seine Pfeife und klagte unter Paffgeräuschen sonor über das Zuviel an außerschulischen Aktivitäten – Sporttag, Disko, »offenes Podium« –, bei denen man als Lehrer anwesend zu sein hatte. Strikkers, einen Trichter von grauem Flachshaar ums Kinn und eine Brillenmontur, so dick wie ein Bilderrahmen, im Gesicht, war nun ausgerechnet die archaischste Erscheinung des Lehrerkollegiums, ein Überbleibsel aus der wundersamen Welt der siebziger Jahre. Sie hatten nichts zu sagen, er und Strikkers, und an Tagen, an denen Theo sein modisch geschnittenes Schwarzhaar ordentlich gescheitelt und dazu ein grellbuntes Jackett trug, kam es ihm vor, als böten er und Strikkers dem Gegenverkehr auf der Landstraße den Anblick zweier vorsätzlich kontrastierender Halbverrückter, eines karikaturistischen Duos, das in peinlicher Weise mit dem landesweit bekannten Komikerduo Van Kooten und De Bie wetteiferte. Zum Glück wohnte Strikkers in Obdam und fuhr deshalb nur etwa zehn Minuten mit. Hinter Obdam warf Theo rasch die Klimaanlage an oder öffnete das Fenster, um den süßen Mittfünfziger-Mief des Pfeifentabaks verfliegen zu lassen. Einmal hinter Heerhugowaard war alles so gut wie gelaufen. Noch ein kleiner Tritt aufs Pedal, und der Weg nach Alkmaar war genommen. Bei Steuerbehörde und Technischer Schule vom Autobahnring herunter, und er war zu Hause.

Zu Hause! Theo und Sylvia hatten ein dreistöckiges Reihenhaus in Bergermeer. Vor vier Jahren waren sie hierhergezogen, nachdem sie die ersten drei Ehejahre in einer zugigen Zweizimmerwohnung campiert hatten, die aus den Angeln hing wie eine alte Tür. Sie lag im Zentrum, am Verdronkenoord, direkt über einer Kneipe mit vergilbten Gardinen, in der jede Nacht bis zwei Uhr nationales Liedgut erschallte und die Kundschaft gegen Mitternacht unbedingt soundmixen wollte, so daß zwei Stunden lang ein teigiges Besoffenengeplärr aus den Philipsboxen dröhnte, das durch Ritzen und Löcher und den dünnen Fußboden ihrer schäbigen Behausung geradewegs zu ihnen heraufschepperte. Theo war fast durchgedreht. Nacht für Nacht vibrierten die Spiralen ihres engen, wackligen Bettes im

Takt der Lautsprecherbässe dort unten. Einmal hatte er sogar in der *Alkmaarsche Courant* gestanden. »Anwohner im Handgemenge mit Personal vom d'Oude Neel. Nächtlicher Tumult am Verdronkenoord«. Theo hatte dem Barmann einen Hieb auf seinen gastronomischen Riechkolben verpaßt, nachdem seine Beschwerde über Lärmbelästigung mit donnerndem Gelächter und einem großzügigen Dreh am Lautstärkeregler beantwortet worden war – in Richtung Maximum wohlgemerkt. Zum Glück waren sie von dort weggekommen, die Hypothek und den Kaufvertrag für das Haus in Bergermeer in der Tasche. Wenn er mit Sylvia am Samstag in der Stadt einkaufen ging, führte ihr Weg immer über Langestraat oder Laat zum Verdronkenoord, und jedesmal feierten sie ihr Glück und ihre Freude, sobald sie am d'Oude Neel vorbeispazierten.

Nein, Bergermeer, das war schon etwas anderes! Soweit es an ihnen lag, zogen sie nie mehr von hier fort. Theo betrachtete Bergermeer als eine Art amerikanischen Suburb holländischen Ausmaßes. Gebaut in den Siebzigern, war es ein Viertel, in dem alles noch »raumgreifend« war. Die ingeniös gruppierten Wohnblocks standen mitten im Grünen, die zu Vierergruppen formierten Bungalows lagen in erträglicher Entfernung zueinander, und die großen Zweifamilienhäuser hatten alle einen Garten, in dem man durchaus eine Runde radfahren konnte. Alles war wie ein Aufatmen: die sauberen Grünanlagen, die dichtbewachsenen Rabatten, die gepflegten Gehsteige, die beachtlichen Vor- und Hintergärten, die langen Auffahrten und die Ungetüme von Garagen neben jedem Haus. Bergermeer war ein Viertel, in dem die Familien unbekümmert ihren Reichtum zur Schau stellten; Volvo-Kombiwagen wurden am Samstagmorgen mit liebenswürdigen Kindern vollgestopft, und der Hund – niemals ein Schäferhund oder Pitbull, dafür oft ein Dalmatiner oder Labrador – sprang fröhlich bellend in den rückwärtigen Laderaum; im Frühling tuckerten die Mütter wochentags im Zweitwagen zum Strand und brachten von der Terrasse in Schoorl etwas Sonnenbräune mit; die Kinder sausten in grellbunten Windjacken auf ihren Mountainbikes über die verkehrsberuhigten Straßen und tobten sich an den Wochenenden auf den rosageklinkerten Plätzen aus, ohne daß die Gefahr bestand, daß auch nur eines von ihnen für Papi oder Mami zum Problemfall werden würde. Alles in Bergermeer war in Ordnung: Die Frauen hatten eine Putzkraft, die Kinder nette Haustiere und die Männer eine Geliebte.

Sylvia und Theo wichen in einigen Aspekten vom Profil der übrigen Bewohner ab. Sie hatten keine Kinder, wohl aber eine Putzkraft. Sie hatten nur ein Auto, aber auch ein paar nette Haustiere. Und im Gegensatz zu den meisten Familienoberhäuptern in ihrer Straße war Theo immer exakt eine Stunde nach der Arbeit zu Hause, etwas, das Sylvia zweifellos zu schätzen wußte, zeigte er doch damit, daß er nicht irgendwo eine kleine Bettgefährtin in einer Sozialwohnung in Alkmaar-Noord unterhielt. Nicht, daß man sich in diesem Viertel damit zu brüsten hatte, daß die eigene Ehe »sauber« war. So etwas hätte geheißen, die jungen Mütter in der Straße unnötig zu verletzen. Diese ertruen, auch das mußte gesagt werden, die periodische Abwesenheit ihrer Ehegatten recht wacker. Theo und Sylvia beobachteten es aus der Ferne, wenn sie abends gemeinsam kochten und durchs Küchenfenster zusahen, wie Männer, die von neun bis fünf arbeiteten, in ihren dunkelblauen Peugeots und BMWs zu Zeiten nach Hause kamen, die sich nicht mit Stau oder Überstunden erklären ließen. Die Männer in Bergermeer waren ihren Sprößlingen nette, liebe, gute Papis, aber als Gegenleistung für all ihre Güte beanspruchten sie offenbar erfolgreich ihr Recht, sich drei Neubaugebiete weiter eine alleinstehende Frau zu halten, eine, die im Blasen zweifellos besser, im Wichsen heißer, im Vögeln kompletter war, irgendein frisch geschiedenes Huhn mit schlanker Taille, das vorsätzlich und, was es mit unterdrückter Hysterie sicher behauptet hätte, aus »Selbstschutz« künftig auf verheiratete Männer stand und sich hastig in seine Versandhausreizwäsche wuchtete, nachdem das fremdgehende Familienoberhaupt seiner Wahl zuvor am Telefon kurzfristig ein Schäferstündchen angekündigt hatte. Theo beteiligte sich nicht an dieser Gewohnheit der Männer in den Häusern um ihn herum. Er war zu Hause, wenn er zu Hause zu sein hatte. Sein Fremdgehen war für die Nachbarschaft nicht sichtbar, für seine Frau nicht spürbar, also beging er genaugenommen überhaupt keinen Ehebruch.

Heute war Sylvia früher zu Hause als er. Sie arbeitete bei der Gemeinde, als juristische Beraterin beim städtischen Wohnungsamt. Verdiente etwas (zwei Etwasse) mehr als er, obwohl sie weniger Stunden machte. Daß ihn das nicht störte, war allein schon ein Beweis, daß ihre Ehe auf stabilen Füßen stand. Sylvia hatte sich umgezogen, eingekauft, Kaffee gekocht, die Katzen gefüttert, das Gemüsegratin in die Kombi-Mikrowelle geschoben und ganz bestimmt noch ein Dutzend anderer Dinge getan, von denen sie wußte, daß sie notwendig oder willkommen waren. Hätte sie zehn der fünfzehn Dinge unterlassen, hätte Theo vielleicht einen spießbürgerlichen Grund für sein Fremdgehen erfinden und sich auf die Laxheit und Liederlichkeit seiner Frau berufen können, aber Sylvia war weder faul noch langweilig noch häßlich und ein Mannweib erst recht nicht. Wie jeden Dienstag betrat Theo mit einem großen, kalten Schamklumpen im Magen das Haus (»Hallo Schatz, hallo Katzen«) und schloß während ihrer Umarmung zwischen Küchentresen und Eßtisch mit aller Kraft die Augen, vor all den Gegenständen – Leuchtern und Kristallgläsern, Messerset und hölzerner Hackbank –, die weder zu anheimelnd noch zu kühl, sondern schön und sanft und lieb waren (»unsere lieben Sächelchen«); eben von ihnen beiden.

Liebe, unverschlissen. Liebe, endogener Antrieb aus einer nicht zu lokalisierenden Stelle seines Körpers, wenn er sie zur Begrüßung um die Taille faßte und auf den Mund küßte. Liebe, sich organisch auf die Dinge ausweitend, die sie zu Hause umringten. Sieben Jahre lebten sie inmitten gemeinsamen Besitzes, und unbefleckt war das Glücksgefühl, das ihn beim Berühren eines Glases, eines Tellers, einer Zeitschrift aus dem verchromten Lektüreständer durchströmen konnte. Alles im Haus war ebenso schlicht wie vollkommen mit den beiden Bewohnern verwachsen. »Häuslichkeit« wäre ein falsches Wort für ihr Glück gewesen; es roch zu sehr nach verkochten dicken Bohnen und Sozialwohnung und heimeligem Fernsehflimmern und in Hörweite blubberndem Filterkaffee (was nicht bedeutete, daß sie keine Bohnengerichte aßen, nicht fernsahen oder Kaffee schlürften). »Stilvoll« war ebensowenig richtig: Sie lebten nicht nach den tyrannischen Gesetzen von Mode und Design (was nicht bedeutete, daß sie ihren Gispen-Sessel, die Espressomaschine von Segafredo, das Geschirr von Portoghesi, die Ritzenhoff-Vase und die Tischlampe von Starck nicht liebten). »Harmonie« wiederum klang zu seidensanft und eckpfeilerhaft für ihre Verbindung (was nicht bedeutete, daß sie nicht eine Eintracht erreicht hatten, die vage befreundeten Paaren mitunter etwas unbehaglich wurde). »Heiligkeit« kam der Sache vielleicht noch am nächsten, auch wenn das wahrscheinlich anmaßend klang, während ihre Liebe zueinander und zu den sie umringenden Dingen doch gerade von einer ungekünstelten Bescheidenheit durchtränkt war. Theo konnte angerührt sein, daß ihm die Luft wegblieb, wenn er eine Schere, die Schere, ihre Schere aus der Mahagonikommode nahm, wissend, daß Sylvia nicht bloß die Schere, sondern auch Maßband, Taschenrechner und Holzleimtube am selben Tag noch benutzt und wiederum zurückgelegt hatte. Theo grüßte die Dinge, wie er seine Frau begrüßte. Dadurch entwertete er seine Liebe zu Sylvia nicht im mindesten, sondern brachte den Dingen im Gegenteil eine angemessene Verehrung entgegen. »Hallo Schere«, sagte eine leise Theo-Stimme in seinem Kopf, wenn er in die Schublade griff, und er wußte: Glück war nirgendwo anders als hier, bei der halboffenen Lade mit den Sachen, die sich für die erwiesene Zuwendung bedankten, indem sie nicht kaputtgingen oder verschwanden (sie beide »vermißten« nie etwas). Theo und Sylvia waren keine Kirchgänger, und auch ihre Liebe füreinander hatte nichts Religiöses, aber intuitiv und ohne es je gemeinsam beschlossen zu haben, hatten sie in ihrem Haus das Bibelzitat »Liebe deinen Nächsten wie dich selbst« auch auf die Welt des Unbeseelten ausgedehnt. Hallo, Schere. Hallo, Schere-mit-den-angerosteten-Blättern. Guten Morgen, Haus. Hallo, Vase-in-der-Ecke-des-Arbeitszimmers. Andere Weltverbesserer zogen tief ins afrikanische Inland, demonstrierten vor Botschaftertüren, füllten Zahlungsanweisungen für gute Zwecke aus (taten sie auch, zugegeben) oder sprangen dem Nachbarn zur Hand (sie waren sich nicht zu fein dafür), aber Theo und Sylvia Altena trugen ihr eigenes Steinchen zur Weltverbesserung bei, indem sie beispielsweise im Supermarkt mit Sorgfalt und Liebe die eine Tüte Äpfel oder das eine Klopapier in ihren Einkaufswagen legten und allem zu Hause einen angemessenen Platz gaben, um kurz darauf den Teebeutel nicht aufreißen zu lassen, wenn einer der beiden ihn allerliebst in die schwarz emaillierte Kanne mit kochendem Wasser eintauchen ließ, während der andere Tassen und Untertassen auf den Bauerntisch stellte. »Zen und die Kunst des Haushaltens«, sagten Bekannte mit mildem Spott, wenn Theo etwas von ihrem Umgang mit den Dingen zu erklären suchte. Mochte es sein, was es wollte, Zen oder Armseligkeit, Fixierung oder Fetischismus, ihm war es gleich, solange es ihnen beiden nur energische Ruhe und bindende Befriedigung schenkte. Es gab einen Unterschied zwischen ein Glas in die Hand nehmen und ein Glas in die Hand nehmen, und wer diesen Unterschied nicht sah, sah die Welt nicht. Wer mit seiner Hand die Teetasse oder das Weinglas hegend umschließt, wird mit ihr nicht so rasch einen Menschen schlagen.

»Heiligkeit«. Keiner von beiden hatte natürlich je dieses Wort zur Beschreibung dessen verwendet, was sie einander und ihren bescheidenen Besitztümern andichteten, aber wenn sie für- und miteinander im Haus ein wenig heilig waren, dann waren sie es unkanonisch, unfromm und vor allen Dingen unkeusch. Heidnisch war die Geilheit, mit der das Ehepaar Altena sich bisweilen näherkam, *mijnheer* gerade von der Arbeit zurück und *mevrouw* soeben aus der Dusche gestiegen, der eine gänzlich angezogen und die andere lediglich in ein Handtuch gewickelt. Sie konnten vögeln wie die Tiere, sie beide. Sylvia wußte mittlerweile seit Jahren, was mit »Hundestellung« gemeint war, und das war nur der geringste Ausdruck der sexuellen Schulung, die sie mit ihm durchlaufen hatte. Manchmal blies sie ihm schon einen, wenn er kaum fünf Minuten zu Hause war und noch alle Kleider am Leib hatte. Schon hatte sie seinen in Nullkommanichts steifgewordenen Schwanz effizient aus seinem aufgeknöpften Hosenschlitz geholt, legte ihre eine Hand, die Linke, wie eine Schale unter seine Eier, schnallte mit der anderen seinen Gürtel auf und zog seine Jeans und Boxershorts etwas herunter, so daß die Linke von Hoden zu Anus wandern konnte, wo sie ihren Zeigefinger – den Fingernagel hatte sie zu diesem Zweck kurzgeschnitten – resolut und ohne Umschweife in ihn steckte, um gleich darauf die Fingerspitze leicht anzuwinkeln. Sie machte mit der Fingerspitze sanfte halbe Drehbewegungen in seinem Enddarm, bei jeder Drehung ein Stück tiefer in ihn eindringend, und wußte, daß sich Theo vor prickelndem Genuß die Zehen in den Schuhen krümmten und er sich nicht sehr viel später, während seine Schwanzspitze wie eine im wahrsten Sinne des Wortes transsubstantiierte Hostie auf ihrer halb ausgestreckten Zunge lag, mit pornographischer Konzentriertheit auf ihre leckende Zunge und zurückweichende Unterlippe entleeren würde, sein Saft in dicken, aber deshalb nicht weniger delikaten Strahlen über ihr Kinn fließen, von dort auf ihr Schlüsselbein und tiefer tropfen und schließlich zwischen ihren mittlerweile halb entblößten Brüsten verschwinden würde.

Klar, daß es dabei nicht bleibt. Kichernd gehen sie die offene Treppe zum Schlafzimmer hinauf, auf manchen Tritten einen Socken oder Schuh oder Slip zurücklassend. Oben ist das Laken kalt, und Sylvia legt sich rasch auf den Rücken, die Beine V-förmig gespreizt, die Arme nach ihm ausgestreckt und ihr langes, blondes Haar wie eine präraffaelitische Aureole auf dem Kopfkissen. Wie sie dann die gespreizten Beine anwinkelt oder, die Füße flach auf dem Laken, ihr Becken hochdrückt. Wie Theo träge und in konzentrischen Kreisen ihre Brüste leckt. Je kleiner der Abstand zwischen Zunge und Warzenhof wird, desto straffer fühlt sich ihre Haut an, bis er ihre mittlerweile geschwollene Brustwarze berührt, farblich zu einem vagen Terracotta verdunkelt und hartsacht wie der Kopf eines Wattestäbchens. Er nimmt ihre Warze zwischen seine Zähne und beißt sanft und vorsichtig hinein, kurz, kürzer, seine Hand derweil wie eine kleine Hängematte zwischen ihre Beine geschmiegt. Mit regelmäßiger werdenden Zuckungen reitet Sylvia routiniert gegen seine Hand an, sie drückt ihre Stirn gegen seinen freien Arm, während seine tätige Hand dem Tempo ihrer Hüftbewegungen folgt. Direkt bevor sie es kommen fühlt und ihre Zuckungen wilder werden, rollt Theo sich in einer einzigen Bewegung auf sie. Und während seine Hand sie nicht verläßt, dort, schiebt er sich in sie und spürt, wie sein Steifer wieder und wieder seine Fingerspitzen entlanggleitet, die sie jetzt schwer und zittrig berühren, seine Hand zwischen sie beide geklemmt, seine Hüften von ihren Schenkeln umgürtet, mit denen Sylvia ihm jetzt durch leichte Aufwärtsstöße den ständig schneller werdenden Rhythmus diktiert; es endet in einer unbeherrschten Beschleunigung und einem Schrei, den er insgeheim ihr Wölfinnengeheul nennt und der ihn immer, immer entzücken wird. Sie erstickt ihr Stöhnen in seiner Halsbeuge, preßt ihren geöffneten Mund gegen seine Haut. Ihre Zähne scheuern scharf, wenn es ihr kommt, und auch nachdem es ihr gekommen ist und er sie wiegt, ihre Körper zu einem unteilbaren Zweiklang aus Fleisch und Blut verknüpft, sie nichtig und lieblich auf der Matratze dümpeln wie eine Flasche auf den Wellen der windstillen, offenen See.

So oder anders, ruhiger, träger oder gerade doppelt so heftig und schnell wie gewöhnlich oder einfach dieselbe geile Nummer vier Tage hintereinander wiederholend, trieben sie es miteinander, in wiederkehrenden Varianten von Varianten und immer mit einem Genuß, von dem Theo wußte, daß er nirgendwo sonst zu finden war, weil nirgendwo sonst als bei ihr Genuß so stabil von Glück untermauert war. Und wenn es vorbei war und der eine sich aufgerollt an den anderen schmiegte, dachte er, was er seit vierzehn Monaten nun schon zahllose Male gedacht hatte, mit Sylvia bei Tisch, mit Sylvia im Gespräch, mit Sylvia auf der gußeisernen Bank, wenn sie den blühenden Weißdorn und den Goldregen in ihrem grünen, duftigen Garten betrachteten, mit Sylvia wegdämmernd nach dem seelenvertrauten Vögeln: Das ist die Frau, die ich betrüge. Und unbegreiflich genug war das kein Widerspruch zu dem, was er fühlte und dachte, seit er sie kannte: sie und nie eine andere.

Fünf

Halb acht Uhr abends im April bedeutete zu Hause bei Theo und Sylvia, daß die Dämmerung bald einen mattblauen Schleier über das Grün des Gartens legen würde, unterbrochen von jenen seltenen Momenten, in denen die Sonne kurz vor ihrem Untergang noch einmal durch die Wolken brach und zwei breite Streifen mattweißen Lichts auf den Plattenweg warf, die vor den hohen Fenstern ihres Wohnzimmers endeten. Zu dieser Stunde erschienen manchmal auch irisierende Schlieren auf den Fenstern. Wie winzigkleine Regenbogen waren sie, als wäre kurz zuvor Öl aufs Glas gespritzt. Theo saß auf dem grauen Chesterfield, eine warme Katze auf dem Schoß und die ausgebreitete Abendzeitung zu seinen Füßen, er hatte die Augen halb zusammengekniffen und sah durch die schmalen Regenbogen auf dem Fenster hinaus in den Garten. Gras und Gesträuch bekamen dadurch seltsame Tönungen, besaßen auf einmal die fröhliche Farbenpracht von Pflanzen und Tieren in Zeichentrickfilmen für Kinder. Das sich über das Grün schiebende Gelb und Lila und Blau ließ ihn an die Momente in der Schule denken, in denen Gesichter und Kleidung seiner Schüler bisweilen völlig irreale Märchenfarben annehmen konnten. Das geschah, wenn sie polternd das Klassenzimmer betraten oder verließen, die Taschen unter den Arm geklemmt oder über die Schulter geworfen, sich schubsend, sich gegenseitig ein Bein stellend, im Fall eines raschen Flirts seitwärts Knüffe verteilend. Besah er den sich bewegenden Knäuel, hatte er manchmal den Eindruck, daß die Farben aus den dazugehörenden Formen leckten. Hier lag es nicht am irisierenden

Sonnenlicht, sondern an der Vielfarbigkeit ihrer Kleidung: enge T-shirts, lange Hemden und kleine Schals waren es, die Theo ein Farbengewirr vor Augen zauberten. Wenn sie dann in Scharen auf den Flur drängten, flossen die Farben ihrer Bekleidung über in Haut und Haar. Kurz darauf, wenn eine neue Klasse in den Bänken Platz genommen hatte und er die soundsovielte Unterrichtsstunde begann, waren Form und Farbe wieder wie zuvor in Reih und Glied. Und bei Iris erschienen die Regenbogen manchmal auf ihrer Haut, wenn sie nach dem Sex noch kurz im Bad saßen. Der Badeschaum im Wasser zauberte kleine amorphe Flecken in den sieben Farben auf ihrer braunen Haut hervor. Hatte er bei Sylvia nie gesehen, so was.

»Theo, ist was? Ein kleines Tief?«

Wie so manches Paar redeten sie sich manchmal in einer Art Pseudo-Teeniesprache an. Von der Kochecke aus betrachtete ihn Sylvia. Sie dachte wahrscheinlich, er starre ins Nichts.

Theo bewegte die Beine. Die Katze sprang gelassen von seinem Schoß.

»Nein, es ist nichts«, sagte er. »Bin bloß müde.« Er lächelte, in der Hoffnung, sie sei ebenfalls müde. Dann würde sie ihren Eltern vielleicht absagen.

Die Sonne war hinter den nahegelegenen Häusern versunken, die Regenbogen auf den Fenstern verschwanden, und der Garten lag da im beginnenden Abendblau.

»Soll ich helfen?« fragte er und wußte, daß es nicht nötig war. Sie hatte den Abwasch erledigt und die Küche aufgeräumt, er hatte gekocht, und so war alles gut und nein, er hatte wirklich keines, kein »kleines Tief«, wollte aber heute abend eigentlich nicht mit zu ihren Eltern. Sie antwortete, daß sie ihn fast immer zu den seinen begleite, und Theo wußte, daß er diesmal einem Besuch nicht entkam.

Eine Viertelstunde später fuhren sie los. Theo riegelte die Haustür ab und entriegelte danach die zwei doppelten Schlösser nochmals, um zu kontrollieren, ob er sie vorher auch wirklich zugeschlossen hatte. So konnte er eine halbe Minute zugange sein, wenn er seiner diesbezüglichen Zwanghaftigkeit nachgab: Schloß zu, Schloß auf, Schloß wieder zu. Er schämte sich seines Gefummels, kam sich betulich und ängstlich vor. Auf ihm lastete ein »Weibertick«. Wenn sie in den Urlaub aufbrachen und eine Stunde später auf der A2 Richtung Eindhoven fuhren, kostete es ihn Mühe, Sylvia nicht zu fragen, ob sie das Gas abgedreht und die Schließvorrichtung des Dachfensters richtig zugedreht hatte und ob die Nachbarn auch tatsächlich den Schlüssel hatten. Solche Fragen stellte man nicht als Mann. Jetzt stand er im Vorgarten, in der Mitte ihres Plattenwegs. Der Abend war klar und trocken, die Luft war vom bittersüßen Kotgeruch des Wiesenkerbels in den Grünanlagen durchzogen, aus angrenzenden Häusern drangen Kinderstimmen, aus einem Carport gegenüber ertönte Radiomusik. Theo sah zu den Fenstern des Obergeschosses hinauf. Seine Neigung, alles vier- oder fünfmal zu kontrollieren, war nicht ausschließlich einer störenden Neurose zuzuschreiben: Bergermeer hatte seit einigen Monaten unter Einbrechern zu leiden. Während Sylvia hinten im Garten die Fahrräder aus dem Schuppen holte, drehte er sich noch einmal um. Ein letztes Mal wurde die Haustür inspiziert. Alles doppelschlössig okay.

Sie radelten bis zur Bahnstation. Auf Theos Bitte hin fuhren sie nicht mit dem Auto nach Schagen, denn dann hatten sie keinen formalen Grund, beizeiten zu gehen. Jetzt gab es die Ausrede, daß sie den letzten Zug bekommen mußten. Zu Pa und Ma Houtman hatten sie bei einem früheren Besuch gesagt, sie würden den Wagen aus Sparsamkeits- und Umweltgründen möglichst oft stehen lassen. Das glaubte natürlich niemand, schon weil der ach so umweltbewußte Theo fünfmal die Woche nach Hoorn und zurück fuhr.

Es war nicht weit zum Bahnhof, sie brauchten nur den Jan van Scorelkade entlangzuradeln. Sylvia fuhr mit offener Jacke, Theo radelte neben ihr und sah an ihr vorbei in die erleuchteten Wohnzimmer hinein. Die Interieurs kannte er inzwischen in- und auswendig. In fast allen Wohnzimmern am Kai standen Couch und Büfett vorn zur Straße hin. Dahinter kam dann die Eßecke, immer längsseits ins Zimmer plaziert. Meist hing über dem Eßtisch eine klassische Deckenlampe, und das Licht in den Wohnzimmern war nahezu identisch. Nirgends das kühle Weiß von Halogenleuchten, statt dessen überall ein braunes, pappiges Gelb. Dieses Licht schien nicht zu strahlen, sondern wirkte wie ein kompakter Kubus, als sei nicht die Lampe, sondern das Licht selbst etwas, das man ins Zimmer stellen oder darin aufhängen konnte – Zäune aus Wohnzimmerlicht. Die Vorhänge waren immer offen, die Gardinen symmetrisch beiseite geschoben oder locker von goldbestickten Bändern zusammengehalten, und in einer Ecke des Zimmers flimmerte immer das Farbpuzzle des Fernsehers.

Es war still draußen. Ein Mann im Jogginganzug rannte über den Gehsteig, jemand parkte seinen Wagen in einer Auffahrt und schaltete Vorder- und Rücklicht aus, und Theo wußte: Es lebte sich gut in einem Viertel, in dem alles tot war. Der echte Tod, in armen Ländern und Großstädten, und der, den man im Fernsehen sah, bekam dadurch fast etwas Vertrauenerweckendes. Theo war davon überzeugt, daß man hier mit dreißig seine Turnschuhe gegen große, weiche Pantoffeln vertauschen mußte, eine passende Vorbereitung auf den Tod. Aller Sport war Sublimierung, festlich verpackte rituelle Todesverachtung. Es gab nur einen Grund, weshalb er Iris anziehend gefunden hatte. Sie strampelte und turnte sich den Schweiß aus dem Leib, sie lebte so ungeheuer ohne Todesbewußtheit, daß er, die zufriedene Mumie mit dem klopfenden Herzen, gar nicht anders konnte, als unglaublich geil auf sie zu werden.

Sie gelangten zur Rückseite des Bahnhofs und stellten ihre Räder in einen offenen Unterstand. Ein zweimaliges dünnes Klicken war zu hören, als sie an ihren Schlössern drehten. Studiert hatten sie beide in Amsterdam, vor acht Jahren waren sie sich begegnet, im Dansen bij Jansen, wo Theo, zwischen verschwitzte Körper geklemmt, sechs Samstagabende hintereinander aus der Ferne zu Sylvia hinübergespäht hatte, die dort mit Freundinnen zur Musik von Chic und Sister Sledge und Earth, Wind & Fire die Hüften schwang. Am siebten Abend lud er sie zu einem Getränk ein. Drei Bierchen später legte sie flüchtig zwei Finger auf seinen Handrücken. Das war der Anfang gewesen. Wie sie um drei Uhr nachts in der Gasse herumgeknutscht hatten, die Fahrräder schräg gegeneinandergelehnt, beide über Steuer und Stange gebeugt. Burschenschaftler gaben lautstarke Kommentare zu ihrem Rumgemache ab, er zog den Reißverschluß ihrer Wildlederjacke auf, und der Türsteher von Jansen pfiff frotzelnd herüber, nachdem Theo eine Hand auf ihren Hintern in der engen weißen Lois gelegt hatte. Sie waren zu ihm nach Amsterdam-West gefahren, bei beiden baumelte ein schweres Fahrradschloß am Lenker. Die Schlösser schlugen dumpf gegen die grauen Stahlrahmen. Vor seinem Haus verketteten sie ihre Räder miteinander, die Verflechtung von Ketten- und Bügelschloß quasi eine Vorankündigung des ungeschickten Liebesspiels in dieser Nacht. Theo wohnte in einem Dachzimmer und teilte dort Klo, Dusche und Küche mit zwei anderen Studenten. Sie mußten vier knarzende Treppen hinauf, Sylvia stolperte über ein paar Schuhe der Nachbarn im zweiten Stock. Prompt schlug in der Wohnung ein Schäferhund hysterisch an. Noch immer, wenn sie im Bett lagen und sich von einer Nummer erholten, gedachten Theo und Sylvia zu bestimmten Zeiten ihrer ersten Nacht. »Weißt du noch, wie du das und das sagtest, als ich dies und das vorsichtig bei dir tat?« So fragten sie sich gegenseitig nach dem bekannten Weg, einzig als Ausrede, um mehr, noch mehr Erinnerungen aufzufrischen, denn sie wußten beide noch nahezu alles. In seinem Dachzimmer hatten sie beide vier Stunden lang einen Tiefschlaf fingiert, dabei aber in Wirklichkeit gespannt auf den Morgen gewartet. Um acht Uhr an diesem Morgen verließ Sylvia sein Zimmer, unter den Augen dämmerblaue Ringe. Er hatte noch angeboten, Croissants zu holen und Tee zu kochen, aber dankeschön, nein. Kurz bevor sie ging, hatte Sylvia dann doch – sie war dabei bis tief in den Nacken errötet – ihre Telefonnummer auf den Rand einer zusammengerollten alten Zeitung geschrieben, die hinter einem Garderobenhaken an seiner Zimmertür klemmte. Schon dachte er fieberhaft über den Tag nach, an dem er sie anrufen würde, da kam sie wieder herauf, blaß um die Nase und mit vor Empörung geweiteten Augen. Ihre Fahrräder seien fort. Wahrscheinlich hatte sie ein professioneller Fahrradjäger, der nachts seine Runde durch die Stadt machte, in seinen Transporter geladen. Durch das ausgestorbene Staatslieden-Viertel hatte er sie zur Haltestelle der Linie 3 begleitet. Hier, in Alkmaar, hatten sie beide ein Gazelle-Rad mit einem Ringschloß, das einfach nur unter dem Sattel an den Stahlrahmen geschraubt war. Und, Einbrecher hin oder her, noch nie hatte man hier ihre Fahrräder gestohlen, sie fuhren jetzt schon fast sechs Jahre damit herum. Verrückt, wer jemals wieder umzog, nachdem sein Rad eine Nacht lang unabgeschlossen vor seinem Haus gestanden und keiner es geklaut hatte.

Iris hatte nie ein Rad besessen. Interessierte sie nicht. Käme auch nicht häufig vor, ein Neger auf einem Fahrrad. Iris konnte sich für alle erdenklichen Sportarten erwärmen, aber aufs Rad bekam sie keiner. »Radfahren und Schlittschuhlaufen, das sind urtypisch weiße Betätigungen«, hatte sie einmal behauptet. »Jemals einen Neger bei der Tour de France gesehen?«

»Neger«. Seit den Dienstagen mit Iris hatte Theo manchmal Schwierigkeiten mit dem Wort. Iris sagte »Neger«, wenn sie einen Neger meinte – aber aus seinem Mund klang es unpassend, als gäbe er einen bellenden Befehl von sich. Negerin klang da schon weniger martialisch. »Nigger« nannten die, äh, Neger sich in Amerika, allerdings gehörte es in Kreisen der Upper-middle-class seit einigen Jahren zum guten Ton, von »Afro-Americans« zu sprechen. Theo nannte Iris »dunkel«. Aber dunkel klang wie düster, und düster war unheilverkündend. Für sie war er nicht »hell« oder »ein Weißer«, sondern weiß. Theo hatte sich daran gewöhnen müssen, von ihr als »weißer Mann« bezeichnet zu werden. Es erinnerte ihn an seine »Adlerauge«-Bücher von früher. »Weißer Mann«: Es klang fast genauso archaisch wie »Bleichgesicht«. Ugh. Wenn er Iris küßte, wünschte er sich manchmal, mehrfarbig zu sein. Am schönsten fand er die Vorstellung, daß er, in Fortführung ihres Namens, von Kopf bis Fuß irisierend sei, wie die Sonnenlichtbahnen auf den Fenstern bei ihm zu Hause, ein lebendiger Fluß von Regenbogenfarben. Und wenn er in dem Augenblick, wo er seinen Samen in Iris spritzte, die Augen schloß, war alles einen Sekundenbruchteil ohne Farbe oder Form, und er meinte sich wirklich nicht von ihr zu unterscheiden. Aller Sex war Politik, außer während des Orgasmus. Selbst wer bumste, konnte gleichzeitig noch diskriminierend sein, aber abspritzen und diskriminieren im gleichen Augenblick, das ging zum Glück nicht.

Das Zugabteil war so gut wie leer. In einer Ecke saß ein dicker Jugendlicher mit einem Crew-cut-Haarschnitt. Er trug einen Walkman und hatte die Augen geschlossen. Theo und Sylvia saßen sich gegenüber, die Beine behaglich ineinander verstrickt. Die Musik aus dem Walkman füllte das Abteil mit trockenem Gewisper. Sylvia hatte eine alte *Avenue* mitgenommen und neben sich auf die Bank gelegt. Theo beobachtete seine Frau, als der Zug in Bewegung geriet. In dem kühlen Licht des Abteils bekam ihre blasse Haut die stumpfe Farbe von Reiswaffeln, und Wangen und Hals wirkten leicht verwittert. Ihren breiten Mund mit der schön gewölbten Unterlippe hatte sie rosa geschminkt. Wenn sie die Augen zukniff, schien sich die Haut an ihren Schläfen stärker zusammenzuziehen als früher, und mäandrierende Äderchen klopften dort, dünn wie kleine Schnürbändchen.

Theo legte eine Hand auf die ihre. »Syl«, sagte er, »angenommen, ein Wohnungssuchender käme zu euch an den Schalter und würde aus Protest gegen die langen Wartezeiten Karikaturen des Schalterpersonals in den Fluren des Rathauses aufhängen wollen. Würde das Wohnungsamt das zulassen?«

»War es wieder mal soweit?«, fragte Sylvia.

»Die Zeichnungen sind obendrein scheußlich schlecht, weißt du. Ich meine, sie sind so albern und dumm, daß man nicht einmal darüber lachen kann. Es ist einfach bloß peinlich. Ich meine, würde es das Arbeitsklima nicht enorm vermiesen, so eine Reihe infantiler Kritzeleien im Flur?«

»Theo ...«

»Aber der Mann, dieser Wohnungssuchende, gibt nicht auf. Er hängt sie ans schwarze Brett. Als öffentliche Mitteilung. Das Personal entfernt sie, und der Mann hängt am nächsten Tag einfach ein paar Kopien hin. So geht es eine ganze Weile. Ein ganz nichtiger Konflikt, aber wäre das nicht etwas für die Kollegin von der juristischen Abteilung? Sylvia?«

»Wieso ziehst du den Konrektor nicht hinzu?« fragte sie seufzend. Es war ein Seufzer aus Mitgefühl und Betroffenheit.

»Ich denke gar nicht daran«, sagte er. »Dann fahren sie ein paar Stunden später noch schwereres Geschütz auf.«

»Macht es dir was aus?«

»Nein. Aber es geht mir langsam hundsgemein auf die Nerven. Man kann letztlich nichts dagegen tun, ich meine, nichts Effektiveres als jemanden des Unterrichts verweisen. Würde man es anders angehen, also vielleicht als Druckmittel selbst so ein dösiges Arschgesicht an die Tafel malen, hieße es gleich, daß man eine Kinderseele verletzt habe, und man müßte mit einem sofortigen Besuch wütender Eltern rechnen.«

»Es macht dir was aus«, folgerte Sylvia.

Theo setzte sich anders hin und warf einen Blick aus dem Fenster. Sie näherten sich Heerhugowaard.

»Sie sind auch immer gleich, diese Zeichnungen. Große Nase, langer Kopf. Nickelbrille. Wenn man es sich genau überlegt, ist es so verrückt, daß man es kaum in Worte fassen kann. Und du mußt alles schlucken, mußt immer taktisch und didaktisch reagieren.«

Theo, das wußte er selbst nur allzu gut, war ein anderer, sobald er draußen war. Zu Hause mochte er seiner Frau und den Dingen ein nobler Bodhisattwa sein, aber überall sonst, in Geschäften, auf der Straße, in der Schule, bei Verwandten, war er ein Mann wie viele: zu häufig und zu schnell strapaziert, war er dann argwöhnisch oder gekränkt. Seinen Beruf konnte er nur akzeptieren, wenn er ihn mit anderen Berufen verglich. Lieber arbeitete er inmitten nervtötender Kinder als zwischen zweifelsohne noch nervtötenderen Erwachsenen. Zu wenig gab es im Leben, an das man sich binden mochte, darauf lief es hinaus. Außer dem häuslichen Verkehr mit Sylvia schenkte ihm nur ab und zu eine Stunde vor angehenden Abiturienten Augenblicke der Befriedigung. In den obersten Klassen änderten sich seine Schüler. Durch den nahenden Schulabgang und in dem Bewußtsein, sich in Kürze voneinander verabschieden zu müssen, wurden die meisten nicht nur ernsthafter und ehrlicher, sondern sogar feinfühliger, ja beinahe sentimental. Es vermochte ihn manchmal zu rühren, so eine Welle kollektiver Wehmut in einer Abschlußklasse. Manche wußten bis dahin nur theoretisch, was Wehmut bedeutete. Sie dachten, das gehöre ausschließlich zu alten Leuten, eine Art Rheuma, bloß in Kopf und Herz. Und das Nette war: Sie schämten sich dafür. Fünf Jahre oder länger hatten sie ihre beknackte Schule verflucht, und jetzt, wo sie endlich die Biege machen konnten, schlug der routinierte Widerwille um in eine verschämte Neubewertung. Die allerletzten Schultage waren die schönsten: Dann sah man sie mit einer Mischung aus Euphorie und Angst durch die Flure gehen, begeistert wegen des Abschlußzeugnisses, ängstlich gegenüber der Zukunft, die nun unheilverkündend nah war. Bei der Überreichung der Diplome kamen selbst die stursten Böcke und schüttelten einem die Hand. Bekam man einen verschwitzen Händedruck und ein gestammeltes Dankeschön.

Sie, die Abgänger des Realschul- und Gymnasialzweigs, ließen die langen Arbeitswochen am Westfriesischen Kolleg noch einigermaßen die Mühe wert sein. Alles andere in der Schule war Ballast, ein Zuviel an Aufopferung und Pflichten, das ihn bitter stimmte. Verzehren konnte er sich nach seinem Zuhause mit Sylvia, so wie andere nach neuen Eindrücken und fernen Ländern. Alles Leben außerhalb der eigenen vier Wände war näher betrachtet eine Prüfung. Erholung, Entspannung? Ach was! Ein Restaurantbesuch war nur angenehm, wenn man dabei ebenso ruhig und komfortabel zu Tisch sitzen konnte wie zu Hause. Das erlebte man so gut wie nie. Ein Kinoabend war nett, wenn man mindestens so gut saß wie auf dem eigenen Chesterfield. Kein Kinosessel bestand den Vergleich mit ihrer schönen Couch. Es war eine ausgemachte Sache: In Restaurants mußte man zu lange warten, die Bedienung war in der Regel beschränkt und unwissend und die Weine hatten, gemessen an der Qualität, asozial hohe Preise. Im Kino stank es nach nie gereinigten Mänteln, und in der Reihe hinter einem hockte jedesmal irgendein Idiot, der den Mund nicht halten konnte. Woher kam nur dieses Mißverständnis, das Leben lohne sich erst, sobald man ausging? Überall waren andere, deren Anwesenheit man sich nicht erbeten hatte. »L'enfer, c'est les autres« – das stimmte nur zu sehr, aber aus irgendwelchen dunklen Gründen hatte niemand den Mut, die anderen entsprechend aufzuklären. Ein weltweiter Kettenbrief, der die Hölle des Daseins offenlegte, hätte schon einen gewaltigen Unterschied gemacht. Eins zu eins im täglichen Umgang, das war das Maximum; er hatte Sylvia, und das war genug. Natürlich gab es auch Iris, aber sie fiel aus den gängigen Kategorien heraus. Sie war so vollkommen das andere, das absolute Gegenbild, daß das Höllische umschlug in befreiende Obszönität. Aber mit keiner anderen als Sylvia wollte er alles teilen, das Altwerden eingeschlossen. Das war keine simple Scheu vor Fremden. Sylvia war – und man mußte achtgeben, das nie laut zu verkünden, sie würden einen für verrückt erklären und abholen und einbuchten, ein Notarztwagen, zwei Weißkittel, und ab ging die Post ins Willebrordus-Spital in Heiloo – Sylvia war für ihn die von Gott oder seinesgleichen gesandte Vorankündigung des Todes. Sie war eine Metapher, die einzige, an die er zu glauben vermochte, eine Metapher von Fleisch und Blut, sie versinnbildlichte auf die lieblichste Art und Weise den Tod, der ihn erwartete. Sie zu umarmen war eine Sterbeübung. Sylvia hatte sich der Liebe halber wie eine Krankheit in ihn eingenistet und durchströmte seine Adern, sie war seine altruistische, philanthropische Todesschwadron. Das Leben hatte keinen anderen Sinn als diesen: zu lernen, sich nicht vor dem Tod zu fürchten. Ihre Liebe war gegenseitige Sterbebegleitung, lebenslang. Mit Iris war es anders. Das war neu entdeckter Mutwille, dienstags war er wieder für kurze Zeit achtzehn Jahre und nicht gekettet an den Tod durch Liebe, sondern den durch Geilheit, gespeist von kühler Berechnung und manipulierbaren Phantasiebildern. Mit Iris vögelte er die Dübel aus der Wand und die Ziegel vom Dach, und das war alles, eine herrlich geile Grabschändung, es gehörte nun einmal dazu.

Draußen lag der Polder in schwarzer Dunkelheit.

Theo fragte: »Sind wir heute abend die einzigen?«

Natürlich waren sie das. Sylvia hatte zwei Schwestern. Eine wohnte in Gouda und war verheiratet mit einem Buchhalter, der an Geburtstagen zuviel trank. Die andere lebte in Utrecht, war alleingeblieben und machte irgendwas Künstlerisches auf Subventionsbasis, mit Tanz und mimischem Drama. Die Schwestern kamen nur an Geburts- und Feiertagen ihre Eltern besuchen.

Der Zug fuhr in den kleinen Bahnhof von Schagen ein.

»Dein Vater wartet schon.«

Der weiße Opel von Pa Houtman stand tatsächlich auf dem Parkplatz. Aller Wahrscheinlichkeit nach saß er hinter dem Steuer und paffte griesgrämig eine Caballero.

Theo und Sylvia waren die einzigen, die ausstiegen. An der Nordseite des Bahnsteigs gingen die Schranken herunter.

»Windig ist es«, stellte Theo fest. Nach seinem Gefühl wehte es immerzu in Schagen, selbst wenn es in Alkmaar windstill war.

Der Zug fuhr weiter. Sie gingen auf die geschlossenen Schlagbäume zu. Man mußte über die Bahngleise, um zum Dorfkern zu gelangen.

»Syl, laß uns was verabreden«, sagte Theo. »Wie lange bleiben wir? Zwei Stunden?«

»Zwei Stunden, okay. Küßchen.«

»Küßchen.«

Theo spürte den warmen Stromstoß ihrer Zungenspitze an der seinen.

Die Schlagbäume gingen hoch. Jenseits der Gleise erklang in holpriger Rhythmik die Hupe des Opel. Pa Houtman hatte die Wagentür geöffnet. Halb aus dem Auto hängend winkte er mit einer Überschwenglichkeit, die Theo zuwider war. Immer dieses Getue, schon zur Begrüßung. Als wäre gerade ein Kreuzfahrtschiff auf dem Landweg nach Schagen gedampft.

Kurz hinter dem Bahngleis blieb Sylvia noch einmal stehen.

»Theo. Zwei Stunden und nicht länger. Aber versprich mir, daß es nett bleibt.«

Der sanfte Kniff in ihre Seite bedeutete ein Versprechen.

Sechs

Dienstagabend am Ortsrand von Schagen. Ma Houtman legte einen sonnenbeblümten Foulard auf den schmiedeeisernen Wohnzimmertisch und servierte japanisches Knabbergebäck in einer Majolika Schale. Auf dem Tisch standen drei Tassen Kaffee und für Pa ein Bierchen. Draußen stand der Opel auf dem schmalen Kiesweg, rückwärts eingeparkt, Pa Houtman mußte ja später am Abend noch einmal los und Theo und Sylvia wieder zum Bahnhof bringen. Drinnen war es warm, trotz der Jahreszeit war die Zentralheizung aufgedreht, der Grund waren Mama Houts Wadenschmerzen. Zu viert saß man um Fernsehgerät und Wohnzimmertisch herum, Theo auf der Ecke des fünfsitzigen Cordsofas. An der Wand über dem Büfett schlug alle halbe Stunde die antike Pendeluhr, direkt daneben hing, in Aluminium gerahmt, ein Glanzreprint der Wasserlilien von Monet, Pa Houtman hatte ihn vor einem Monat in einem Postershop in Den Helder gekauft. Die Samtvorhänge waren geschlossen, Zigarettenqualm hing in langen, bläulich ausfächernden Schwaden über ihren Köpfen und stieg langsam zur Decke auf, wo er zuletzt verflog und in die Dekorbalken drang, und Theo dachte: Dieses Haus ist ein Haus mit Herz und kein Klischee. Zwar brauchte es wenig Geschmack oder Kenntnis, um alles im Wohnzimmer als Kitsch auszumachen, aber ein wenig Weisheit war vonnöten, um Vorhänge und Balkendekor nicht durch aburteilendes Gewäsch über Ästhetik und guten Geschmack zu entehren. Theo hatte so seine Augenblicke, in denen er sich zu der Meinung verpflichtet fühlte, daß Klischees nicht existierten und lediglich von Leuten bemüht wurden, die mit der Wahrheit nicht leben konnten. Theo liebte Sylvia, und Sylvia liebte ihre Eltern, die wiederum ihre Nippes liebten, und also sah Theo es als seine bescheidene Pflicht an, seine Liebe auszudehnen auf Wasserlilien, Pendeluhr und foulardseidene Blümchentischdecke. Alles eine Frage der In-und-ums-Haus-Meditation. Theo Altena, geübt in Weltabgewandtheit, wollte sich zugleich in einer Art Reinheit auf Mikroebene vervollkommnen. Das Problem war nur, daß die Abgewandtheit immer authentisch war, während er mit seiner angestrebten Reinheit häufig nicht übers Theoretische hinauskam.

Theo trank seine zweite Tasse Kaffee. Sylvia sprach mit ihrer Mutter, beide saßen mit gegeneinandergedrückten Knien und ohne sich zurückzulehnen da. Vater Houtman, jahrelang »für die Versicherung« unterwegs gewesen und mittlerweile im Vorruhestand, suchte das ihn klamm beschleichende Bewußtsein seiner gesellschaftlichen Überflüssigkeit dadurch zu kompensieren, daß er im häuslichen Kreis mit dumpf dröhnendem Timbre sprach, überzeugt, daraus einige Autorität zu beziehen.

Sylvia fragte ihre Mutter, ob es Neuigkeiten von den Schwestern gebe. Pa Houtman erzählte einen schlüpfrigen Witz. Dann wurde es still. Theo schützte Müdigkeit vor und rieb sich das Gesicht. Er schloß beide Augen und sah vorübergehend nichts als ein erlösendes Schwarz mit gelben Streifen, die leuchtend aufblitzten. Neben ihm beugte Pa Houtman sich kurzatmig und schwer schnaufend zum Wohnzimmertisch vor. Er langte nach der Fernbedienung. Schweigend zappte er drauflos und blieb bei RTL4 hängen, man geriet mitten hinein in eine Quizsendung, das Zimmer füllte sich mit Applaus und Gejohle, und gerade als Theo die Augen aufschlug und rasch zur Seite sah, um mit Sylvia einen einvernehmlichen Blick zu wechseln, patschte sich Pa Houtman ein paarmal mit der

Fernbedienung in die Handfläche und sagte: »Sieh einer an. Jetzt sind sie auch schon im Telebingo, die Schwarzen.«

Das wollte keiner gehört haben. Sylvia sah weg. Ma Hout bemerkte plötzlich etwas unter einem Fingernagel, das sie pulend entfernte.

Dann machte Pa Hout: »Tssssss.« Und zog dabei ein Gesicht wie einer, der entdeckt, daß er in den falschen Zug gestiegen ist.

Das war zuviel. Jetzt landete seine Äußerung wie ein abgeschossenes Projektil mitten im Wohnzimmer. Ma Houtman sah verstohlen zu Tochter und Schwiegersohn. Sylvia warf einen raschen Blick auf Theo, der mittlerweile kerzengerade auf dem Sofa saß.

Inmitten von vier weiteren Kandidaten strahlte hinter einem grellfarbenen Stehpult ein Hindustani hervor. Hinter ihm blitzten große, gelbe, digitale Ziffern auf und erloschen. Er hatte die wenigsten Punkte.

Mama Houtman war aufgestanden. Hastig schob sie Theo das Salzgebäck unter die Nase. Er lehnte höflich ab und bemerkte eisig: »Schwarze im Fernsehen. In diesem Land geht aber auch alles drunter und drüber, was?«

Als hätte er darauf gewartet, wandte Pa Houtman sich ihm zu.

»So was wirst du mich nicht sagen hören. Ich meine ...«

»Marokkaner, die ein Auto gewinnen, ein Türke der zweiten Generation im Showbiz-Quiz. Eine Wohnung haben und von der Wohlfahrt leben, das reicht denen noch lange nicht. Jetzt schnappen sie uns auch schon unsere schönen Fernsehpreise weg.«

»Eine ekelhafte Bemerkung, wie du sie von mir nie hören wirst, da unterstellst du mir was, Junge!« Pa Houtman ruderte mit den Armen und hätte fast mit der Fernbedienung gegen den Wohnzimmertisch geschlagen. »Telebingo ist ein niederländisches Quiz mit Fragen über urniederländische Dinge, und das einzige, wovon ich rede, ist …«

»Ja, wovon redest du eigentlich?«

Theo verlor seinen eisigen Ton.

»Theo, bitte«, beschwichtige Sylvia. Zu spät. Das Adrenalin schoß bereits durch seinen Körper. Mutter Houtman sprang rasch an Theo vorbei zu ihrem Mann und riß ihm die Fernbedienung aus den Händen.

»Ich rede – verdammt noch mal –, was ich reden will in meinem Haus«, sagte Pa Houtman, »und wenn dir das nicht paßt, dann, dann, dann …«

Dann zieh doch Leine, wollte er sagen, aber so weit kam es nicht. Ma Houtman zappte inzwischen von einem Kanal zum anderen. Sylvia war aufgestanden, und weil auch ihr Vater sich von seinem Platz erhob, tat Theo dasselbe. Da standen sie alle vier, traten von einem Fuß auf den andern, Pa Houtman reckte das Kinn in die Höhe, Sylvia trieb warnend ihren spitzen Fingernagel in Theos Arm, und Mutter Hout sagte schrill: »Da, Fußball im Dritten!« Und, leiser zu ihrem Mann: »Nicht doch, Bert, nicht doch.«

Aber Bert stellte sich ihrem Gebettel gegenüber taub. Mit gestrecktem Arm deutete er auf Theo, sein Zeigefinger machte stechende Bewegungen.

»Ja, hübsch, Fußball«, sagte Theo. »Drei Neger in der Nationalelf, das ist gleich dreimal Telebingo.«

Sylvia zog ihn am Ärmel. Pa Houtman sah gepeinigt drein und entschied dann, sich an seine Tochter zu wenden.

»Sylvia, dieser Schlappschwanz von deinem Mann will aus mir einen Kriminellen machen! Was habe ich denn überhaupt gesagt? Ich habe überhaupt nichts gegen die Leute, ich finde bloß, daß man bei bestimmten Dingen …«

»Die Leute«, fing Theo an und spürte die Fingernägel seiner Frau in seinem Bizeps.

»Laß ihn ausreden«, sagte sie.

Theo sah seine Frau mit großen Augen an, und Pa Houtmann hakte gierig ein.

»... daß man bei bestimmten Dingen einfach sagen muß: Das ist nun mal urtypisch für unser Land. Volkslieder zum Beispiel, und, äh, Heringe ausnehmen in Den Helder. Das ist doch nicht so verkehrt? Eben, und andere Dinge wiederum sind typisch für ...«

»Ja, für wen?«

»Für die anderen.«

»Die anderen«, wiederholte Theo müde und fühlte seinen Zorn schwinden.

Ma Houtman, kreideweiß, spürte untrüglich, wie bei Theo Wut und Widerwille nachließen, und sagte beschwichtigend, wieder zu niemandem im besonderen: »Nun setzt euch wieder. Na los, kommt schon.«

Theo ließ sich in den weichen Fünfsitzer fallen, wo er mit einem Plumpser landete. Pa Houtman zog demonstrativ die Schultern hoch. Auch Sylvia setzte sich wieder auf ihren Platz, aber als alle wieder um den Wohnzimmertisch saßen, wandte Theo sich erneut an seinen Schwiegervater, diesmal mit dem nachgiebigen Ton dessen, der jemandem mittels Freundschaftlichkeiten eine Falle stellen will.

»Bert, wie viele Ausländer wohnen hier in eurer Straße?«

»Nicht einer«, antwortete Pa Hout wahrheitsgemäß. Argwohn blitzte aus seinen zusammengekniffenen Augen.

»Genau. Unbekannt macht unbeliebt«, sagte Theo und sah ein, daß er an Terrain verlor. Halbleises Dozieren war ganz falsch, besonders wenn man sich dabei noch abgedroschene Sprüche erlaubte. Ihm gegenüber saß seine Schwiegermutter, die Hände so fest zusammengepreßt, daß das Blut aus den Knöcheln wich. Mit der Schuhspitze berührte sie sanft die Ränder des Foulards, wodurch die Sonnenblumen sich wiegten.

Nach einer kurzen Stille fragte Pa Houtman: »Was willst du denn überhaupt sagen, Junge?«

»Nein, Bert, nein!« sagte seine Frau und schüttelte so entschieden den Kopf, daß Theo dreimal hintereinander die Rückseite ihrer rosa Ohrmuscheln sah, linksrechtslinks.

»Was denn: ›Nein, Bert‹?« gab ihr Mann zurück.

»Wie viele allochthone, surinamische und antillianische Familien hast du als Versicherungsvertreter denn zu Hause besucht?« fragte Theo.

Das aggressiv gespannte Gesicht seines Schwiegervaters gewann seine normalen Falten zurück. Er strahlte.

»Jede Menge, Bub, jede Menge. In Den Helder, Alkmaar, Zaandam, Purmerend, wo du willst. Nie irgendwelche Probleme gehabt. Ich kenne sie besser als du, darauf wett' ich. Alle schwer in Ordnung, gab immer was zu lachen mit den Schwarzen, gastfreundlich auch, weißt du. Hat sich immer gleich die ganze Familie um den Tisch geschart und Späße und Faxen gemacht, sobald man die Policen aus dem Koffer holte. Oder ich bekam Kaffee aus so 'nem ganzganz kleinen Glas, bei so 'ner türkischen Familie, irre stark, das Zeugs, 'ne richtige Giftbrühe, aber lecker, sag ich dir. Gab auch noch so merkwürdige fette Kekse dazu. Nein, wirklich: immer nett. Also was regst du dich eigentlich auf, Junge?«

Theo zögerte.

»Ich meine ja bloß ...«

»Ach was«, sagte Pa Houtman aufgeräumt. »Du meinst nichts, und ich meine nichts. Oder? Ich schaue mir Telebingo schon in der dritten Staffel an, total nette Sendung über Interessantes und Wissenswertes aus unserem Land, und dann sehe ich auf einmal, wie sich so eine braune Promenadenmischung ins Bild schiebt, und dann denke ich: Also, was der wohl weiß von der Sturmflutkatastrophe von '53? Ich meine: Weiß so jemand denn genug von unserer Nationalgeschichte, daß er mitmachen kann? Na, offensichtlich doch, sonst stünde er da nicht. Ist erst mal ungewohnt, und weiter nichts. Ende des Problems.«

Und Pa Houtman beugte sich über die ganze Länge des Sofas hinweg zur Seite, um seinem Schwiegersohn ein paar kumpelhafte Klapse auf die Schulter zu geben. Die Frauen lachten, Sylvia in nötigender Lautstärke und ihre Mutter mit einem nervösen, unterdrückten Zittern tief im Hals. Theo ließ das Getatsche scheinbar gelassen über sich ergehen und grinste ebenfalls – ihm blieb keine Wahl. Aber die Unlust wurde dadurch nicht geringer, und aus strategischem Kalkül machte er eine fröhliche Bewegung, als er fragte: »Aber gesetzt, ich, der Mann, der deine Tochter liebt, ich wäre zufällig schwarz gewesen ...«, und ehe der andere ihm in die Rede fallen konnte, hielt Theo in seiner Frage inne und dachte: Dann wäre ich nicht deiner Tochter erlegen, sondern Iris hinterhergelaufen, säße jetzt irgendwo in Bijlmermeer auf dem Sofa und würde mir das Gemeckere über *bakras,* Weißwürmer, anhören, im Hinterkopf die Erinnerung an jene Äußerung einer kreolischen Mutter dreier Kinder gegenüber einem weißen Berichterstatter der Morgenzeitung: »Sie wissen doch, wie Sie über die Deutschen denken? Also, genau so denken wir über euch.«

Pa Houtman breitete die Arme aus, die Flasche Amstel in der Linken.

»Dann hätten wir eine Hochzeit gehabt mit einem gemütlichen Haufen Mokkagesichter mit – wie heißen die noch, die Trommeln – mit so 'ner Steelband, und ich hätte mit 'ner dicken schwarzen Mammi getanzt und alles paletti und du und ich, Bürschchen, wären gleich gute Kameraden. So. Und jetzt ist der Fernseher wieder dran.«

Und schwupp, da spuckte der Fernseher erneut Telebingo ins Zimmer. Zwei platinblonde Hausfrauen in Pullis mit angesteckten gelben Namensschildern stritten um eine Einbauküche. Der Hindustani war mittlerweile verschwunden. In der Vorrunde ausgeschaltet.

Sieben

Der Zug nach Alkmaar war vollbesetzt. Theo und Sylvia saßen sich schweigend gegenüber. Beide suchten zu vermeiden, daß ihre Arme oder Beine die der Insassen neben ihnen berührten. Theo hoffte den Blick seiner Frau aufzufangen und setzte eine dementsprechend fragende Miene auf. Erst hinter Heerhugowaard, als eine Gruppe lärmender Jugendlicher in grellbunten Windjacken eingestiegen war und das Abteil sich mit kakophonischem Geplapper füllte, beantwortete sie seine Blicke. Das Gesicht halb abgewandt, musterte sie ihn starr, bis sie sich schließlich vorbeugte und flüsterte: »Du bist ein Arsch, Theo Altena.«

Mit beiden Händen vollführte er eine Gebärde des Gekränktseins.

»Bist ein Arsch«, wiederholte sie einfach, und dabei blieb es, bis sie Alkmaar erreichten.

Draußen auf dem Bahnsteig schritt sie kräftig aus; ein Zeichen, daß sie ihn nicht neben sich haben wollte. Theo folgte ihr schräg versetzt und in einigem Abstand durch die Unterführung. Im Wechsel mit den gelben Bahnschildern hing in dick verglasten Schaukästen eine Serie identischer Plakate mit einer espressotrinkenden Naomi Campbell inmitten der Wüste. Immer wieder huschten Theos Blicke zu den Schaukästen hin. Bei der Treppe zum Ausgang holte er Sylvia ein.

»Gott, Syl, hab dich doch nicht so.«

Abrupt drehte sie sich um und sah ihn ungestüm an. Die weißen Sprenkel im Blau ihrer Augen sprühten kalt wie Gangräne.

»Weißt du was, Theo Altena? Du solltest Vorsitzender

des Vereins der Leute mit Dreck am Stecken werden. Es hat dir immer schon Spaß gemacht, meinen Vater auf die Palme zu bringen, aber heute abend bist du wirklich zu weit gegangen. Was fällt dir ein, dem Mann gegenüber einen solchen Ton anzuschlagen?«

Beide gingen rasch die Treppe hinauf, um den neugierigen Blicken der Passanten zu entfliehen. Draußen waren sie wieder für sich, und Theo sagte: »Ich, einen Ton anschlagen? Ist das das Vergehen des heutigen Abends? Und wieso habe ich Dreck am Stecken? Hast du je etwas Rassistisches von mir gehört?«

Sie liefen an den aufgereihten Fahrrädern im Unterstand entlang. Sylvia fischte ihren Schlüssel aus der Manteltasche und schloß ihr Rad auf.

»Darum geht es nicht«, sagte sie. »Aber was gibt dir das Recht, auf einmal den Moralapostel zu mimen? Und außerdem: Mein Vater ist kein Rassist.«

»Ach wirklich?« fragte Theo – und das hätte er besser bleibenlassen. Sylvia, die ihr Rad an Sattel und Gepäckträger aus dem Ständer gezogen hatte, knallte es ihm vor die Füße und rief: »Nein! Zum Teufel, Theo, sei nicht so ekelhaft!«

Sie seufzte und strich sich eine blonde Haarlocke aus der Stirn. Paradoxerweise schien ihr Wutausbruch sie zu beruhigen. Theo bückte sich und hob ihr Rad wieder auf. Sylvia faßte es am Lenker. In vorwurfsvollem Ton, der merkwürdigerweise so routiniert klang, als seien Ehezwistigkeiten bei ihnen an der Tagesordnung, fragte sie leise: »Wieso bist du auf einmal so verletzend zu mir?«

Stolz hinderte ihn daran, sie zu umarmen. Er meinte, ein Recht auf Empörung zu haben.

Eine Antwort konnte er nicht geben. Sylvia hatte ihr Rad genommen und war ihm davongefahren. Er überlegte noch, die Verfolgung aufzunehmen, stieg dann aber doch gemächlich auf das seine. Auf dem Jan van Scorelkade lag er mindestens hundert Meter zurück. Gewissensbisse – nicht wegen ihres Vaters, sondern wegen seines streitsüchtigen Tons von vorhin und unmittelbar darauf auch wegen aller Dienstagnachmittage der vergangenen vierzehn Monate – machten seine Beine schwer. Seine Augen brannten, als er dem Reflektor hinterherstarrte und der roten Rückleuchte an ihrem Rad – dem lieben Lichtlein, das da so verloren durch die Abenddämmerung schwebte. Er trat kräftiger in die Pedale und fuhr dichter hinter ihr her. Sie hatte die Schultern weit hochgezogen, ihr blondes Haar fiel über den Mantelkragen, die längsten Locken wehten ab und zu leicht hoch. Was hatte es mit dem Rücken bloß auf sich? War er wirklich so wehrlos, wie immer behauptet wurde? In Streitsituationen war es ihre Rückseite – das straffe Rund der beiden Einbuchtungen zwischen Rippen und Hüften, die schmalen, verletzt hochgezogenen Schultern –, die bei Theo fast mit Gewalt Mitgefühl und Rührung erweckte, gefolgt von der Sehnsucht nach Versöhnung. Sich zu streiten fiel ihm leicht, aber hatte er erst einmal Krach angefangen mit seiner Liebsten, dann konnte sein Verlangen, Recht zu bekommen, die unangenehmen Folgen ihres Zwistes nie aufwiegen: Stundenlang ignorierten sie sich wechselseitig, schwiegen hartnäckig bei Essen und Abwasch.

Noch immer weit auseinander, radelten sie durch die stillen Straßen von Bergermeer. Theo sah lange Stunden der Uneinigkeit vorher. Als er in ihre Straße einbog und anschließend über den gefliesten Weg in den Garten hinter ihrem Haus steuerte, wartete Sylvia neben ihrem Rad vor dem Geräteschuppen. Die Hausschlüssel vergessen. Schweigend stieg er ab und öffnete die Schuppentür, ließ ihr den Vortritt.

»Syl …«

»Jetzt nicht, Theo. Nicht jetzt.«

Drinnen verschwand sie sogleich ins Bad. Theo verzog sich in sein Arbeitszimmer, schlug irgendwelche Hefter auf seinem Schreibtisch auf. Einen Stift in der Hand, tat er zwanzig Minuten lang nichts, als stumpfsinnig Kopien durchzublättern. Als er hörte, daß Sylvia das Badezimmer verließ, streckte er sich. Den Kopf weit zurückgelehnt und die Hände im Nacken verschränkt, lauschte er, ob sie vielleicht zu ihm ins Zimmer käme.

Sie legte sich schlafen.

Das Bad glich einer Sauna. Wahrscheinlich hatte sie die ganze Zeit in der Wanne gelegen. Theo putzte sich die Zähne und zog sich aus. Im Schlafzimmer machte er kein Licht, sondern tastete sich zu seinem Platz und schlüpfte ins Bett. Seine Brille legte er auf den Nachttisch.

Zappenduster, das mochten sie beide. Das hermetische Schwarz in ihrem von schweren Vorhängen abgedunkelten Schlafzimmer wurde lediglich von der blauen Digitalanzeige ihres Videorecorders und der rot aufleuchtenden Power-Taste des Fernsehers am Fußende ihres Bettes durchbrochen. Es gab ein Foto von John Lennon, nackt in Fötushaltung neben einer völlig bekleideten Yoko Ono, das Gesicht ihrem weit ausfächernden Schwarzhaar zugekehrt. Genau so, demütig, jedoch ohne ödipale Konnotationen, schmiegte Theo sich am liebsten an Sylvia. Jetzt aber lag er schweigend da, starrte ins Schwarze und wartete bis sein Gegenüber etwas sagen würde.

Da er sie nicht atmen hörte, wußte er, daß sie noch nicht schlief. Theo erwog, mit der Hand die Strecke bis zu ihrer Hüfte zurückzulegen. Aber gerade als seine Hand sich vorsichtig in Bewegung setzte, hörte er ihre Bettdecke leise rascheln. Sie bewegte sich unruhig, hatte sich wahrscheinlich umgedreht.

»Bestimmt ist mein Vater jetzt völlig außer Fassung«, sagte sie. »Kannst sicher sein, daß meine Mutter und er sich jetzt ordentlich zanken. Der Mann ist über sechzig,

Theo. Vor seiner Haustür und im Dorf ist anscheinend alles gleich geblieben, aber Fernsehen und Zeitung erzählen ihm ganz andere Geschichten. Da wird ihm jedesmal dargelegt, wie unsere Bevölkerungsstruktur sich immer dramatischer verändert. Ihn zu verurteilen ist so einfach. Würde man deine moralische Entrüstung zum Maßstab nehmen, wäre schon das halbe Land bedenklichen Ansichten anheimgefallen.«

»Die Macht der Zahlen als mildernder Umstand«, dachte Theo grimmig, hielt aber wohlweislich den Mund.

Erneut raschelte es neben ihm, Sylvia schlug ihre Bettdecke zurück und knipste die Nachttischlampe an. Bis in die Träume hinein war ihm das vertraut, der Übergang von Nachtschwarz zu sanft getöntem Dämmerlicht, Sylvias ungeschminktes Gesicht wie auf einem grobkörnigen Foto von einem kleinen Schleier weißseidenen Lichts umflort, das blonde Haar fächerförmig auf dem pastellblauen Kopfkissen. Es war ein abgedroschenes Bild, und doch kam es ihm manchmal vor, als »bade« sie in diesem Licht. Er meinte dies wörtlich: So wie jetzt lag sie wahrhaftig in Licht getaucht da, badete sich darin. Da wurde das Schlafzimmer zur Badewanne und das Dämmerlicht zu lauem Wasser, an dem sich ihr Körper labte. Lampenlicht lebte wie das Naß aus dem Wasserhahn.

Sylvia hatte sich zu ihm gedreht, den Kopf in die Hand gestützt, ihr Ellbogen bohrte sich in die Matratze.

»Wieso antwortest du nicht?« fragte sie.

Theo setzte sich auf.

»Meiner Meinung nach durfte ich deinem Vater dieses Gerede nicht durchgehen lassen«, sagte er, »nicht mehr und nicht weniger.«

»Unsinn«, sagte Sylvia, »du warst arrogant und besserwisserisch. Du hättest auch indirekt und konstruktiv reagieren können. Das tue ich doch auch? Ich meine, ich rede häufig genug mit meinen Eltern über meine Arbeit und erwähne dann so ganz nebenbei die Farbigen, die beim Wohnungsamt beschäftigt sind. So wird das Ganze für sie allmählich etwas alltäglicher. Das könntest du doch sicher auch? Einfach was Nettes erzählen von den vielen Kindern Allochthoner bei dir in der Schule ...«

»So viele sind das überhaupt nicht«, sagte Theo. »Hoorn ist nicht das Ballungsgebiet, falls du das vergessen hast.«

»Ach, nein? Und was ist mit den vielen Leitfäden zum zweisprachigen Unterricht für Nicht-Muttersprachler, mit denen du dich abgibst? Und mußte sich die Abteilung Niederländisch nicht voriges Jahr ins surinamische Niederländisch vertiefen? Das hast du mir selbst erzählt!«

Es stimmte – er hatte, als seine Affäre mit Iris in die vierte Woche ging, aus Euphorie ein Wörterbuch des Sranantongo und eine Reihe allgemeiner Bücher über Surinam angeschafft und Sylvia gegenüber etwas von der moralischen Verpflichtung des Niederländischlehrers erwähnt, sich über die Muttersprachen seiner farbigen Schüler zu informieren. Um sein neues Interesse nicht allzu sehr ins Auge springen zu lassen, hatte er zusätzlich einige magere Bändchen über das Türkische und das Marokkanische gekauft.

»Na gut, dann erzählst du halt nichts von den Kindern«, sagte Sylvia. »Aber dann könntest du doch deine surinamische Kollegin vom Sport erwähnen? Du erzählst meinem Vater einfach eine Anekdote über ... wie heißt sie noch?«

»Pompier. Iris Pompier.«

Theo sah sie an, suchte nach einem Anflug von Berechnung. Doch Sylvia schien sein plötzliches Mißtrauen kaum zu beachten.

»Ja, genau. Bring sie einmal zur Sprache. Eine surinamische Frau, die unterrichtet. Siehst du, davon mußt du meinen Vater überzeugen, daß das Gros der Leute, vor denen er solche Angst hat, einem ganz normalen Beruf nachgeht. Das ist eine bessere Methode, jemandem ein bißchen Toleranz und freizügiges Denken beizubringen.«

Theo machte eine wegwerfende Geste.

»Komm wieder auf den Teppich, Syl«, höhnte er. »Du klingst ja wie die Ausländerbeauftragte persönlich. ›Ein bißchen Toleranz.‹ Dein Vater hat ja auch seine Informationsquellen. Seine Morgenzeitung meldet doch bestimmt einmal im Monat, daß die Arbeitslosigkeit unter Allochthonen am höchsten ist. Und weshalb sollte ich deinem Vater gegenüber didaktische Sorgfalt an den Tag legen? Wir brauchen ihn doch wohl nicht mehr zu erziehen? Du tust, als wären deine Eltern zarte Seelchen, denen man die Veränderungen in der großen, bösen Welt um sie herum erklären müßte. Der Mann ist einundsechzig. Da erwarte ich Weisheit, Sylvia, Weisheit und Einsicht.«

»Ach, wer also deinen Weisheitsansprüchen nicht genügt und nicht zufällig die richtige Einsicht hat, steht gleich auf der falschen Seite. Es wird ganz schön einsam werden in deinem Reich der Toleranz, wenn du die Menschheit nach Weisheit und Einsicht einteilen willst.«

»Als würde es in deinem Paradies nicht gehörig still werden«, sagte Theo. Er nahm die Fernbedienung von seinem Nachttisch. »Homo homini lupus, Syl. Für deinen Vater brauchen wir einen Maulkorb.«

Und dabei wollte er es belassen. Er reckte den Arm, um den Fernseher einzuschalten, aber Sylvia nahm ihm die Fernbedienung aus der Hand. Sie saß jetzt genau wie er aufrecht im Bett.

»Dann erzähl mir doch mal, wie es deiner Meinung nach gehen soll, Theo Altena«, sagte sie bissig. »Toleranz per Dekret erlassen? Wirkt nur kontraproduktiv. Außerdem tust du gerade so, als wäre ich mit meinem Vater einer Meinung. Ich verteidige ihn nicht, aber ich möchte begreifen, wie es kommt, daß er so was sagt. Und meinst du vielleicht, ich fände es nicht fürchterlich, ihn so reden zu hören?«

Theo sah sie von der Seite an und bemerkte trocken: »Wir sind also einer Meinung.«

Sylvia schlug mit der flachen Hand auf ihre Bettdecke. »Nein! Es taugt überhaupt nichts, wenn man alle Engstirnigkeiten dieses Landes, jedes kleinbürgerliche Ressentiment, das bei der Erwähnung von Ausländern aufkommt, gleich als eine Äußerung von Rassenhaß diffamiert. Es verstellt einem den Blick für wirklichen Rassismus. Ein Mann, der erschrickt, wenn ein Türke in seine Straße einzieht, ist kein Rassist, sondern ein ängstlicher Mensch, dem man viel erklären kann.«

Das entfuhr ihr nicht im Feuer des Augenblicks, vermutete Theo. Wahrscheinlich hatte ihr Vater schon öfter, allerdings nicht in seiner Anwesenheit, dubiose Bemerkungen fallenlassen, und Sylvia hatte sich schon lange darauf vorbereitet, ihn irgendwann verteidigen zu müssen.

»Wie man hört, hast du darüber nachgedacht«, sagte er.

»Wieso? Du etwa nicht?« fragte Sylvia. »Und seit wann bist du eigentlich so scharf darauf, Intoleranz aufzuspüren? Seit wann regt dich das Schicksal von Minderheiten und Ausländern dermaßen auf? Ich meine, wo warst du, als wir in Amsterdam studiert haben und Demonstrationen gegen Rassismus organisiert wurden? Bist du mitgegangen? Nicht daß ich wüßte. Sicher, klar warst du betroffen, aber ob es wirklich eine deiner Herzensangelegenheiten war … doch wohl eher nicht.«

»Ich verstehe«, erwiderte er pikiert, »jetzt bin ich der Bösewicht.«

»Also, ich weiß noch genau, wann und mit wem ich damals demonstriert habe. Jedenfalls nicht mit dir, Theo. Du bist zu Hause gesessen.«

»Wer demonstriert, hat das Alleinrecht auf Entrüstung. Gut, daß ich das weiß.«

»Theo, du verabscheust Menschen und bist sogar noch stolz darauf. Theo Altena, der Mann, den es vor der Menschheit ekelt. Wenn du in der Küche stehst, und draußen spielen Kinder, oder einer der Nachbarn klingelt bei uns, dann ziehst du ein Gesicht, als würdest du gefoltert. Was bedeuten dir deine Mitmenschen? Du unterhältst keine Freundschaften, um es mal so auszudrücken, und Bekannte besuchen wir selten. Findest du es da seltsam, daß ich mich frage, wieso gerade du auf einmal den Moralapostel spielst?«

Theo faltete das Kopfkissen hinter seinem Rücken doppelt und setzte sich anders hin.

»Mein Ekel vor der Menschheit, wie du es nennst«, sagte er und wurde rot, weil er kurz davor war, mit viel Tamtam etwas Skurriles zu behaupten, »entspringt der Desillusion und ist ein allgemein-existentieller Ekel« – seine Wangen waren jetzt tiefrot, Sylvia verzog hämisch das Gesicht – »und hat nichts zu tun mit einer Unterscheidung aufgrund von Rasse, Geschlecht oder Wasweißich.« Er sprach jetzt leise, fast murmelnd: »Mich ekelt, ohne daß ich diskriminiere. Ich gönne jedem einen Platz unter der Sonne und hoffe, man wird mir das Recht auf meinen intrinsischen Ekel nicht nehmen.«

Sylvia tätschelte ihm zweimal abschätzig den Arm.

»Natürlich nicht, nein. Theo Schopenhauer darf ruhig das Seine dazu sagen. Aber es bleibt merkwürdig, daß du dich aufregst wegen etwas, worum du dich früher kaum gekümmert hast.«

»Das stimmt nicht. Stimmt einfach nicht.«

Sylvia schwieg, wahrscheinlich weil sie eine ausführlichere Gegenrede erwartete. Dann sagte sie: »Hast du, seit wir uns kennen, irgendwann irgendwie gegen aufkeimenden Rassismus protestiert? Nein. Irgendwann deine Entrüstung gezeigt? Kaum. Sicher, du wirst schon mal wütend gewesen sein deswegen. Aber nicht mehr als das. Einfach: Du warst wütend, so wie auch ein Beamtenstreik dich aufregt. Also was ist in der Zwischenzeit mit dir geschehen?«

Sie wußte es, sie wußte alles. Es waren zu viele Fragen. Er preßte die Lippen aufeinander und versuchte sich zu konzentrieren auf – ja, worauf eigentlich? Er hatte das Gefühl, daß ihr Bett langsam kenterte und er in einem Feld von Watte landete, weich und unermeßlich tief. Seine Verwirrung nahm noch zu, als er spürte, wie sich quer durch alle Panik eine Erektion anmeldete. Lächerlich: mit einem Steifen auf der Anklagebank.

»Theo?«

Sie sah ihn stirnrunzelnd an.

»Ja?«

»Seit den Antillen vielleicht?« fragte Sylvia.

Poren auf Rücken, Armen und Beinen schienen sich zu öffnen – er begann zu zerfließen, sein Schwanz sank in sich zusammen. Die Antillen! Sie hatten dort Urlaub gemacht, letzten Sommer. Die Affäre mit Iris ging gerade in die achte Woche, und aus purer Euphorie, aber selbstverständlich ohne den wahren Grund preiszugeben, hatte er Sylvia vorgeschlagen, einmal woanders hinzufahren als nach Griechenland oder Frankreich. Surinam wäre zu auffällig gewesen, das Land war kein ausgemachtes Urlaubsziel. Aber die Antillen, das weckte keinen Argwohn. Theo hatte Iris begeistert davon erzählt, nachdem er die dreiwöchige Reise nach St. Maarten gebucht hatte – und war ganz pikiert, als sie spöttisch reagierte. Was um Gottes willen hätte sie mit den Antillen zu schaffen? Sollte sie sich jetzt geschmeichelt fühlen oder was? Als erstes sei es ihr gleich, wohin er in Urlaub fuhr, und zweitens seien die Antillen Hunderte von Kilometern von Surinam entfernt. Sie war sogar noch ziemlich wütend geworden, als er sagte, sich aus Neugier gegenüber ihrer Kultur für das Reiseziel entschieden zu haben. Ein ethnozentrischer Pinsel, das sei er. Als würde ein Holländer in Südamerika gleich vor Freude in die Luft springen, wenn seine karibische Freundin ihm mitteilte, sie plane »aus Neugier gegenüber seiner Kultur« eine Reise nach Spanien oder Österreich. Was Entfernung, was kulturelle Unterschiede? Sie flöge doch nach Europa? Er hatte es schließlich aufgegeben. Aber jetzt kam ihm die Urlaubsreise noch nachträglich zupaß, wenn auch aus anderen als den vorhersehbaren Gründen.

»Das hat mich in der Tat nicht kalt gelassen, die Antillen«, sagte er. »Was wir da auf St. Maarten gesehen haben, Syl, die Trübsinnigkeit der reichen Touristenläden, die peinliche Scheinwohltätigkeit, die Echos des Kolonialismus, du hast es doch auch nicht vergessen?« Er sah sie verstohlen an, um festzustellen, ob sie ihm glaubte.

»Nein, nein«, sagte sie und nickte langsam.

Theo wandte sich ab. Sie wußte es.

»Das ist verrückt, was. Man meint, sich gegenseitig doch etwas zu kennen ... Dabei ist es mir völlig entgangen, daß dich das derart beeindruckt hat, die Antillen. Theo ...«

Er schloß die Augen. Sie wußte es nicht!

»Er ist mein Vater, Theo«, sagte sie, »er ist kein Rassist.« Sie kniff ihn fest in die Hand. »Ich will nicht, daß er es ist. Ich will es nicht. Verstehst du?«

Theo nickte.

»Ich auch nicht«, sagte er, »ich meine: Ich will es auch nicht.«

Sie rutschte in seine Richtung, schlug seine Bettdecke auf und schob ihre Füße in seine Kniekehlen. So blieb sie liegen, bis er kurz darauf seine Beine aus dem Bett schwenkte und aufstand.

»Syl, ich muß mal pinkeln.«

Im Bad drehte er den Wasserhahn auf und hoffte, der kalte Wasserstrahl werde seine Blase zum Nachmachen anregen. Es kamen aber bloß ein paar feige Tropfen. Beim Händewaschen betrachtete er sich im Spiegel. Blaß sah er aus. Als er wieder ins Schlafzimmer kam, hatte Sylvia eine Zeitschrift aufgeschlagen. Er schob sich zu ihr hin und drehte sich auf die Seite, wie John auf der Fotografie neben Yoko. Sie legte die Zeitschrift beiseite. Auch sie drehte sich, schmiegte ihren Hintern in die Kurve, die sein Bauch und seine Beine formten. Ihre Pobacken waren kalt, aber ihr Rücken war warm.

»Licht aus?« fragte Theo.

»Licht aus«, sagte Sylvia und langte zu ihrem Nachttisch.

Hier hätte es enden müssen. Ein Kuß in ihren Nacken, noch einer, und dann schlafen. Aber Theo löste sich von ihr, suchte langsam seine Seite des Bettes auf, lag einige Minuten mit offenen Augen auf dem Rücken und sagte dann: »Syl?«

»Ja?«

Ihre Stimme klang zur Vorhangseite hin – sie lag noch immer mit dem Rücken zu ihm gekehrt da.

»Ich sagte doch, daß wir kaum ausländische Kinder in der Schule haben? Das stimmt nicht. Wir haben eine ganze Menge.« Theo machte eine Pause. Als Sylvia nichts sagte, holte er tief, aber geräuschlos Atem. »Du weißt, ich bin von meinem Job nicht maßlos begeistert. Aber ich sehe doch auch, daß diese ausländischen Kinder … gut, sie werden von den übrigen vielleicht nicht diskriminiert, aber bei den entscheidenden Sachen stehen sie doch abseits, abseits von der Gruppe. Das ist kein schöner Anblick.«

Er hörte, wie sie sich auf die andere Seite drehte, ihm zugewandt.

»Soll ich das Licht noch mal anmachen?« fragte sie.

»Nein, nein«, sagte er hastig, »laß nur.«

Eine kurze Stille trat ein.

»Weshalb erzählst du mir das?«

»Ich weiß es nicht«, antwortete er wahrheitsgemäß. Er hatte sich inzwischen das gleiche gefragt. Weshalb sagte er das alles? Und wieso gerade diese Lüge? Und war es überhaupt eine Lüge? Nie hatten ihn die ausländischen Schulkinder gekümmert, aber jetzt, nachdem er es behauptet hatte, empfand Theo zu seiner Verwunderung tatsächlich eine gewisse Sorge und »Betroffenheit«. Was kurz zuvor noch eine Lüge gewesen war, veränderte sich während des Lügens zu einem wahrhaften Bekenntnis. Eine bestürzende Erfahrung. Was er ebensowenig begriff, war die Neigung, ihr mehr zu erzählen. Möglicherweise würde er so seinen Seitensprung verraten. Aber obwohl er wußte, daß er jetzt besser daran täte zu schweigen, gab Theo einem seltsam hartnäckigen Drang nach, eine beiläufige, aber darum nicht weniger riskante Bemerkung über Iris fallenzulassen, ungefähr so wie Meister-Einbrecher anscheinend bei jedem Bruch halbbewußt eine winzige Spur hinterlassen, so daß die Möglichkeit, gefaßt zu werden, immer real bleibt, ein für Straftäter notwendiger Unsicherheitsfaktor, der den Adrenalinfluß in Gang bringt und offenbar dem tief verborgenen, rätselhaften Wunsch entspringt, tatsächlich gefaßt und vor Gericht gestellt zu werden.

Theo hob zu einer neuen Lüge an.

»Da ist noch etwas«, sagte er. »Diese Karikaturen auf der Tafel in meiner Klasse ... die Jungs aus der Mittelstufe porträtieren nicht nur mich, sondern auch andere Lehrer, in meiner Klasse, meine ich. Einmal haben sie die Visage von Pannekeet gezeichnet, dann den Mathelehrer Knoenis, den Französischlehrer Rooker. Alle gleichermaßen stümperhaft. Sie wollen meine Reaktion sehen. Sie wollen herausfinden, wie weit sie gehen können. Und ob ich nicht zufällig doch grinsen muß wegen der Zeichnungen.«

»Ach?« sagte Sylvia. Selbstverständlich begriff sie nicht sogleich, was das mit dem Vorhergehenden zu tun hatte.

»Neulich war die Karikatur einer Kollegin an die Tafel gemalt«, sagte Theo. »Und zwar …« und wieder überfiel ihn die Erkenntnis, daß er, während er bewußt log, ein weiteres Mal gleichzeitig der Wahrheit die Ehre gab. »Und zwar von Iris Pompier.« Theo schwieg, peilte die Wirkung dieser Enthüllung. Wenn man jahrelang mit jemandem zusammenlebte, spürte man bei ihm selbst im Dunkeln jeden Hauch eines Schreckens oder Erstarrens. Theo merkte, daß sich der Körper neben ihm tatsächlich spannte. Er wußte nicht recht, ob Brust und Handflächen ihm vor Angst kribbelten oder vor Erregung. Seine Lügen wurden ihm von einer fast methodischen Kälte eingegeben, die seine Gedanken steuerte.

»Syl, du weißt, daß ich selten verlegen vor der Klasse stehe. Aber da habe ich wirklich nicht gewußt, wie ich reagieren sollte. Sie hatten eine stereotype Negerin an die Tafel geschmiert, mit dicken Lippen, rundem Hintern und übertrieben krauser Afrofrisur. ›Blackie‹ hatten sie druntergeschrieben, und ein andermal einen noch gröberen Spitznamen. Und ich wußte nicht, was ich tun sollte.«

»Nein?« fragte Sylvia – und Theo ahnte einen Anflug von Ironie in ihrer Stimme.

»Nein. Und ich weiß es immer noch nicht.«

Beide schwiegen für einen Augenblick. Theo drehte sich auf den Rücken. Er war sich sicher, mit seinen Halbwahrheiten ein Bekenntnis in Rätselform abgelegt zu haben, das sie ohne viel Kopfzerbrechen würde entschlüsseln können. Er zog sich die Bettdecke bis über beide Schultern hoch.

»Verstehst du jetzt, daß ich es aufgrund derartiger Vorfälle in der Schule etwas weniger gut ertrage, wenn dein Vater wieder eine Dummheit von sich gibt?«

Natürlich war seine Frage nicht, ob sie das begriff. Seine Frage war, ob sie das andere verstand. Und ob sie ihm vergab. Und vielleicht war die Frage auch dazu gedacht, stillschweigend ihre Zustimmung zu seinem Ehebruch zu erlangen.

»Ja«, sagte Sylvia, »ich glaube schon, daß ich es verstehe.«

»Jetzt ist es heraus«, dachte Theo. »Sie weiß es. Und sie will, daß ich weiß, daß sie es weiß.« Wieder begriff er nicht recht, was er empfand: Niedergeschlagenheit oder Ergebung. Er tastete nach ihrer Hand. Selbst ihre Handfläche schien zu signalisieren, daß sie alles wußte. Und während jedes Wort, jede Bewegung ihm jetzt unpassend und ungereimt vorkam, war es zugleich die normalste Sache der Welt, daß er sich aufrichtete und abschätzte, wo in diesem Stockdunkel ihr Gesicht sein mußte, um anschließend einen Kuß auf ihre Wange zu drücken, einen Gutenachtkuß. Anstelle einer Antwort, und auch das war so unbegreiflich normal, drückte sie flüchtig zwei ihrer Finger in seine Handfläche. So, nebeneinander und Hand in Hand, schliefen sie ein. Das heißt, so taten sie es häufig in anderen Nächten. Sie hielt seine Daumenwurzel umfaßt. Theo spürte an der Spannung in ihren Fingern, daß sie wahrscheinlich mit weitoffenen Augen ins Schwarze starrte. Er schloß einen Moment lang die Augen. Prompt war er überall, nur nicht in seinem Bett. Von den Haarwurzeln bis zu den Zehen schien alles an seinem Körper von Sekunde zu Sekunde schwerer zu wiegen, so als würde er jeden Moment durch das

Bett, den Fußboden, das Hausfundament und wenn es sein mußte auch noch durch alle Schichten Sand, Lehm, Dreck und Feuer sinken, direkt zum Erdinnersten, wo er zu Grus zerpulverte, einem winzigkleinen Steinchen, dem Augenschein nach tot und dinghaft und dennoch beseelt, um anschließend irgendwann bußetuend zur Erdoberfläche zurückzukehren und von den Chinesen oder Afrikanern zertreten zu werden, ehe er zuletzt, nach einer Weltreise als blinder Passagier in Hunderten von Schuhen anonymer Riesen, in den Niederlanden anlangte, in Alkmaar, wieder in Bergermeer, und von jemandem hier in der Straße zertreten wurde, einem Mann oder einer Frau so schwer, daß Theo, das geläuterte Kieselsteinchen, die heftigsten Schmerzen litt. Und wenn niemand auf ihn trat, würde der Terror von Licht und Luft ihn vor Abscheu erzittern lassen, in Erwartung der Frau, die einst die Seine gewesen, in einer fernen Vergangenheit, derer er sich erinnern würde und die ihm gleichzeitig unvorstellbar bliebe. Irgendwann an einem Sommertag würde Sylvia ihn erneut und zum letzten Mal berühren. Im Gegensatz zu allen anderen trüge sie keine Schuhe. Barfüßig und in Unkenntnis seiner neuen Gestalt würde sie ihn überrennen, so daß er, das von der Erde angeekelt ausgespuckte, ehebrecherische Theo-Steinchen, mittlerweile durch die Sommersonne unerträglich aufgeheizt, seine Scham und seine Reue in die Wölbung ihres Fußes würde brennen können.

Jetzt war alles noch Nacht und lau. Reglos lagen Theo und Sylvia Seite an Seite. Die Zeit zauderte. Vorsichtig zog Theo seine Hand zurück. Still stand er auf. Er tat so, als ginge er davon aus, daß sie schlief.

Es war schon nach eins, ihm blieben weniger als sechs Stunden Schlaf. Er war hellwach. Im Bad durchsuchte er den Arzneimittelschrank. Nicht eine Schlaftablette im Haus.

Acht

Theo wohnte gerade erst allein und war noch im ersten Semester, als sich im Frühjahr 1980 halb Amsterdam, oder doch wenigstens die Hälfte der Studenten, auf einen Volksaufstand vorzubereiten schien. Mit einer Attitüde, als hätten sie von den Städten und Dörfern, aus denen sie stammten, bereits alle entsprechende Erfahrung in bürgerlichem Ungehorsam mitgebracht, sprachen Kommilitonen schon Wochen vor dem dreißigsten April von »Sammelpunkten« in der Innenstadt und »Strategien« zur Unterminierung der Attacken der Bereitschaftspolizei. Eines Morgens hatten vier Studenten im dritten oder vierten Semester beim Eingang der Fakultät schwarze Biwakmützen verteilt. Theo hatte eine genommen; Jahre später sollte ihm das Ding zwischen einem Stapel alter Boxershorts und Badehosen wieder in die Hände fallen. Am Morgen der Krönung nahm er sehr früh den Zug nach Alkmaar. Oma und Opa Stet, mütterlicherseits, gaben ein Fest zu Ehren Oraniens. Man rechnete auf sein Erscheinen, da er ja ohnehin fast jedes Wochenende nach Alkmaar kam und mit einer Tasche voll Schmutzwäsche seine Eltern aufsuchte. Auf der Amsterdamer Centraal Station führten so gut wie alle Züge grimmig dreinschauende Jugendliche heran, die meisten ganz in Schwarz oder aber in Militärhosen und Lederjacken gekleidet. An so manchem Handgelenk baumelte ein Motorradhelm, andere hatten sich ein Palästinensertuch bis unter die Augen vors Gesicht gebunden. Nur bei den Schaltern herrschte Ruhe; Theo kaufte eine Karte und mußte sich beim Mittelgang erst einen Weg durch die Menge bahnen. Vereinzelte Buhrufe und Pfiffe galten ihm, nicht nur wegen seiner für diesen Tag ausgefallenen Bekleidung – er trug einen gestreiften Pullover und eine weiße Bundfaltenhose –, sondern mehr noch, weil er in entgegengesetzter Richtung den Mittelgang durchlief, was auf die hereinströmenden Sympathisanten der Amsterdamer Hausbesetzer und Aktivisten unvermeidlich einen provozierenden Eindruck machte. Er war der eine Lemming, der, weil er nicht schwindelfrei war, vorm Abgrund kehrtmachte und sich einen Weg zurück erkämpfte. Im Zug nach Alkmaar teilte er das Abteil mit einer Dame und ihrem weißen Pudel.

Die alkmaarschen Busse fuhren an diesem Tag im sonntäglichen Takt, und Theo mußte lange warten auf die Linie 4 nach Overdie. Bei Oma und Opa Stet an der Willem de Zwijgerlaan saß der größere Teil der Verwandtschaft im Halbkreis um den Fernseher. Trotz der frühen Stunde traf Theo als letzter ein und geriet mitten in eine hitzige Debatte über die Krawalle, die mittlerweile um den Dam-Platz ausgebrochen waren, genauestens ins Bild gebracht von einer Vielzahl in der Nacht davor aufgestellter Kameras. Es war ein warmer Tag, Oma Stet hatte die Türen zum rückwärtigen Balkon geöffnet. Um zu verhindern, daß das einfallende Sonnenlicht womöglich das Fernsehbild ausbleichte, waren die Stores im Vorzimmer zugezogen. Ab und zu stellte jemand auf Bitten von Opa Stet den Fernsehton ab, und man lauschte dem Radio. Reporter und Moderatoren des linksgerichteten VARA-Senders gaben den Demonstranten Tips und Hinweise, wo und wie sie der Bereitschaftspolizei entgehen oder, wenn möglich, diese bekämpfen konnten. Opa Stet, der sich, wie so viele Arbeiter und Mittelständler, aus für Theo damals noch schwer zu begreifenden Gründen nicht mit Leuten aus seiner eigenen Einkommensklasse, sondern mit den Reichen und Mächtigen identifizierte, wünschte dem Gesindel das Zuchthaus. Einer von Theos Onkeln kritisierte das Vorgehen der Bereitschaftspolizei; mit zarter Hand solle man die Krawallmacher zügeln und sie auf keinen Fall provozieren. Ein anderer fand es überhaupt völlig aberwitzig, die Krönung am Dam stattfinden zu lassen. Weshalb hatte man sich nicht für Palais Soestdijk oder Noordeinde entschieden? Jetzt mußten Königin und Kronprinzessin sich während der Feierlichkeiten auf einem Balkon zeigen und einen Platz überblicken, um den sich im Umkreis von fünfhundert Metern die landesweit größte Ansammlung von Punks, Junkies, Huren und anderem Gesocks drängte.

Die Verwandten aßen Apfelkuchen und tranken Kaffee, und je mehr die Gewalt auf dem Bildschirm apokalyptische Züge annahm, desto grimmiger wurde die Stimmung an der Willem de Zwijgerlaan. Opa Stet deutete, vor Entrüstung bebend, mit gestrecktem Arm auf den Fernseher, eine erloschene Zigarre zwischen den rheumagekrümmten Fingern. Die ersten Rauchbomben platzten, und die Straßen und Grachten der Amsterdamer Innenstadt wurden zu einer Kulisse, wie Theo sie bis dahin lediglich von Fernsehbildern aus Irland, Spanien und anderen Ländern mit einer aktiven Terrororganisation kannte. Alle im Vorzimmer redeten mittlerweile durcheinander, bis Opa Stet sich aus seinem Sessel mit der Kunststoff-Gesundheitseinlage erhob. Quer durch den Halbkreis schlurfte er zum Empfangsgerät. Mit einem knappen Fiepsgeräusch verschwand das Bild, auf der Röhre glühte noch ein weißgelber Funke nach. Protest erklang, doch Opa Stet übertönte alles: »Genug! Und das Radio mit der Hetze dieser roten Ratten wird auch abgeschaltet!«

Genau in diesem Moment meldete ein Rundfunkreporter der VARA, in der Brouwersgracht werde eine Gruppe Demonstranten von der Bereitschaftspolizei zusammengeknüppelt. Mit seiner freien Hand riß sich Opa Stet die Brille von der Nase, und während die Zigarre seinen Fingern entglitt und ihm vor die Füße fiel, gab er bellend von sich: »Wie soll es auch anders sein? Immer der gleiche Sauhaufen in dieser verdammten Judenstadt.«

Dann wurde es still. Opa Stet nickte kurz in Richtung Transistorradio. In einem Ton, als sei es der gewöhnlichste Wochentag und Zeit zum Schlafengehen, bat er seine Frau: »Cor, stellst du das Radio ab?«

Theo sah sich im Kreis um. Seine Eltern und auch alle Onkel und Tanten schwiegen. Ächzend sank Opa Stet zurück in seinen Sessel. Jemand hob die Zigarre vom Boden auf. Oma Stet gehorchte ihrem Mann und drehte den Knopf am Radio aus.

Später konnte sich Theo nicht mehr erinnern, wie lange die drückende Stille gedauert hatte. Jemand war aufgestanden und hatte die Vorhänge zurückgeschoben, Oma hatte in der Küche Appetithäppchen bereitet. Es war seine Mutter gewesen, die den Vorschlag machte, den Fernseher doch wieder einzuschalten. Na, also gut – und prompt hob die Verwandtschaft wieder zu ihrem vielstimmigen Konzert an, das erst beendet wurde, als die Königinmutter vom Balkon des Palais am Dam dem Volk zu verkünden suchte: »Soeben ... so-e-he-bennn ...« Und wie eine Grundschullehrerin legte sie den Zeigefinger an die Lippen. Umgeben von Sicherheitsbeamten und Würdenträgern stand die königliche Familie dichtgedrängt auf dem Balkon. Undeutlich erklang der Aufruhr der Demonstranten, durch einen dichten Kordon von Bereitschaftspolizisten mühsam auf Distanz gehalten. In der Damstraat, schräg hinter dem Krasnapolsky, kam deutlich sichtbar eine Rauchbombe zur Explosion. Opa Stet wandte sich gepeinigt ab. Auf seiner linken Schläfe schwoll knorrig eine Ader.

Früher im Semester war Theo das erste Mal mit einem

Mädchen im Bett gewesen. Elsa war aber nicht lange seine feste Freundin geblieben. Kennengelernt hatte er sie in der Kantine der philologischen Fakultät. Sie kam aus Hertogenbosch und studierte Englisch im dritten Semester. In der kurzen Zeit, als zwischen ihnen »was war«, kam sie zweimal pro Woche und übernachtete bei ihm in Amsterdam-West.

»Meine Mutter kommt aus 'nem superkatholischen Nest und mein Vater is' aus Den Bosch und jüdischer Herkunft. Die Verwandtschaft meiner Mutter ist kollektiv in Ohnmacht gefallen, als sie ihre Verlobung bekanntgaben. Witzig, was?«

»Wenn dein Vater jüdisch ist, bist du dann halb oder ein Viertel jüdisch?« fragte Theo, der sich in jenen Jahren überhaupt nicht schämte für alles, was er nicht wußte.

»Eigentlich überhaupt nicht, noch nicht mal ein Viertel. Offiziell meine ich. Aber hier« – und sie trommelte mit ihrer Faust zwischen ihre Brüste – »bin ich es hundertprozentig. Du glaubst doch nicht etwa, du säßest hier einer papsttreuen Zimtzicke gegenüber, Theo Altena? Meine Mutter ist schon seit Jahren von ihrem Glauben weg. Wenn unser van Agt im Fernsehen ist, kommt ihr das kalte Kotzen. Jedesmal zieht sie dann über den fleischigen, triefig-heuchlerisch gespitzten Mund dieses korrupten Anti-Abtreibungspapstes her. Zum Totlachen.«

Theo, getauft, gefirmt und mit dem Evangelium vertraut gemacht mittels eines demokratisierten Kommunionsunterrichts in einer Pfarrkirche, die bereits Beatmessen und Jugendchor zu ihrem Repertoire zählte, genoß ihr spöttisches Spiel. So schmerzlich ihn Opa Stets Ausbruch später treffen sollte, so befreiend wirkte Elsas angestammte Blasphemie. Sie war sich dessen selbstverständlich nicht bewußt, aber für sein Gefühl schimpfte sie nicht bloß auf den Ministerpräsidenten und Parteiführer der Christdemokraten, sondern, stellvertretend für ihn und ohne daß er selbst je den Mut dazu aufgebracht hätte, auch auf seine katholischen Ahnen. Er erzählte Elsa, wie auf der Oberschule ein Mädchen aus seiner Klasse ihn einmal in der Kaffeepause gefragt hatte, ob er jüdisch sei. Wieso, habe er damals wissen wollen.

»Ja, wieso?« fragte Elsa verwundert.

»Wegen meiner Nase halt.«

»Deiner Nase?«

»Ja. Das Mädchen fand, ich hätte eine jüdische Nase.«

Das wiederum brachte Elsa zum Lachen.

»Theo, du hast keine jüdische Nase«, behauptete sie mit Bestimmtheit. »So 'ne Knolle, so eine Kartoffel ... neee.«

Und sie drehte den Kopf, so daß er sie im Profil sah. Entschlossen hob sie ihr Kinn und sagte: »Hier, schau. Das ist eine jüdische Nase. Siehst du? Scharf, spitz. Ein Haken und kein Tennisball.«

»Eine Nase, auf die du stolz sein kannst«, sagte Theo ohne Ironie. Dank Fernsehen und Kirchenbesuchen hatte er schon frühzeitig entdeckt, daß Bischöfe, Pastoren und katholische Politiker auffallend häufig dickknollige Nasen hatten. Vielleicht war eine Nase wie ein Teigklumpen gar ein Wesensmerkmal katholischer Machthaber, ein episkopales Erkennungszeichen.

Eines Abends war das Gespräch wieder auf ihre Eltern gekommen, und er hatte gefragt, mit wem sie besser zurechtkäme, mit ihrem Vater oder ihrer Mutter. Sie hatte nicht lange nachdenken müssen: mit beiden gleich gut.

Und wen von den Großeltern mochte sie am liebsten?

»Was für eine Frage, Altena. Die Familie meines Vater ist doch im Gas gelandet.«

Ein paar Wochen später sagte sie, sie wolle mit ihm Schluß machen. Das kam nicht unerwartet. Einen, der solche Fragen stellte, hatte man natürlich bald satt.

Seine Eltern kannten Elsa. Er hatte sie einmal mit nach

Alkmaar genommen und ihnen vorgestellt. Ein nettes Ding, allerdings ziemlich spontan, fanden sie. Letzteres war ein Euphemismus für unmanierlich und ärmlich. Elsa hatte kurzgeschnittenes und strohgelbes, weil mit Wasserstoffperoxyd bearbeitetes Haar. Durch die Kombination des gelben Stoppelhaars mit den pechschwarzen Augenbrauen schien sie sich in einem Zustand fortwährenden Erschrockenseins zu befinden, aber man war sofort eines Besseren belehrt, sobald sie den Mund auftat.

»Was fängst du denn mit einem Punkmädchen an, Theo?« hatte seine Mutter gefragt.

Elsa war nicht punk, sondern new wave. Das sei ein wesentlicher Unterschied, hatte sie Theo erklärt. Theo hatte das vorher nicht gewußt; ihm waren eher Genesis, Fleetwood Mac und The Eagles vertraut. Elsa hatte versucht, ihm den Unterschied zu verdeutlichen. Punk sei Stunk und New Wave sei Stil, darauf liefe es hinaus. Theo unternahm einen Versuch, es seinen Eltern darzulegen, die aber hörten nach der Hälfte seiner Ausführungen schon nicht mehr zu. Im nachhinein betrachtet, hatte er sie wahrscheinlich auch wegen der strohgelben Haare ausgesucht. Nach Hause zu kommen mit einem Mädchen wie Elsa war ein Akt des Widerstands, wenn auch bloß impliziter und damit ziemlich feiger Art. Er selbst hatte sein Haar im Nacken kurz schneiden lassen und trug Bundfaltenhosen und gestreifte Hemden; sie waren ein kurioses Paar. »Das erste Mal, daß ich einen rechten Sack zum Freund habe«, hatte Elsa strahlend verkündet. So wurde er unter Studenten des öfteren beurteilt. Man schrieb das Jahr 1980, in den Hörsälen trugen bestimmt ein Viertel der Studenten graue Armeehosen und schon sechsmal abgelegte Kurzjacken aus Dumpingläden. Theo hielt es für engstirnig, sein Äußeres auf seine politischen Vorlieben abzustimmen, und zuckte mit den Schultern, wenn Mitstudenten ihn konservativer oder christdemokratischer Sympathien verdächtigten, einzig aufgrund seiner geputzten Schuhe und gebügelten Oberhemden.

Am Krönungstag war schon lange Schluß mit Elsa, aber das hatte er seinen Eltern noch nicht erzählt. Als sie von Opa und Oma Stet nach Hause gingen, sagte Theo: »Bloß gut, daß ich Elsa nicht mitgenommen habe.«

»Wie meinst du das?« fragte seine Mutter.

»Also, ihr hätte es heute nicht besonders gefallen.«

»Natürlich nicht. Wahrscheinlich ist sie so eine Linke.«

Theo seufzte und atmete demonstrativ schnaubend durch die Nase aus.

»Ma, Elsa ist jüdisch.«

Diese Bemerkung war als ein Schlag ins Gesicht gemeint gewesen. Theo hatte mit einiger verspäteter Beschämtheit wegen des morgendlichen Ausbruchs von Opa Stet gerechnet, doch sie sah ihn bloß verwundert und leicht abwesend an.

Drei Jahre nach der Krönung bekam Amsterdam einen neuen Bürgermeister. An dem Tag, als die Neuigkeit bekannt wurde, war Theo in Alkmaar und begleitete seine Eltern zu einem Nachmittagsbesuch bei Oma und Opa Stet. Opa ging es nicht gut. Nach seinen Händen waren jetzt auch seine Füße verkrümmt. Das Rheuma schien Opa Stets Zehen hochzuziehen. Er trug orthopädische Flußkähne, die vorn zehn Zentimeter hoch waren, um den verwachsenen Zehen Platz zu bieten. Wer die Gesundheitsschuhe zum ersten Mal sah, hatte den Eindruck, Opa Stet bewege sich auf Plateausohlen. Er kam fast nicht mehr aus dem Haus und schlurfte Schritt für Schritt durchs Wohnzimmer. Die Strecke vom Sessel zur Toilette kostete ihn fünf Minuten. Von einem Rollstuhl war abgeraten worden; die Ärzte hatten ihm nahegelegt, seine Beine zu gebrauchen, auch wenn es mühselig sei und schmerze. Weil er kaum mehr zur Tür hinauskam, hatten die Verwandten ihm einen neuen Fernseher geschenkt, einen mit Fernbedienung. Das Gerät lief tagsüber stundenlang, immer auf Videotext eingestellt. Kam auf der Seite »letzte Nachrichten« ein neuer Bericht hinzu, dann tippte Opa Stet auf der Stelle mit der Fernbedienung die entsprechende Nummer ein. An manchen Tagen fehlte es seinen Fingern an Kraft, die Tasten zu bedienen. Wollte es ihm nicht gelingen, so gab er die Fernbedienung aus der Hand und diktierte die einzutippenden Zahlen. Heute nachmittag tat Theo es für ihn. Zu jeder neuen Nachricht gab Opa Stet einen ausführlichen Kommentar ab, dem man pflichtschuldig mit halben Ohr lauschte. Doch bezüglich des neuen Bürgermeisters von Amsterdam faßte er sich kurz.

»Schon wieder ein Saujud. Wie könnte es auch anders sein.«

Unwillkürlich drückte Theo mit der Daumenwurzel auf mehrere Tasten gleichzeitig. Die Nachricht verschwand vom Bildschirm und machte den Abfahrts- und Ankunftszeiten der Frachtschiffe im Rotterdamer Hafen Platz.

»Was, Theo, Schiffahrtsberichte?« sagte Opa Stet und grinste. »Erwartest du eine wichtige Ladung?«

Darüber mußten alle auffallend laut lachen. Opa Stet zog kabarettistisch die Augenbrauen hoch. Er genoß es, Erfolg mit einem Scherz zu haben. Später im Jahr starb er. Krebs. Seine halbe Speiseröhre war weggefressen. Die letzten Monate vor seinem Tod hatte er so gut wie nichts mehr zu sich nehmen können. Ein Stückchen Kalbfleisch von der Größe einer Murmel zu kauen kostete ihn fast eine Minute. Hatte er mit Mäuseschlückchen ein Glas Wasser oder Möhrensaft getrunken, begann sein Magen kurz darauf so laut zu glucksen, daß es schien, als gurgle er mit geschlossenem Mund. Danach kam das Aufstoßen. Dann zuckte sein Brustkorb, und sein Kopf wogte wie losgelöst auf dem abgemagerten Rumpf hin und her. Nachts spuckte er manchmal Blut.

Ein halbes Jahr nach Opa Stets Tod erinnerte Theo seine Mutter an die Krönung im Jahr 1980.

»Ich weiß nicht, worauf du hinauswillst, Theo, aber du sprichst von einem Mann, der drei Jahre lang unter den Deutschen Zwangsarbeit verrichtet hat.«

Theo wußte das. Opa Stet war während des Krieges in Deutschland im Arbeitseinsatz gewesen. Oma hatte ihre fünf Kinder nur mit größter Mühe durch den Krieg gebracht, die Familie hatte manchmal tagelang hintereinander Blumenzwiebeln gegessen. Seine Mutter war Jahrgang '39. Theo kannte sie nicht anders als kränkelnd.

»Was wollt ihr denn, ich bin halt ein Kriegskind«, sagte sie immer, wenn sie wegen diffuser Beschwerden – Abgeschlagenheit, Migräne – das Bett hütete.

Theo heiratete Sylvia. Auf der Hochzeit fiel auf, daß fast niemand von seiner Verwandtschaft einen Tropfen trank, während Sylvias Anhang tüchtig zulangte. Von den Altenas soff sich lediglich sein Bruder unter den Tisch.

»Theo, da bist du der Jüngere von euch beiden und bist schon verheiratet, und dein Bruder hat noch nicht mal 'ne Freundin«, meinte Oma Stet auf der Hochzeit.

Sein Bruder studierte Wasserbau in Delft. Nie brachte er ein Mädchen mit nach Alkmaar. Doch ein halbes Jahr nach der Hochzeit, an Oma Stets Geburtstag, kam sein Bruder freudig erregt angestürzt. Er hatte eine Freundin.

Ungläubige Gesichter bei den Verwandten. Sein Bruder hatte ein Foto dabei. Als seine Mutter das Bild in die Hand bekam, spitzte sie die Lippen und sog die Wangen ein, als koste sie etwas, dessen Geschmack sie nicht einordnen konnte. Sie gab das Bild an Oma Stet weiter und sagte: »Kompliment. Ein hübsches Mädel.«

Oma Stet hatte ihre Lesebrille aufgesetzt. Mit gestrecktem Arm hielt sie das Bild weit vor sich. Angestrengt verengte sich ihr Blick, wobei sie gleichzeitig ihre Oberlippe hochzog. Dann sah sie weichgestimmt hoch, wobei sie den Kopf schräg hielt, ihre freie Hand mit gespreizten Fingern gegen die Wange gelegt.

»Ach Gottchen, ein Negerlein.«

Theo bekam das Bild als letzter. Das »Negerlein« hatte eine hellbraune Haut, glattes schwarzes Haar und tiefliegende Augen.

»Ihre Mutter ist indonesisch«, sagte sein Bruder und steckte das Bild in die Innentasche seiner Jeansjacke.

Zwei Jahre lang war das Mädchen die feste Freundin seines Bruders. Nicht für alles Geld der Welt brächte er sie mit nach Alkmaar, hatte er Theo irgendwann anvertraut. Theo und Sylvia bekamen sie ein einziges Mal zu Gesicht, auf einer Studentenfete in Delft. Sie hatte schmale Schultern und ein eckiges, asymmetrisches Gesicht. Breite Kiefer- und Wangenknochen wie aus Kirschholz geschnitten. Später meinte Sylvia, das Mädchen spreche mit einem typischen Den Haager Zungenschlag. War ihm nicht aufgefallen.

»Du hast sie geseh'n, Theo. War sie ein liebes Ding?« fragte Oma Stet später einmal. Sie fand es schade, daß sein Bruder dem Mädchen den Laufpaß gegeben hatte. »Man sieht es immer öfter, weißt du. Unsere Nachbarin von früher, die jetzt weit draußen im Kennemerstraatweg wohnt, die Schwester von der hat auch 'nen Enkelsohn, der es mit 'nem Negerkind hält. Der Bursch hat's gut getroffen.«

»Theo, sie ist an die achtzig. Für Leute dieses Alters ist das ein ganz normales Wort«, meinte seine Mutter später, nachdem Theo Oma Stets Bemerkung vorsichtig zur Sprache gebracht hatte.

Ehe er wieder heimfuhr, gab seine Mutter ihm »Das Irrlicht« von Willem Elsschot mit.

»Nie gelesen, Herr Niederlandist?«

Da stand es, gleich auf der ersten Seite. Drei »Negerlein«, die nach dem Weg fragten; eine Erzählung, die anscheinend als Allegorie der neutestamentarischen Geschichte der drei Weisen aus dem Morgenland interpretiert werden mußte.

Als Theo und Sylvia bereits in Bergermeer wohnten und seine Eltern in die Neubauwohnung im Huiswaard Nummer 3 gezogen waren, rief seine Mutter eines Abends völlig aufgelöst an.

»Mäuse, Theo, Mäuse! Überall in der Küche liegen Exkremente. Hinter dem Kühlschrank ist es schon ganz schwarz vor Mäusedreck!«

Am gleichen Abend besuchte er seine Eltern und stellte Fallen an strategisch günstigen Stellen auf. Eine Woche später rief sie wieder an.

»Ich habe zwei laufen sehen! In der Küche, sie sind einfach die Fußleiste entlanggeflitzt. Ich werde verrückt.«

»Und Pa?«

»Ach, der Lahmarsch unternimmt nichts. Der sagt, überall würde wohl mal ein Mäuschen rascheln. Auf den ist auch nie Verlaß.«

Theo brachte Isolierstreifen unter der Hintertür an. In der Drogerie kaufte er Gift und stellte Lockschachteln in den Flur und die Küche. Noch in derselben Woche war seine Mutter wieder völlig aus dem Häuschen. Sie hatte eine Maus durchs Schlafzimmer huschen sehen und lauthals losgekreischt. Sprang das Ding einfach so in den Wäscheschrank! Sie wollte umziehen.

Im Namen seiner Eltern sprach er mit der örtlichen Ungezieferbekämpfung. Die Telefonistin verwies ihn an eine Privatfirma. Eines Samstagmorgens erschien in einem weißen Lieferwagen ein Mitarbeiter der Firma Rattex. Auf Bitten seiner Mutter war Theo anwesend. Mit Theos Hilfe wurde der Teppichboden losgelöst, um grellrosa Giftkörner in die Ventilationslöcher im Beton streuen zu können.

Der Rattex-Mann hatte ein Vollmondgesicht und einen schief stehenden Mund. Er trug eine Brille, die ihm immer wieder vom Nasenrücken rutschte, um schließlich von einer kräftigen Knolle aufgefangen zu werden, die, wie Theo bemerkte, der seinen nicht unähnlich war.

»Werter Mann, Sie sehen selbst. Hier ist es blitzsauber«, sagte seine Mutter. Seit der Plage hatte sie rosarote nervöse Flecken am Hals. »Hier ist für die Tiere kein Krümel zu holen. Wie komme ich bloß zu Mäusen?«

Der Mann erläuterte, daß jeder Haushalt Opfer der Mäuseplage werden könne. Die Biester würden selbst in den allersaubersten Neubauwohnungen auftauchen. Allerdings erst in den letzten fünfzehn Jahren. Als seine Mutter nicht sogleich verstand, holte der Rattex-Mann mit beiden Armen zu einer weiten Geste aus und meinte: »Was haben Sie geglaubt? Die Ausländer, Frau Altena, die Ausländer!«

Theo spürte, wie ihm das Blut aus den Wangen wich. Verstohlen versuchte er, einen Blick hämischen Einverständnisses mit seiner Mutter zu wechseln. Doch diese schien ganz interessiert.

»Die Kocherei von den Leuten, Müll draußen auf dem Balkon. Andere Gewohnheiten, nicht wahr«, sagte der Rattex-Mann. »Seit immer mehr unserer türkischen und marokkanischen Freunde hier Wohnungen beziehen, rücken die dazugehörigen Tiere mit auf. So geht das. Hier ist es noch geradezu paradiesisch. Aber im Roten Dorf und in Kooimeer feiern die Kakerlaken fröhliche Urständ', lassen Sie sich das gesagt sein. Und was glauben Sie, was in den Großstädten los ist? Da marschieren sie in Zehnerreihen, die Kakerlaken meine ich. Manchmal müssen die Kollegen aus Amsterdam ganze Gebäude in Bijlmermeer oder der Indische Buurt ausspritzen. Ungelogen, manchmal denke ich: Ob diese Türken all das Ungeziefer womöglich in einem Koffer aus ihrem schönen Vaterland mitgebracht haben? Wo sonst kommt es denn her? Vielleicht scheißen sie die Viecher ja auch aus, was wissen wir?«

Das Gift wurde an unzähligen strategisch günstigen Stellen ausgelegt. Kein Loch und keine Ecke überging der Mann. Die Rechnung betrug neunzig Gulden. Seine Eltern gaben ein tüchtiges Trinkgeld.

»Junge, glaubst du, der Mann saugt sich das einfach so aus dem Fingern?« sagte seine Mutter später. »Wieso sollte er? Fakten sind schließlich Fakten.«

Die Mäuse verschwanden. Ab und zu hörten seine Eltern hinter den Wänden ein langgezogenes Quieken. Das hatte der Rattex-Mann vorhergesagt. Manchmal würden sie noch in ihrer Todesstunde quieken. Angst vor Leichengestank bräuchten sie nicht zu haben. Das Gift lasse das Blut gerinnen, die Tiere würden gewissermaßen implodieren, um anschließend säuberlich einzutrocknen. Seine Mutter war so zufrieden mit dem erwiesenen Dienst, daß sie der Firma Blumen schickte.

Lange vor der Mäuseplage kam Sylvia regelmäßig zu seinen Eltern auf Besuch. Auch Opa Stet hatte sie noch gekannt; sie war ihm ein Jahr vor seinem Tod vorgestellt worden. Opa Stet war hin und weg gewesen von Sylvia. »Silly« hatte er sie genannt, als wäre sie nicht die erwachsene Freundin seines Enkelsohns, sondern seine Urenkelin. Theo hatte ihr nie von Opa Stets Ausbruch am Krönungstag erzählt. Sylvia mußte meinen, nur sie stamme aus einer Familie, in der manche gewissen Meinungen anhingen.

Neun

Von hinten sah es aus, als lese er, den Kopf leicht nach unten gebeugt und die Ellbogen symmetrisch auf die Armlehnen des schwarzledernen Sessels gestützt. Aber Theo las nicht, er saß reglos im Wohnzimmer und starrte vor sich hin, wie fast immer in schlaflosen Nächten. Die Uhr zeigte fast zwei, eine Zeit, die für Theo, den Morgenmenschen, das gleiche besagte wie »mitten in der Nacht«. Vor fast einer Stunde war er die Treppe heruntergeschlichen.

Seit vierzehn Monaten, den vierzehn Monaten, war seine Nachtruhe gänzlich durcheinander. Zwei- bis dreimal die Woche durchlebte Theo Stunden, in denen er sich schlaflos unter seiner Decke wälzte. Er verließ das Bett, trank warme Milch oder Baldriantee, unternahm nächtliche Streifzüge durchs Haus und endete schließlich im Badezimmer, wo er den Arzneischrank nach dem Schlafmittel durchsuchte. Waren die Tabletten alle oder meinte er, sie schon zu viele Nächte hintereinander geschluckt zu haben, dann bezog er seinen Platz im Wohnzimmersessel. Stunden konnte er dort sitzen und angespannt auf irgendein Anzeichen von Müdigkeit warten.

Allein schon aus dieser angeblich aus heiterem Himmel kommenden Schlaflosigkeit hätte Sylvia ihre Schlußfolgerungen ziehen können. Sie aber hatte ihm unbesehen geglaubt, daß er immer heftiger vom »Arbeitsstreß« heimgesucht werde, was er nicht nur ihr erklärt hatte, sondern auch seinem Hausarzt, den er bei seinen Besuchen um Novanox oder Mogadan bat, Tabletten mit melodiös klingenden Namen, die er unwillkürlich mit seltenen Gewächsen oder neuen, exklusiven Automodellen assoziierte (»Machen Sie eine Probefahrt mit dem Fiat Mogadan!«). Theo hatte nie zuvor Schlafmittel geschluckt, und zum Kuckuck, es war wunderbar, nach der Einnahme so einer kleinen Novanox in den Schlaf … gefaltet zu werden, so fühlte es sich am ehesten an: als würde ein Kokon um seinen Körper gesponnen und er zu einem tiefen, drückenden, schlafähnlichen Zustand zusammengerollt, der letztlich nicht der seine war, sondern ihm wie eine Mahlzeit gereicht wurde. Für gewöhnlich wallte der Schlaf aus dem eigenen Inneren auf, aber mit so einer Pille kam er irgendwie von außen, vergleichbar dem angenehmen Kribbeln von Wolle, wenn man sich einen warmen Winterpullover über den Kopf zog.

Aller Sehnsucht nach Nachtruhe zum Trotz empfand Theo häufig Widerwillen vor dem Einschlafen. Das hing mit der banalen, aber deshalb nicht weniger realen Angst zusammen, er könne womöglich im Schlaf reden. Sylvia hatte noch nie etwas in dieser Richtung verlauten lassen, also hielt er nachts wahrscheinlich hübsch den Schnabel. Aber wer konnte ihm garantieren, daß es dabei blieb? In amerikanischen Seifenopern verplapperten sich Eheleute dermaßen oft im Schlaf, weshalb also sollte ihn das nicht überkommen? Theo konnte es sich sehr gut vorstellen; er sah sich schon neben Sylvia, allerlei Obszönes murmelnd, das er außer Haus ausgefressen hatte, während er tief ins Koma abgetaucht dalag und schönen Träumen mit Iris nachhing, im Schlafanzug eine Mitternachtslatte als belastendes Beweismaterial … Nein, dann schon lieber schlaflos sein.

Außer der Angst sich zu verraten hielt ihn hauptsächlich die Anspannung wach. In der Sonntag- und Montagnacht war Theo gespannt auf das, was sich am Dienstagnachmittag ereignen würde. Hatte er den wöchentlichen Ehebruch hinter sich, dann hielten ihn die Erinnerungen an das Geschehene für mindestens eine Nacht vom Schlaf ab. Die Stellungen der vergangenen Freistunde gingen ihm nicht aus dem Kopf. Heimliches Masturbieren im Badezimmer half kaum. Hatte er sich hastig einen runtergeholt und lag er danach wieder im Bett, dann kamen sie erneut, die Bilder von Iris' nacktem Körper, von dem, was er am Nachmittag an und mit ihr getan hatte, der Anblick ihrer Brüste und Schultern und, in bestimmten Positionen, ihrer Möse und ihres Hinterns. Mit Sylvia war er beim Sex eins und unteilbar, wenn auch nicht den romantischen Gesetzen der mystischen Einswerdung gemäß. Mochten sie äußerlich auch mit gegensätzlichen Körpern behaftet sein, so waren sie doch schon bei den ersten Berührungen wie gleichartig, verblüffend kongruent, zwei doppelgeschlechtliche Homosexuelle als Heteros verkleidet. Im Bett (das hieß: auf der Couch) mit Iris dagegen wurde auch die kleinste Handlung durch Distanz und Objektivierung bestimmt. In seiner Studentenzeit hatte Theo in einem Filmclub einmal »Annie Hall« gesehen und wie gebannt die Szene verfolgt, in der Diane Keaton im Bett mit Woody Allen buchstäblich aus sich heraustritt und in aller Nüchternheit sich selbst und ihren emsigen Liebhaber betrachtet. Bis dahin war er davon ausgegangen, daß nur Männer beim Sex aus ihrem Körper stiegen und zu Zuschauern ihrer selbst wurden. Im Unterschied zu Männern geschah es bei Diane Keaton allerdings nicht aus pornographischer Gier, sondern aus lauem Desinteresse. Bei einem Mann, der eine Frau vögelte, die er mehr begehrte als liebte, verließ der Geist den Körper, und das, was er empfand, wurde zum großen Teil von dem bestimmt, was er von sich und seinem Gegenüber sah. Das jedenfalls überkam ihn wieder und wieder mit Iris. Das Paradoxe war, daß er diese kritische Distanz brauchte, um mit ihr intim sein zu können. Dann wurde sein Körper ein einziges Auge, eine allessehende Kamera, die er nach Belieben bedienen konnte und mit der er seinen privaten Pornofilm drehte, als investiere er während der sexuellen Handlungen nicht in den augenblicklichen Genuß, sondern in die künftige Erinnerung an das in jenen Momenten Erlebte. Sex mit Iris war nicht die Erfüllung seiner Phantasie, sondern Nahrung für seine Vorstellungskraft. Am besten ließ sich das an der Qualität seiner Orgasmen beim Masturbieren ablesen. Dachte er dabei an Sylvia, dann blieb der Orgasmus in Qualität und Intensität immer hinter den Höhepunkten zurück, die er tatsächlich mit ihr erlebt hatte. Vögeln mit Sylvia mündete immer in Orgasmen unbebilderten Überwältigtseins, die kurze Euphorie des ewigdauernden Hier und Jetzt. Dachte er während der Selbstbefriedigung an Iris, dann rief er obszöne Szenen in sich wach, die er irgendwann mit ihr »gespielt« hatte, und jeder Orgasmus war heftiger als jemals während ihrer tatsächlichen Liebesakte. Genaugenommen weckte ihre Affäre nicht den Liebhaber, sondern den Onanisten in ihm. Sehr zielgerichtet und mit nüchterner Anstrengung konzentrierte er sich während des verbissenen Wichsens auf die fragmentarischen Eindrücke, die er vom Sex mit Iris übrigbehalten hatte. Die pornographischen Erinnerungen hatten etwas von einem Videoclip, aus dem jeder Handlungsablauf, jeder Hauch einer Entwicklung oder eines Erzählstrangs verbannt war und die Bilder sich blitzartig zu überstürzen schienen. Theo schnitt diese Bilder zusammen und arbeitete auf eine handwerklich perfekte Aufeinanderfolge ultrakurzer Szenen hin. Genauso waren anschließend auch seine Orgasmen: handwerklich perfekt, ihm unter größtmöglicher Disziplin und Kontrolle entfliehend. Es grenzte an Kunst, das Abspritzen in Gedanken an Iris, unerreichbar von der gemeinsam erlebten Wirklichkeit.

Sein Ehebruch hatte in großer Keuschheit angefangen.

Es dauerte lange, ehe sie ihn zu sich nach Hause einlud, und noch länger, ehe sie sich von ihm küssen ließ. Nach der Klassenfahrt nach Tilburg, wo er das erste Mal ausführlich mit ihr hatte reden können, setzte Theo alles daran, möglichst häufig mit ihr in Berührung zu kommen. Er ging zu Zeugnis- und Mentorenkonferenzen, blieb nach Elternabenden noch eine Weile im Lehrerzimmer in der Hoffnung, ihr zu begegnen, schloß sich in der Lunchpause häufig den Kollegen an, mit denen sie sich gerade im Gespräch befand, erforschte heimlich ihren Stundenplan und fand zu seiner Freude die zwei gemeinsamen Freistunden am Dienstag. All diese Anstrengungen durften natürlich kein Aufsehen erregen. Traf er sie auf dem Flur, dann grüßte er sie freundlich und mit angemessener Distanz. Bei Konferenzen lächelte er zuvorkommend und neutral, wenn ihre Blicke sich kreuzten. Sie nickte dann meist und lächelte zurück, kurz, förmlich und gewiß nicht amourös – und doch hatte sie ihn angelächelt! Bei alledem hieß es kühl bleiben, was nicht einfach war. Hatte sie ihm zugelächelt, dann schaute Theo mit ernster Miene auf die Papiere auf dem Tisch und tat, als studiere er Zeugnisnoten.

An Tagen, an denen sie gleich viele Stunden hatten, begleitete er sie nach der Arbeit manchmal bis zum Parkplatz. Stieg er danach in seinen Toyota, wackligen Schritts wie eine alte Jungfer, blieb er, statt den Motor anzulassen, manchmal noch ein Weilchen sitzen. War es denn die Möglichkeit! Er schien tatsächlich infiziert mit dem Virus jener Kälberliebe, das Jahr für Jahr in den Schulklassen grassierte und unzählige Opfer forderte, total verknallt vor sich hin leidende Jungs und Mädels mit bleichen, hohläugigen Mienen, die herumliefen, als habe ihr letztes Stündlein geschlagen ... Er, Theo Altena, dieser komische Kauz von Niederländischlehrer, von dem manche Mädchen in den höheren Klassen schwärmten, er war wieder vierzehn, fünfzehn Jahre alt und unterschied sich allenfalls äußerlich von all den bepickelten kleinen Mackern, die verzweifelt den Mädchen hinterherjagten, während das Testosteron ihre schlaksigen, lahmarschigen Gliedmaßen durchbrauste.

Eines Dienstagmorgens vor Schulbeginn traf er sie in der Lehrergarderobe. Sie hingen gleichzeitig ihre Mäntel auf. Gerade als er sie ansprechen wollte, kam Wassenaar, Chemie, herein und wollte ebenfalls seinen Mantel loswerden. Theo verwünschte seinen Kollegen. Doch das Glück war mit ihm: Wassenaar hatte es eilig und verschwand in Richtung Kaffeezimmer. Iris hatte sich hingehockt, durchsuchte ihre Sporttasche und holte ein fachdidaktisches Büchlein heraus. Theo schickte ein Stoßgebet gen Himmel. Dann fragte er sie, ob sie tagsüber etwas mit ihm trinken wolle.

»Du hast doch auch zwei Freistunden heute?«

Noch in der Hocke drehte sie sich verwundert zu ihm um. Natürlich war es einigermaßen merkwürdig, daß er wußte, wie ihr Stundenplan aussah. Einen Moment lang sah sie ihn schräg von unten her an, dann lachte sie und sagte ja. Und ob er etwas Nettes in der Stadt wüßte.

Wochenlang hatte er auf diesen Augenblick hingelebt, hatte alle Hoornschen Restaurants, Kneipen und Lunchrooms, die er kannte, in Erwägung gezogen.

»La Bascule, kennst du das?«

Nein, das kannte sie nicht, und Theo erklärte ihr, wo es sich befand.

Obwohl es an ihrer Verabredung nichts zu verheimlichen gab, fuhren sie am Nachmittag beide im eigenen Wagen zur Innenstadt. Sie parkten am Gedempte Turfhaven. Theo hätte jubeln mögen. Er schwebte nur so neben ihr über das brandneue Backsteinpflaster der Kerkstraat. Küßte in Gedanken die Turmuhr der Noorderkerk; umarmte sämtliche Giebel des Rode-Steen-Platzes. Ein Küßchen für alle rotgelben Fensterläden des restaurierten Patrizierhauses. Ein dicker Kuß für den weißen Glockengiebel der altehrwürdigen Bäckerei. Ihm war, als ob der Kosmos ihn sacht kitzelte, so sprühte und glühte er am ganzen Leib. Und er machte keinen einzigen Fehler. Zu keinem Moment war er übertrieben in seiner Galanterie und hütete sich gleichzeitig vor einer allzu auffälligen Nonchalance. Sie sollte ruhig denken, er unternehme öfter Ausflüge dieser Art.

La Bascule, an der Westseite des Rode-Steen-Platzes, war unter den Säulen der alten Stadtwaage beherbergt, direkt gegenüber dem Westfriesischen Museum. Im Jahr zuvor hatte es noch Restaurant De Waegh geheißen. Eines Tages waren die Fischernetze, das Kupfergeschirr, die Holzstiche und geschnitzten Bilderrahmen verschwunden, das Ebenholzmobiliar hatte Korbstühlen und runden Marmortischen Platz gemacht, und aus dem Restaurant war ein Grand Café geworden. An diesem Nachmittag waren sie die einzigen Gäste. Barkeeper und Serviererin blieben diskret hinter dem Tresen. Theo und Iris sprachen gedämpft. Er: über seine Studentenzeit, wie schön er wohne in Alkmaar und, natürlich, über Sylvia, denn es erschien ihm von Vorteil, sich als treuer Ehemann zu präsentieren. Sie: über ihre Jugenderinnerungen an Paramaribo, die arme Oma Duivenpoort und ihr Rheuma, ihre Mutter, die sich immerzu um die fünf Kinder sorge, besonders um Franklin und Steven, ihre jüngeren Brüder, die leider die Schule nicht beendet hätten und jetzt beide *wakaman* zu werden drohten. (Das war das erste Wort aus dem Sranantongo, das er von ihr vernahm. Sie erklärte, was es bedeutete – etwas wie »Straßenjunge«.) Bei diesen Worten zog Iris ein betrübtes Gesicht, wobei ihre vollen Lippen nach unten zeigten, was ihre Oberlippe noch voluminöser aussehen ließ. Und sie nickte träge und nachdenklich zum Zeichen, daß sie die Sorge um ihre Brüder mit ihrer Mutter teilte. *Pinaren* nannte sie das – Theos zweites Wort –, und das hieß nicht nur Armut erdulden, sondern auch grübeln, sinnieren, und in dieser Bedeutung verwendete sie es. Iris hatte so betrübt dreingeschaut, daß Theo sich spontan ihrem *pinaren* anschloß.

Natürlich erzählte sie auch von Sidney. Er sei zweiter Verwaltungschef der Firma Bonaventura in Sloterdijk. Sidney pendle nur widerwillig hin und her, doch wolle er nicht, daß seine Frau jeden Tag nach Hoorn unterwegs sein mußte. Und wenn er sie mit fünf Zimmern im Neubaugebiet Kersenboogeerd sowie einem großen Garten vor und hinter dem Haus glücklich machen konnte ... Wo fände man das in Amsterdam, da ließen sie einen jahrelang auf einer Warteliste versauern, ehe man für eine anständige Wohnung außerhalb Bijlmermeers in Frage kam. Ai-ai-ai, Bijlmermeer ... Auch da sei es gar nicht einfach, eine Wohnung zu finden, aber noch unendlich viel schwerer sei es, wieder von dort fortzukommen!

Sobald sie von Häusern oder sonstigen Allgemeinheiten sprachen, gewann Iris ihre charakteristische Stimme wieder, tief, heiser und ab und zu extrem in die Höhe schießend, wie es für viele surinamische Frauen typisch war. Redete sie jedoch von Sidney, dann flüsterte sie beinahe. Iris sprach von ihm mit angemessenem Stolz, ohne Angebertum oder kokette Schwärmerei. Auch sie schien ihm gegenüber betonen zu wollen, daß sie glücklich verheiratet sei – womit sie aber eigentlich, genau wie Theo, gewisse Nebengedanken verriet. Theo war nicht eifersüchtig auf Sidney. Er trank Kaffee mit Iris zwischen den Säulen der alten Stadtwaage, und das genügte ihm. (War das sein Ernst? Es war sein Ernst.)

Nach diesem ersten Mal gingen sie fast jeden Dienstagnachmittag ins Grand Café. Vor der Klasse wurde Theo richtiggehend lammfromm. Die Schüler wußten nicht, wie ihnen geschah. Verträumt und leicht beschwingt wie ein Schmetterling wurde er eins mit den errötenden Teenagern in den Bänken vor sich. Über Geschwätz und Klamauk im Unterricht sah er hinweg und machte statt dessen seinerseits witzige Bemerkungen? Man war platt. Hatte die Nase noch alle Tassen im Schrank, oder was? Was war los mit der Knalltüte? Die fragliche Knalltüte strahlte ... Kam nach der Stunde jemand und beklagte sich über zu Unrecht als falsch bewertete Antworten in einer Arbeit, dann änderte Theo die Vier ohne zu murren in eine Drei und ließ einen bestürzten Schüler zurück, der gar nicht auf eine bessere Note gehofft und sich lediglich der Form halber beklagt hatte. Der Umschwung hielt nicht lange an, schon bald stand Theo wieder so zynisch wie eh und je vor der Klasse – aber seine kurzfristige Jovialität hatte genügt, den Schülern in den Pausen Stoff zum Tratschen zu geben.

Einen Monat lang geschah nichts, nichts als daß Theos Hand ganz kurz die ihre streifte, wenn sie zusammen Kaffee tranken; nichts als niedergeschlagene Blicke, hier und da ein verschämtes Lächeln und ein behagliches Schweigen während der Spaziergänge von Turfhaven zum Rode-Steen-Platz und zurück; nichts als der verlegene Abschiedsgruß, wenn sie am Ende der Freistunden in ihre Autos stiegen, die sie in geringer Entfernung zueinander geparkt hatten. Zu Hause floß alles süß dahin. Sylvia profitierte von seiner vorzüglichen Laune. Und Theo war schamlos. Er sang unter der Dusche. Er brachte öfter ein kleines Geschenk für Syl mit. Öffnete abends tatsächlich eine Flasche Wein, war verschmust und verwandte dreimal soviel Zeit auf Vor- und Nachspiel. Ach, diese Lebenslust! Es erstaunte ihn selber. Iris fachte sie in ihm an; loswerden konnte er sie bei Sylvia.

Am ersten Dienstag im März hatten sie sich wieder im

La Bascule verabredet. Sie hatten gerade den zweiten Kaffee bestellt, als die Tür aufging und mindestens ein Dutzend Gymnasialschüler hereinkamen. Theo erkannte die Gesellschaft, es waren Viertkläßler, die er unterrichtete. Er bezwang die Neigung, den Kopf einzuziehen, und starrte Iris an. Mit einer Hand faßte er an seine Brille.

»Die 4 b kommt herein. Etwa zehn. Nicht umsehen.«

Sie tat, was er unterdrückt hatte, sie führte erschrokken ihre Hand zum Mund. Zum Glück saß sie mit dem Rücken zum Eingang, so daß den Schulkindern ihre Panik entging. Für einen kurzen Moment übertrug sich ihr Erschrecken auf ihn, doch gleich darauf empfand er einen stillen Triumph. Daß sie hier saßen, war also auch anscheinend in ihren Augen bedeutungsgeladen und kompromittierend. Eine wunderbare Entdeckung.

Aus dem Augenwinkel beobachtete er den Eingang. Die Gruppe zögerte. Plötzlich empfand er es als Herausforderung, die Situation zu retten. Eine gute Möglichkeit, ihr zu zeigen, was er wert war.

»Hast du sie auch, die 4 b? Ich meine, die Mädels?« fragte er. Im Westfriesischen Kolleg gab es noch keine gemischten Turnstunden.

Sie nickte angespannt.

Theo hob die Hand und winkte. Iris beugte sich zu ihm vor.

»Was soll das denn?« fragte sie.

»Hallo, Herr Altena«, rief einer. Sein singender Tonfall war sehr dick aufgetragen, ein Zeichen, daß man sie schon längst bemerkt hatte.

Theo winkte ein zweites Mal, lehnte sich zurück und lächelte Iris beruhigend zu.

»Nichts, ich winke nur«, sagte er. »Es ist doch nichts? Iris?«

Sie lachte. Sie hatte ihn verstanden. Was gab es zu entdecken, solange sie sich nicht wie entdeckt verhielten?

Die Kinder näherten sich geräuschvoll.

»Hallo, Herr Altena«, sagten einige wieder.

»Tag, Freunde und Freundinnen«, sagte Theo. Er versuchte, mit routinierter Herablassung zu lächeln – das Lächeln eines gestandenen Lehrers. Damit erzwang man sich Respekt.

Vier Mädchen befanden sich in der Gesellschaft. Eine sagte: »Hoi, Iris.«

Einen Augenblick lang gefror Theos Lächeln. Sie ließ sich duzen. Er nicht. Sie war hip, er dagegen ein spießiger Sack. Schüler kategorisierten ebenso rudimentär wie streng.

»'ne Freistunde?« fragte er niemanden im besonderen.

Ein zufriedenes Murmeln erklang.

»Mathe fällt aus. Baars ist krank.«

»Aha«, sagte Theo, nicht im mindesten an ihrer Antwort interessiert.

»Sie auch 'ne Freistunde?« fragte einer.

Das provozierte, wie sollte es anders sein, ein allseitiges Gelächter.

»Ja doch«, sagte Theo. »Frau Pompier und ich wollten gerade herausfinden, wie wir es anstellen können, daß die ganze 4 b sitzenbleibt.«

Das schlug nicht ein.

»Was'n?« fragte jemand anderer.

»Wie wir euch sitzenbleiben lassen können«, wiederholte Theo, der zu spät begriff, wie merkwürdig sich die drei Verben hintereinander anhörten.

»Ach so«, murmelten einige. Man sah sie Blicke wechseln, stirnrunzelnd, spöttisch. Ausgeflippt, der Altena.

»Auch Lehrer tratschen gern«, sagte Iris, und Theo erschrak vor ihrem Stimmvolumen. Es war – jeder gute Lehrer verfügte darüber – ihre Maulhalten-und-zuhören-Stimme. Das ganze Grand Café hallte davon wider. So hatte er sie seit der Klassenfahrt nach Tilburg nicht mehr reden hören. Iris sah die Schüler der Reihe nach an und sagte: »Glaubt ihr wirklich, nur Schüler würden über Lehrer tratschen und nicht umgekehrt? Also, ich will es euch verraten. Herr Altena und ich sprachen gerade von … dir!« Und Iris deutete auf ein Mädchen, das sofort rot anlief. Eilig fügte sie hinzu: »Ein Scherz, Marjoke. Wir haben über niemand speziellen geredet. Über alle und keinen.«

Marjoke lächelte sauer; der Rest stand abwartend und – wahrhaftig – verlegen da. Theo warf Iris einen amüsierten Blick zu. Das hatte sie gut gemacht: eine Schülerin opfern und so die Meute in Schach halten.

»Dürfen wir uns dazusetzen?«

Theo konnte nicht sehen, wer die Frage gestellt hatte. Fragend nickte er Iris zu, überließ ihr die Entscheidung.

»Natürlich«, sagte sie. »Schön.«

Die Gruppe kam in Bewegung. Tische wurden verschoben, Stühle herangezogen, die Beine scharrten über die auf alt gemachten Bodenfliesen. Die Serviererin kam und nahm die Bestellung auf. Hinter dem Buffet sah der Wirt mißbilligend zu. Die Mädchen bestellten Tee, die Jungen Bier, das sie kurz darauf übertrieben durstig tranken, um sich eindeutig von den beiden trantütigen Lehrern mit ihren Kaffeekännchen zu unterscheiden.

Theo spielte die Rolle des gutgelaunten Lehrers in einer außerschulischen Situation so gut wie möglich. Er machte ein paar scherzhafte Bemerkungen, über die für seinen Geschmack zu spärlich gelacht wurde. Iris wandte sich an die Mädchen und lachte solidarisch mit ihnen mit, wenn sie sich wegen irgendwas »vor Lachen kugelten«, wie das gegenwärtig hieß. Normal lachen, das taten sie nie, wie Theo wußte. Sechzehnjährige Mädchen kicherten entweder, oder sie waren quietschend dabei, sich vor Lachen zu kugeln. Ein Zwischenfeld milder, beherrschter Freude schien es nicht zu geben.

Nach zehn Minuten war der unvorhergesehene Aufmarsch vorüber. Iris erzählte, sie und »Herr Altena« müßten noch Unterricht geben. Sie zog dabei ein gelangweiltes Gesicht, worüber sich die Schüler amüsierten. Auch ein netter Trick, wie Theo aus Erfahrung wußte. Spielen, daß man als Lehrer auch keinen Bock hatte, damit machte man Punkte.

In einer Viertelstunde würde die siebte Unterrichtsstunde beginnen. Auch die 4 b mußte wieder zur Schule; die Klasse hatte am Nachmittag noch ein Stündchen Chemie. Und niemand hatte, o Wunder, Lust darauf.

»Kacke«, erklang es rund um Iris und Theo, »noch 'ne ganze Kackstunde lang diese Kackchemie.«

Theo zweifelte nicht daran, daß das Präfix auch dann seinen Dienst tat, wenn eine seiner Stunde bevorstand.

Nachdem die 4 b auf ihren Mofas und Fahrrädern entschwunden war, wußte Theo intuitiv, daß Iris beschlossen hatte, ihre wöchentlichen Rendezvous zu beenden. Sie gingen über Kerk- und Nieuwstraat zu ihren Autos. Theo wollte ihr zuvorkommen und sagte: »Besser künftig seinlassen, was, unsere Ausflüge.«

»Wäre wohl besser, ja.«

Etwas pikiert von ihrer raschen Zustimmung fragte er: »Könnten wir statt dessen nicht mal woanders hin? Ich meine, irgendwo außerhalb der Stadt?«

Enkuizen, Medemblik, Zwaag: er wollte alles mögliche vorschlagen, bis er begriff, daß seine Frage zu begierig gewesen war. Er hatte ihren Kodex von Freundschaft und Keuschheit entweiht. Iris musterte ihn mit zerstreuter Abschätzigkeit, als sei sie lediglich der Form halber entrüstet und er in einen willkürlichen Jugendlichen der Klasse 4 b verwandelt, der routiniert zurechtgewiesen werden mußte.

»Vorläufig nicht, Theo. In Ordnung?«

»'türlich. Okay.« Er lächelte mit zusammengepreßten

Lippen und viel zu hochgezogenen Mundwinkeln, von denen einer zynisch in der Höhe blieb, so daß er mit einem mißmutigen, schiefen Grinsen in sein Auto stieg.

Auf dem Weg zur Schule überholte er den Trupp der 4b. Die Mädchen fuhren alle vier auf Omarädern. Eine Hand am Lenker, hielt sich jede bei einem Mofafahrer fest. So schwebten die Mädels, ohne in die Pedale zu treten, über den Draafsingel, ihre langen Haare flatterten im Wind. Theo hupte, als er sie einholte. Es war kein spielerischer Gruß, sondern ein drohendes Trompeten, bei dem Theo unwillkürlich die Augen halb zukniff, während sein Handballen auf der Hupe ruhte. Zwei der Mädchen brachten rasendschnell ihre freie Hand von der Jungenschulter an den Lenker. Heftig schlingernd verlangsamten sie ihr Tempo. Eine dritte hob vor Schreck den Hintern vom Sattel. Die Jungs, unerwartet erlöst von dem Gewicht, das sie fortzogen, schossen unbeherrscht mit ihren Mofas davon. Theo hoffte, mindestens einer von ihnen würde eine gehörige Bauchlandung auf die Straßenklinker machen. Eins der Mädchen hatte – er sah es nach dem Überholen im Rückspiegel – die Faust gehoben, aus der sich, vermutlich als es sich nicht mehr in seinem Blickfeld wähnte, der Mittelfinger kerzengerade emporrichtete. Fuck you! Es war Marjoke. »Danke gleichfalls, Kleines«, murmelte Theo und trat das Gaspedal noch etwas weiter durch.

In den nächsten Tagen sann er auf Methoden, wie er Iris erneut einladen konnte. Sie anzusprechen, fehlte ihm der Mut. Aber in der darauffolgenden Woche, am Montagnachmittag, unterhielt sie sich im Hauptflur unweit des Rektorenzimmers mit zwei Schülern aus der Orientierungsstufe. Lachend verabschiedete sich Iris von den beiden, sobald sie ihn näherkommen sah. Theo blieb unbeholfen stehen. Einen Augenblick meinte er, seine Stimme klänge gepreßt, als er ihre Frage bejahte, ob er vielleicht am nächsten Tag bei ihr zu Hause zu einer Tasse Kaffee oder Tee ... in Ordnung?

»Ja. Ja, in Ordnung.«

Sie stand, für ihn nicht zu übersehen, anders als sonst da, sich ihrer Haltung auf gespannte Weise bewußt, als erwarte sie jeden Augenblick einen Stoß in den Rücken.

Theo sagte: »Ich weiß bloß nicht, wo du wohnst.«

Schnell, so schnell, daß sie später vielleicht darauf bestehen konnte, es nicht gesagt zu haben, sagte sie: »Du fährst einfach hinter mir her.«

»Was?«

Er hatte sie durchaus verstanden, war aber derart erstaunt, daß er es noch einmal hören wollte.

»Du fährst hinter mir her.«

Das zweite Mal sagte sie es mit abgewandtem Gesicht. Theo konnte das Gehörte kaum glauben und mußte einen Freudenschrei unterdrücken. Später am Tag, während der Lunchpause im Lehrerzimmer, war beiden ihr unbestimmtes Lächeln vergangen und einem bänglichen Schielen gewichen, gefolgt von allzu ruckhaften Kopfbewegungen, sobald einer von beiden wegschaute.

An diesem Dienstag folgte er tatsächlich ihrem Volvo. Sie fuhren über Oostergouw und Ijsselweg nach Kersenboogerd. An der Ecke der Straße, in der sie wohnte, blieb Theo noch eine Weile hinter dem Steuer sitzen. Sie hatte ihn darum gebeten. Den auf der Lauer liegenden Nachbarn wäre eine gemeinsame Ankunft wahrscheinlich verdächtig vorgekommen. Fünf Minuten später ging er auf dem Gartenpfad ums Haus. Sie erwartete ihn an der Hintertür. Einmal im Haus, schwiegen sie. Ihr Ernst war ebenso unvermeidbar wie unbegreiflich. Theo sah sich im Wohnzimmer um. Ein Kratzen im Hals plagte ihn, als würde jemand mit einem Staubwedel über seinen Kehlkopf fahren.

Im Wohnzimmer wies sie ihm einen Platz auf einer

makellos sauberen Couch mit modernem Dessin an. Theo hatte sich ein malerisches Interieur vorgestellt, Holzdielen, afrikanische Kunst an den grobverputzten Wänden, alte Jazzplatten in einem großen, unlackierten Bruynzeel Schrank, und ein schönes, uraltes Sofa mit geborstenem Lederbezug, zu den Lehnen hin übersät von zahllosen bunten Kissen, die einluden, die Schuhe abzustreifen und sich der Länge nach auszustrecken – ungefähr so wie reiche Schwarze in amerikanischen Spielfilmen schwarzer Regisseure lebten. Statt dessen empfing Iris ihn in einer Kulisse, die an einen blitzblanken Friseursalon erinnerte, pastellblaues Linoleum auf dem Boden, das in der Mitte des Zimmers, unter dem Plexiglastisch, in ein Karree aus weißen Laminatplatten überging. Ein schwarzer, großer Fernseher, umrandet vom glänzenden Chrom eines Möbels auf Rädern, dominierte die Sitzecke. Auf einem schmalen, weißen Bücherbord meinte er zunächst, die Taschenbuchausgabe einer Enzyklopädie zu entdecken, doch es waren die dunkelroten Lederhüllen von Videokassetten. Fing er einen Schimmer eines derartigen Interieurs irgendwo in Bergermeer auf, so stimmte ihn das weich. An diesem Nachmittag aber widerte ihn das gruselig perfekte Gleichgewicht zwischen tadellos und geschmacklos an. Die Einrichtung beengte ihn, als müsse er aufgrund unglücklicher Umstände plötzlich die Jacke eines Fremden tragen, ein Stück, für das er sich selbst nie entschieden hätte. Vielleicht hätte er Iris niemals einladen sollen, und ihr Umgang miteinander war ein einziges großes Mißverständnis, die peinliche Folge einer außer Kontrolle geratenen Schwärmerei.

Iris servierte Kaffee. Er trank aus einer weißen, hohen Tasse. Eine halbe Stunde bevor die siebte Unterrichtsstunde anfing, schlug sie vor, zur Schule zurückzufahren. Für die Strecke brauchte man höchstens zehn Minuten.

»Fahr du schon vor, ich komme später«, sagte sie und ließ ihn durch die Hintertür hinaus. Theo blieb im Türrahmen stehen, sah in den Garten und inspizierte Geräteschuppen und Gartenzaun. An der Vorderseite des Hauses mußte ein Fenster offenstehen, ein Zugwind jagte durch die Tür. Er spürte Kälte im Nacken, die Schöße seines Mantels wehten etwas hoch.

»Sehen uns die Nachbarn?« fragte er mit einem schrägen Kopfnicken zum Gartenzaun hin.

Iris schüttelte verwundert den Kopf.

»Wieso?« fragte sie.

»Weil ich dich küssen will«, sagte er und tat es bereits.

Iris versuchte, seinem Kuß mit einer winzigen Kopfbewegung auszuweichen. Dann tat sie einen halben Schritt zur Seite. Theo war sich des linkischen Anblicks bewußt, den er bieten mußte. Ihm war selbst nicht klar, weshalb er sie ausgerechnet jetzt geküßt hatte – und er tat es wieder, überbewußt und gekünstelt. Das zweite Mal wehrte sie ihn nicht ab. Theo hegte die bange Vermutung, daß sie die Technik seiner Zunge und seiner Lippen streng beurteilte. Ihr Mund legte einen Geschmack in den seinen, den er noch nie zuvor gekostet hatte. Zögernd suchte er mit seiner Zunge ihre Mundhöhle ab und berührte ihren Gaumen und ihr Zahnfleisch. Sie schmeckte vage nach Galle und Räuchertee. Mit zittrigen Fingern streichelte Theo ihre Wange. Durch halbgeschlossene Wimpern beobachtete er sie genau. Ihr Gesicht war dem seinen so nahe, daß es schien, als ob das Schwarzbraun ihm in die Augen rann und sich von innen her über seinen ganzen Körper ausbreitete.

Als er sie auf den Hals küssen wollte, legte sie ihre Hände mit sanfter Abwehr auf seinen zugeknöpften Mantel, gegen seine Brust.

»Schluß jetzt, Theo«, sagte sie einfach.

Er gehorchte.

Er fuhr allein zur Schule zurück. Sie würde später nachkommen. Theo starrte auf die Fahrbahn. Radler und motorisierte Verkehrsteilnehmer lösten sich in vorbeihuschende Schemen auf.

Die darauffolgende Woche besuchte er sie wieder. Diesmal schlug sie schon nach einer halben Stunde vor, zur Schule zurückzufahren. Theo durchfuhr eine leise Enttäuschung. Sie hatten noch mehr als eine Dreiviertelstunde Zeit. Dann kam ihm der Gedanke, daß sie ihrer beider Umarmung vielleicht wiederholen wollte, diesmal jedoch ohne allzu große Eile. Wie in der Woche zuvor schob er den ersten Kuß so lange hinaus, bis er schon im Mantel bei der Hintertür stand. Diesmal schlang sie ihre Arme um seinen Nacken. Ehe er sie küssen konnte, tat sie es schon. Ihre geöffneten Lippen berührten sein Gesicht überall. Nachdem er seine Brille abgesetzt und in der Innentasche seines Jacketts verstaut hatte, ließ sie sogar seine Augenlider nicht aus. Ihr Lippenstift klebte leicht an seinen Wimpern. Sein linkes Augenlid kribbelte, als ihre dicken, kühlen Lippen kosend darüberstrichen.

In unbequemer Umarmung gingen sie zurück ins Wohnzimmer, wobei sie sich gegenseitig ein paarmal auf die Füße traten. Es schien wie ein eckiger, holpriger Clownstanz, so unbeholfen manövrierten sie auf die Couch zu. Dort ließen sie sich fallen, und mit ihnen fielen auch die Dinge um sie herum. Die Couch rutschte ein wenig über das glatte Linoleum und stieß gegen einen Beistelltisch. Aschenbecher und Tasse nebst Untertasse landeten auf dem Boden und überlebten den Fall, aber als die sich ruckweise verschiebende Couch gegen einen Keramiktopf auf einer Kunststoffsäule stieß und der Topf mitsamt dem Zimmerfarn zu Bruch ging, schrak Iris hoch und schien vorübergehend zur Besinnung zu kommen. Als Theo bald darauf ein Bein über das ihre schlug, merkte er nicht, daß sich das Kabel einer Stehlampe um seinen Fuß gewickelt hatte. Die Lampe kippte um, der Schirm löste sich, die weiße Glühbirne, jetzt ungeschützt, ging in Stücke, als der Lampenfuß gegen einen Heizkörper rollte. Seltsam war das: Ihr Rausch war durch einen geradezu totalen Ernst gekennzeichnet, doch um sie herum reagierten die Dinge wie in einem Slapstick. Sie selbst gingen übrigens auch zu Boden, rutschten langsam rückwärts von der Couch, Iris riß sich einen Fingernagel ein, Theo biß sich aus Versehen auf die Unterlippe, sich küssend lagen sie auf dem kalten Boden, gingen einander an die Wäsche, nestelten an Knöpfen, Gürteln, Bändern, Manschetten, Häkchen, Schuhsenkeln, Schnüren, bis sie, von einem Kranz abgelegter Kleidung umgeben, dalagen und wieder auf die Couch kletterten, woraufhin alles das begann, was Theo in den folgenden Tagen in seiner Phantasie zu einer ersten Serie pornographischer Szenen neuordnen würde.

Als es vorbei war, kühlte sich der Schweiß auf ihren Körpern in kurzer Zeit ab. Die Scham war mindestens so heftig wie die vorangegangene Begierde. Theo schwang sich vorsichtig von Iris herunter. Iris richtete sich auf. Beide rafften ihre Kleidung vom Boden. Theo setzte seine Brille auf. Einmal angezogen, sah Iris sich um. Es gab Frauen, soviel wußte auch Theo aus Erfahrung, die in einem Augenblick wie diesem seufzen konnten: »Was um Gottes willen haben wir bloß getan?« Er entdeckte etwas in ihrem Blick, das eine derartige Frage anzukündigen schien, doch zeigte sich, daß Iris' Zweifel mehr sachlicher Natur waren. Sie deutete auf die zerbrochene Keramik auf dem Fußboden und sagte: »Wie soll ich das Sidney erklären?«

Theo versuchte den Schaden zu überblicken. Er stellte die Stehlampe wieder auf und befestigte den Schirm an der Fassung.

»Bloß eine neue Glühbirne einschrauben und fertig«,

sagte er. »Und sonst ist nur der Blumentopf kaputt. Komm, wir räumen schnell zusammen auf.«

Und er rückte den Couchtisch wieder an seinen Platz zurück. Iris hob Tasse und Untertasse vom Boden auf. Sie verschwand in der Küche und füllte einen Eimer mit Seifenlauge. Mit Handfeger und Kehrblech fegte Theo währenddessen die schwarze Blumenerde zusammen. In gewisser Weise kamen diese nüchternen Tätigkeiten wie gerufen. Jetzt wußte er sich wenigstens eine Haltung zu geben, auch wenn das völlige Fehlen jeglicher postkoitalen Beschwingtheit natürlich zu bedauern war. Zugleich stiegen während des häuslichen Aufräumens Schuldgefühle in ihm auf. Mehr noch als durch den tatsächlichen Ehebruch empfand er sich Sylvia gegenüber dadurch als Verräter, daß er seelenruhig mit Handfeger und Kehrblech in einem fremden Haus herumhantierte. Der Sex mit Iris ließ sich eventuell noch beschönigen und relativieren; sie hätte eine andere sein können, eine, die er nicht verführt, sondern bezahlt hätte. Aber das gemeinsame Saubermachen war eine Intimität, die ihn verwirrte. Es war ja auch grotesk. Da kam Iris mit einem Plastikeimer in der Hand ins Wohnzimmer, während er auf Knien emsig damit beschäftigt war, Blumenerde und Scherben vom Boden zu fegen. Trotz aller Ungereimtheiten war dies ein ausgesprochen ehelicher Pas de deux, der ihm undenkbar geschienen hatte mit einer, die er aus der Ferne begehrt, an deren haushaltliche Methoden und Gepflogenheiten er jedoch bis dahin nicht einen Gedanken verschwendet hatte.

Iris hatte aus einem Flurschrank den Staubsauger hervorgeholt. Theo sah, daß ihr Make-up verlaufen war. Auch das hatte er noch nie aus solcher Nähe gesehen: die frischen Spuren einer Liebesschlacht – wilde Striche von Lippenstift und Lidschatten – auf einem dunkelbraunen Gesicht.

Iris lachte unbehaglich, als sie sich beobachtet sah.

»Du erzählst ihm einfach, du hättest die Pflanze umgestoßen«, sagte Theo, der sich Mühe gab, den Namen ihres Mannes zu vermeiden. »Das kann doch vorkommen?«

»Ich stoße nie etwas um«, antwortete sie bedrückt, und Theo brauchte sich nicht noch mal im Wohnzimmer umzusehen, um ihr zu glauben.

Unmittelbar bevor er das Haus verließ, sagte sie: »Du denkst jetzt bestimmt, ich ...«

»Nein«, sagte er und lachte, »das denke ich nicht.«

»Sei still. Du weißt nicht einmal, was ich sagen wollte. Jetzt denkst du bestimmt, was alle weißen Männer denken. Daß schwarze Mädchen sehr leicht ...«

Der Satz, unbeendet, berührte ihn angenehm, nicht wegen des von Iris angedeuteten Inhalts, sondern wegen der impliziten Umschreibung ihrer selbst: Statt Frau hatte sie Mädchen gesagt. Schwarzes Mädchen. Einen Moment lang schloß er die Augen. Dann sagte er: »Ich denke nicht an schwarze Mädchen. Ich denke nur an dich.«

Er überlegte und entschied, daß er das ernst meinte. Es waren die ersten Koseworte, die er ihr gesagt hatte. Iris wandte verlegen den Kopf ab, ließ ihre Wimpern zittern und verzog ihren Mund zu einem Lächeln, so voll und breit, daß er sie fast einer Grimasse verdächtigte.

»Jetzt mußt du gehen«, sagte sie, »ich räume noch etwas auf.«

Er fuhr einen kleinen Umweg zur Schule, um das Geschehene zu überdenken.

Mit verklärtem Lächeln stand Theo in den folgenden Tagen vor der Klasse. Er verteilte Aufgaben, die die Stunden füllten, und sagte nicht mehr zu den Schülern als unbedingt nötig. Theos beseligtes Schweigen führte zu Gemurmel unter den Schülern. Das Grinsen, habt ihr Altenas Grinsen gesehen? Wie seine Nase glänzt! Nein, seine ganze Visage glänzt! Manche meinten, er würde vielleicht heimlich Joints rauchen, das doofe Lächeln, das breite Gegrinse, er schien dauerstoned, die Nase.

Der Rausch des ersten Mals kehrte nicht wieder. Stattdessen vögelten sie wöchentlich in großer Konzentration und mit kalkulierter Begierde. Nie mehr kamen Einrichtungsgegenstände zu Fall. Jeder Dienstagnachmittag zu Hause bei ihr begann damit, daß Iris sich vor ihm auszog. Auf sein Bitten hin tat sie das nüchtern und unterließ dabei alles – Hüftwackeln, frivoles Vonsichwerfen der Unterwäsche –, was an Striptease erinnert hätte. Aus einer gewissen Entfernung schaute er zu. Ihre Kleidung faltete sie ordentlich zusammen. Einmal nackt, steckte sie ihr entkraustes Haar mit Nadeln zu einem Knoten auf oder bändigte es mit einem Haarreif. Danach legte sie die Hände unter ihre Brüste (und immer kam es Theo vor, als würde nicht sie selbst, sondern eine andere, eine Fremde, die hinter ihr stand, ihre Brüste prüfend umfassen). Langsam streckte sie die Zeigefinger zu den beiden Warzenhöfen hin, die so groß waren wie Damesteine. So, mit rotlackierten Fingerspitzen pfeilgleich auf ihre jettschwarzen Brustwarzen deutend, kam sie auf ihn zu. Um die lustvolle Distanz zwischen ihnen zu vergrößern, rauchte er manchmal noch eine Zigarette oder trank Kaffee, während er sie betrachtete – nicht wie ein Freier die Hure seiner Wahl ansieht, sondern ein mit seinem Schicksal Versöhnter seinen Henker. Sie hatte das Urteil bereits vollstreckt, indem sie sich vor ihm auszog; er war schon sterbenskrank, ehe er sie vom Jenseits aus berühren würde. Verflüchtigt zu einem Nachbild all dessen, wer und was er gewesen war, entledigte sich anschließend auch Theo seiner Kleidung. Iris hatte inzwischen auf der niedrigen Couch Platz genommen, und bevor er sich vor sie hinkniete, hatte sie die Beine schon weit geöffnet. Sie küßten oder streichelten sich kaum. Ohne Umschweife, mit der Hand den Schaft seines Geschlechts umklammernd, schob er sich in sie, so wie eine Leiche in die Kühlzelle geschoben wird. Manchmal preßte er wie in ritueller Erkundung sein Glied gegen ihr dickes Schamhaarbüschel (das sich bis in ihre Leistenbeuge erstreckte; seine Vorhaut scheuerte sanft gegen das krause Schwarz), ehe er mit einer jedesmal wieder unbegreiflichen und geradezu beängstigenden Leichtigkeit in ihr verschwand, mit einer einzigen Bewegung geradewegs hinein in ihre amorphe Wärme, sein Glied das Konzentrat eines soeben zu Tode erstarrten Lebens, ihre Möse dagegen alles andere als eine Kühlzelle, eher ein Krematorium in Hochbetrieb, veranschaulicht durch den schmalen Haarstreifen, der sich von dem schwarzen Dreieck wie ein Rauchfähnchen bis zu ihrem Nabel emporkringelte. So begann das träge, stoische Vögeln. Sie wechselten regelmäßig die Position, aber selten das Tempo. Aufreizend monoton waren seine Stöße, sie erinnerten an das Regelmaß eines geübten Schwimmers, der ruhig ein stilles Wasser durchkrault.

Hinterher blieben sie, anders als beim ersten Mal, geraume Zeit auf- oder nebeneinander liegen, wobei Iris ihm oftmals durchs Haar strich und Theo mit beiden Händen ihre Taille umfaßte und das Gesicht zwischen ihren Brüsten verbarg. Und obgleich er kurz zuvor noch von einer wieder und wieder zu erlebenden ekstatischen Todesstunde phantasiert hatte, kam Theo sich in diesem Augenblick und dieser Haltung manchmal wie ihr Neugeborenes vor, von Geburtshelfern nach der Entbindung zwischen ihre Brüste gelegt, anfänglich blaßrosa wie ein Flamingo, dann wundersamerweise mehr und mehr zu ihrer Hautfarbe hin nachdunkelnd. Die Vorstellung, daß er zu einer anderen Zeit, in einer anderen Gestalt (wiewohl natürlich demselben Karma unterworfen) aus ihr hervorkäme, ließ seine Geilheit erneut aufwallen. Dann richtete sich sein Geschlecht, das seitwärts an seiner Leiste geruht hatte und von ihren Körperflüssigkeiten glänzte, ruckweise wieder auf. Vorsichtig änderte er seine Haltung und machte dabei ein möglichst unschuldiges Gesicht, als sei ihm völlig entgangen, daß sein Schwanz mittlerweile wieder kerzengerade stand und gegen ihre noch geschwollenen Lippen drückte. Durch ein minimales Manöver seines Unterleibs verschwand er erneut in ihr. Das zweite Mal fühlte sich immer anders an. Ihr Körper schien schwerer, die Haut war klamm, und weil sein Samen in ihr zurückgeblieben war, hatte ihre Möse innen etwas Gummiartiges bekommen. Indem er anfänglich etwas fester und rauher zustieß als sonst, verschwand die gummiartige Glätte, und schon bald herrschte wieder die vertraute Wärme vor, woraufhin er die Schnelligkeit seiner Stöße abschwächte und zu dem Rhythmus überging, den sie beide am liebsten hatten. Denn ob sie es nun ein- oder zweimal taten an einem solchen Nachmittag, immer geschah es in dem gleichen bedächtigen Tempo, aus Gründen eines zur Trance neigenden Maximums an Konzentration, bei Theo an manchen Nachmittagen gespeist durch Phantasien, die sich ihm vordem niemals aufgedrängt hatten. »Daß wir spielen, ich wäre tot, und daß du verzweifelt versuchst, mich wieder zum Leben zu erwecken. Daß du ein schwarzer Sarg bist aus lebendigem Stein, in den ich gelegt bin, ich, die kalte, weiße Leiche in einem glühenden Sarkophag. Daß du die Nacht bist und ich irgendwo draußen auf dem Lande unter schwarzen Lüften warte, bis es dir behagt, mich in die Höhle des Universums vorzulassen. Daß du mich sittsam mit einem Seidenschal erwürgst, gerade wenn ich mich in dich ergieße. Daß meine Atmung, mein Herzschlag, die Anspannung meiner Muskeln und der Schauder auf meiner Haut sich zu unbedeuteten Lebenszeichen verflüchtigen, denen ich immer weniger vertraue, sobald ich mich vergleiche mit allem, was ich von dir sehe und höre und fühle, du, das enigmatische Elixier, du, der warmbetaute Nebel von Samt, und ich, ein blasser Knochensack, ein Beinhaus mit klopfendem Herzen.«

Nie hatte Theo ihr erzählt, was ihm an den Dienstagen manchmal durch den Kopf spukte. Da sah er sich vor. Sie würde denken, er habe nicht alle Tassen im Schrank, ist er womöglich irre geworden, der *bakra?* Und ich *tjokke* wöchentlich mit einem Kerl herum, der krank im Kopf ist! Sie sprachen ohnehin selten. Hatten sie zunächst aus Scham geschwiegen, so taten sie es später aus Gründen der Wollust. Es machte irgendwie süchtig, dieses Gevögel in stiller Konzentriertheit. Es machte sie beide anonym und austauschbar. Diese Erfahrung hatte ihn mit Sylvia niemals ereilt. Streichelte er Sylvia, dann war das so intim, daß daraus Geilheit wurde. Iris zu streicheln war geil, weil es nicht intim zu sein brauchte. Daß Iris ihm das Gefühl geben konnte, für kurze Zeit anonym und austauschbar zu sein, machte sie ebenso unvergeßlich wie unersetzlich. Am liebsten mochte Theo, wenn nicht einmal gedämpfte Genußschreie erklangen, und das einzige, was einer von beiden manchmal sagte, war, der andere solle vielleicht so und so in der und der Haltung und/oder die eine Hand etwas schneller da vielleicht …

»Etwas weiter unten.«

»Liegst du gut so?«

»Ja, genau da.«

Und danach Stille, das schweigende, wiegende und irgendwann ersterbende Vögeln, obszöne Meditation, zerfallend in einen Bilderregen, sobald alles vorbei war und sie wieder zwei vielbeschäftigte Kollegen waren und Theo immerzu an sie denken mußte, auf dem Nachhauseweg im Auto, im sonnigen Garten, beim Einkauf an den Wochenenden, während langer, langer Schulferien, oder nachts, wenn Sylvia schon oben im Bett lag und er wieder einmal nicht schlafen konnte, sondern durchs Haus irrte, um schließlich im Lehnsessel des Wohnzimmers zu enden.

Es war drei Uhr. Theo seufzte und fuhr sich mit der Zungenspitze über die obere Zahnreihe. Mit Schlägen so sacht, daß es fast schien, als habe jemand in der Ferne dreimal ganz leise gesummt, hörte er durch die lange Wand des Wohnzimmers die Uhr der Nachbarn schlagen. Noch immer keine Spur von Müdigkeit – manchmal konnte er bis zum Morgen so sitzen.

Ihm blieb nur noch ein Schlafmittel. Theo nahm seine linke Hand von der Sessellehne. Er wußte, daß der Bilderregen sprühen würde, sobald er die Augen schloß. Gerade hatte seine Hand sich gesenkt, da hörte er die Schlafzimmertür gehen. Prompt schrumpfte in seiner Faust der Schwanz. Schnöde bewegte er seine Hand noch rasch in jagendem Tempo auf und ab, weshalb wußte er nicht, vielleicht weil er wollte, daß Sylvia ihn so ertappte und er bekennen durfte, an wen er gedacht, wem seine Phantasie gegolten hatte. Doch Theo nahm seine Hand fort, knöpfte den Morgenmantel zu und schlug die Beine übereinander, als er das leise Knarzen der Treppenstufen vernahm. Schweigend trat Sylvia ins Zimmer. Sie hatte ihre Frottee-Pyjamahose übergezogen. Ein großes, süßes Baby mit schlafverquollenen Augen stand in der Tür.

»Es ist kein Mogadan mehr da«, erklärte Theo ungefragt.

»Nein? Ich dachte doch. Laß mich mal nachsehen.« Sie hatte ein Säuseln in der Stimme und lächelte schlaftrunken.

Sie gingen zusammen hinauf. Im Badezimmerschränkchen fand sie blind die Tabletten, halb versteckt hinter einer Dose seegrünen Haargels und einer Schachtel Paracetamol.

Er nahm eine halbe Tablette ein. Er mußte sparsam sein. Der Hausarzt verschrieb ihm immer bloß eine kleine Menge, und mehr zu verlangen traute er sich nicht.

Im Bett rückte sie an ihn, bis er ihren Po an Bauch und Beinen spürte. Theo schlug seine Bettdecke halb über die ihre, und in dem Moment, als er seinen Arm um ihre Taille legte, war er auf einmal sicher, daß sie noch immer nichts von seinem Fremdgehen wußte. Nichts Katastrophales hatte sich ereignet, er hatte ihr nichts enthüllt, sein verschlüsseltes Bekenntnis war einfach eine alltägliche Geschichte gewesen über eine Kollegin vom Sport, mit der er berufshalber sympathisierte.

Sylvia hob den Kopf vom Kissen und fragte: »Glaubst du, du kannst jetzt schlafen?«

Theo flüsterte ja, und die Rührung wegen ihrer Besorgtheit schlug schnell um in Scham. Sie hob ihren Rumpf ein wenig, um ihm beim Hochschieben ihres Hemdchens behilflich zu sein, und als Theo daranging, ihren Rücken zu streicheln, dachte er: Eine Frau, die gerade von ihrem Mann gehört hat, er habe sie betrogen, läßt sich nicht anfassen. Noch keine Minute später hörte er an ihrer Atmung, daß sie wieder eingeschlafen war. Theo stellte seine Zärtlichkeiten ein, schob vorsichtig ihr Hemd herunter und drehte sich auf den Rücken.

Er rechnete damit, bis zum Morgen wachzuliegen, Schlaftablette oder nicht. Es war ihm gleich. Nichts würde anders werden – Sylvia blieb, Iris blieb. Zufrieden starrte er ins Schwarze, nur am Rande bemerkte er, daß es sich allmählich in ein lauwarmes Grau verwandelte, wie ein Tuch über sein Gesicht gebreitet. Kurz bevor er einschlief, atmete er zweimal stoßweise durch die Nase aus und drehte sich wieder auf die Seite, das Gesicht Sylvia zugekehrt.

Um das Bett versammelten sich etwa dreißig Jungen und Mädchen. Theo gebot ihnen, ins Klassenzimmer zu gehen, wo sie sich im Kreis aufstellten und ein Lied sangen, das er nicht verstand. Vögel erschienen an den Fenstern des Klassenzimmers. Gleich waren die Kinder abgelenkt und hörten zu singen auf. Jetzt warfen sie mit Stiften, Heften und Taschen durch die offenen Fenster nach den Vögeln. Es regnete Schulsachen. Erschreckt flogen die Vögel auf. Theo ergriff die Partei der Tiere. Er stürzte hinter seinem Schreibtisch hervor und sprang aus dem Fenster. Tanzend und sich wie eine Feder im Wind wiegend, kam er an einer Reihe von Klassenzimmern vorbei. Hinter den Fenstern wurde er von Lehrern und Schülern begafft. Manche drückten die Nase gegen die Scheiben, während er ruhig weiterschwebte, dritter, zweiter, erster Stock, verdutzte Gesichter überall hinter den Fenstern. Im Erdgeschoß, zwischen den Büschen, standen dieselben Schulkinder, die soeben noch ihre Sachen nach den Vögeln geworfen hatten. Doch trugen sie diesmal Sportkleidung und standen mit gereckten Armen im Kreis, um ihn aufzufangen. Theo landete grinsend in ihren Armen. Und als einer, den er nicht sehen konnte, ein Pfeifsignal gab, warfen die Kinder in johlend in die Luft, und wieder landete er in ihren Armen und flog wieder hoch und wusch-sch-sch herunter, er wurde hochgeworfen und schlug Kapriolen bis über das Schuldach hinaus. In einer Höhe, aus der er den Turm der Oosterkerk sehen konnte, beschloß er, in der Luft zu bleiben. Schon bewegte er die Arme. Theo, der betende Vogellehrer. Die Schüler winkten ihm nach. Er bestreute die Schule mit Konfetti.

Als um Viertel vor sieben der Wecker ging, wußte Theo nichts mehr von seinem Flug aus dem Schulfenster, so daß es keine Lüge war – wie er sie ja an und für sich nie anlog –, als er Sylvias Frage, ob er heute nacht noch geträumt habe, verneinend beantwortete.

Hastig stieg er aus dem Bett. Er fühlte sich richtig ausgeruht. Mittwoch, sieben Unterrichtsstunden. An diesem Tag gab Iris drei Doppelstunden und kam in der zweiten Pause immer im Jogginganzug ins Lehrerzimmer. Im Jogginganzug ...

Er seufzte.

Noch sechs Tage.

»Möchtest du heute Kaffee oder Tee?« fragte Sylvia.

Zehn

Theo schnappte nach Luft, bevor er vom Stuhl kippte. Es geschah, nachdem er Teller und Besteck abgeräumt hatte. Er hatte in der Eßecke am Tisch gesessen, Sylvia am Küchentresen gestanden und sich eine zweite Tasse Kaffee eingegossen, da legte sich ihm kalter Schweiß wie ein juckendes Vlies auf Rücken und Brust.

Sie fragte, ob er eine zweite Tasse wolle. Theo antwortete nicht sofort. Seine Kehle war wie zugeschnürt.

»Nein, danke.«

Es entfuhr ihm heiser und gepreßt. Er hatte seine Hände flach auf den Tisch gelegt und versuchte, langsam durch die Nase zu atmen. Sein Herz schlug wie rasend.

»Ist was?« fragte Sylvia.

»Es geht schon wieder«, sagte er, aber so war es nicht.

»Was hast du denn?« fragte sie.

Eine Faust schien seinen Atem zurück in seine Lungen zu stoßen. Er legte seine Brille auf den Tisch.

»Kreislauf«, fiepte er – und glitt schlaff wie eine Marionette vom Stuhl auf die kalten Küchenfliesen.

Sylvia hatte seinen Kopf und seinen Puls befühlt, war ins Wohnzimmer gerannt und mit einem Kissen zurückgekommen, das sie unter seinen Kopf schob. Die Kühle der Fliesen durchdrang seine Kleidung. Seine Hände, Füße und Pobacken kribbelten. Sylvia legte ihm ein nasses Handtuch auf die Stirn. Die Küchendecke wurde zu einer wogenden weißen Fläche, als hätte man ihm eine Brille mit zu starken Gläsern aufgesetzt. Pfeifend holte er Luft. Aus der Ferne hörte er Sylvia fragen, ob sie einen Arzt rufen solle. Sein Kopf schien sich in einem durchsichtigen Plastikbeutel zu befinden. Theo streckte die

Finger und machte mit einer Hand eine Winkgebärde wie ein Verkehrspolizist. Das bedeutete »nein«.

Dann war es vorbei. Mit einer Schnelligkeit, die fast vermuten ließ, sein Körper habe sich einen dummen Scherz mit ihm erlaubt und lediglich einen Kollaps vorgetäuscht, wurden Sylvias Stimme und die Farben in der Küche wieder klar. Es war, als sei nichts geschehen, als habe er sich den Zusammenbruch bloß eingebildet. Verdattert erhob er sich.

Sylvia war blaß geworden. Sie sagte, er solle zu Hause bleiben, heute, und daß er wahrscheinlich hyperventiliert habe. Theo wußte, daß die kurze Ohnmacht alle entsprechenden Symptome aufwies, widersprach ihr jedoch.

»Alles wieder bestens. Bloß ein bißchen Streß.« Und er setzte seine Brille wieder auf.

Als er kurz darauf, noch immer ziemlich leicht im Kopf, in seinem Zimmer Bücher und die Blätter einer Klassenarbeit zusammensuchte und in seine Aktentasche stopfte, dachte er darüber nach, daß Schwindel und Atemnot mit einem Moment der Rührung begonnen hatten. Wie Sylvia da am Küchentresen gestanden hatte! Die friedvolle Routine, mit der sie den Kaffee eingoß, hatte ihn weich gestimmt. Es war so alltäglich und unscheinbar, aber manchmal konnte es geschehen, daß er beim Anblick einer dieser zahllosen gewohnheitsmäßigen Verrichtungen in Gedanken einen Schritt zurücktrat und vom Teilhaber am gedämpften Wohlbehagen ihrer Häuslichkeit zu einem Zuschauer wurde, der mit wiedererwachtem Interesse studierte, wodurch und inwiefern der andere zu diesem Wohlbehagen beitrug. Seit er sie betrog, war die eheliche Rührung immer häufiger gepaart mit Unruhe und Scham. Natürlich ließ sich diese Ballung von Unruhe und Scham als eine verkappte Form von Schuldgefühl erklären. Eigentlich hatte sein Fremdgehen nie wirklich sein Gewissen beschwert. Angst, die

Angst »erwischt« zu werden, hatte er dagegen von Anfang an gehabt. Aber ob diese Angst aus einem Schuldbewußtsein rührte? Gerade das Fehlen eines realen Schuldgefühls entnervte ihn. Wie war es möglich, daß er noch immer mit Syl vögeln und sprechen konnte, als gäbe es die andere nicht? Wie konnte es sein, daß das gedämpfte Wohlbehagen unversehrt blieb und seine eheliche Rührung nicht verblaßte? Daß er ängstlich, aber ohne Gewissensnot mit Sylvia zu einer Lehrerparty gehen konnte? Auf dieser Party hatte sie einige seiner Kollegen kennengelernt, darunter, unvermeidlich, auch Iris. Die beiden Frauen unterhielten sich eine Weile, und später hatte Sylvia sogar noch mit Sidney getanzt. Er hatte wie betäubt zugesehen, als sei das ganze Fest nur dazu organisiert, ihn auf seine Kaltblütigkeit hin zu prüfen. Theo beließ es dabei, von einem, wie er es nannte, sekundären Schuldgefühl niedergedrückt zu werden. Denn gewiß konnte man sich gerade deswegen schuldig fühlen, weil man sich nicht oder kaum für schuldig befand. Das paradoxe Doppelbild eines Schuldbewußtseins, eingegeben von einem scheelblickenden, schielenden Gewissen.

Ehe er wieder nach unten ging, legte Theo zwei Finger an seinen Puls. Alles normal. In der Küche packte er Obst und einen Becher Müsli-Joghurt in seine Aktentasche.

»Du mußt einen Plastikbeutel bei dir tragen«, sagte Sylvia. »Diese Atemnot wird von einem zu großen Kohlendioxydausstoß verursacht. Gleichzeitig nimmst du dabei zuviel Sauerstoff auf. Mit so einem Beutel vor dem Mund läßt sich das Gleichgewicht zwischen Sauerstoff und Kohlendioxyd wiederherstellen.«

Theo nickte. Er hatte schon beunruhigende Dinge über schlimme Fälle von Hyperventilation gelesen. Über Leute, die mit jagendem Atem zu Boden gegangen waren und nichts mehr bei sich behalten hatten. Erst nachdem es ihnen wieder besser ging, waren sie sich des erkalteten Urins und der klebrigen Kotkruste bewußt geworden. Im ärgsten Fall steigerten sich die Schwindelanfälle zu Halluzinationen – als hätte das körpereigene Adrenalin zusammen mit einem toll gewordenen Herzschlag und abgeklemmten Luftwegen den Effekt von LSD.

Sylvia tippte auf ihre Armbanduhr und zog die Brauen hoch. Fast acht Uhr – für gewöhnlich war er schon längst unterwegs. Theo schloß seine Tasche und gab ihr zwei rasche Küsse. Sie fragte ihn, ob er sich wirklich wieder gut fühle, und begleitete ihn besorgt in den Flur, wo er seinen Mantel überzog.

An der Haustür drehte sich Theo nochmals um und sagte: »Tut mir leid. Das wollte ich dir noch sagen. Tut mir leid wegen gestern abend.«

Mit der Faust hielt sie den Kragen ihres Morgenmantels unter dem Kinn zusammen. Einen Augenblick bereute er, seinem Impuls nachgegeben zu haben.

Sylvia fragte: »Du gibst also zu, daß du meinem Vater gegenüber unfair gewesen bist?«

»Ja«, sagte er und spitzte die Lippen, wie um sich selbst die Möglichkeit eines Einspruchs zu nehmen.

»Nun, Entschuldigung akzeptiert.« In ihrem Lächeln schwang etwas unwiderlegbar Triumphierendes mit.

Die Freude und Erleichterung, auf die Theo gerechnet hatte, blieben aus, so daß es ziemlich pflichtschuldig klang, als er sagte: »Schön. So kann ich wenigstens ruhigen Herzens zur Schule.«

Sylvia warf die Haare nach hinten.

»Aber ich möchte, daß du dich bei meinem Vater entschuldigst«, sagte sie. »Du rufst ihn an und sagst, daß es dir leid tut. Ja?«

Er öffnete die Haustür.

»Gut. Ich werde anrufen. Von der Schule aus. In der Pause.«

Als er den Wagen aus der Garage fuhr, hielt er noch

einmal in der Ausfahrt. Vom Steuer aus beobachtete er sie durchs Küchenfenster. Er sah sie von der Seite, sie schlug gerade die Morgenzeitung auf. Natürlich wußte Sylvia, daß er noch nicht weggefahren war. Das machte nichts, er vermochte sich trotzdem einzubilden, daß sie sich nicht von ihm beobachtet wußte. Da saß sie, an dem Küchentisch aus Kiefernholz, und las alle Schlechtigkeit der Welt in sich hinein. Das Böse war nicht ohne Sinn. Kein Sterblicher würde mehr im Wagen sitzen und von der Auffahrt seines Hauses aus zu seiner Frau hinübersehen, wenn er die Gewißheit hätte, die erreichte Ruhe und Friedlichkeit könnten niemals gestört werden. Theo machte sich keine Illusionen: Nicht das erträumte Arkadien, sondern der flüchtige Serienmörder in einem fernen, fremden Land oder ein anonymes TV-Opfer in einer Fernsehshow bestimmten die eigene Vorstellung von Glück und Zufriedenheit. Theo glaubte nicht an den kanonisierten Gott der beiden Testamente, verstand jedoch nicht, weshalb jemand, der es tat, bei dem Gedanken an Terror und Massenmord plötzlich an Seiner Existenz zweifelte. Wenn es einen Gott gab, hätte Er die Welt vor Auschwitz bewahrt, pflegten Ungläubige bisweilen zu behaupten. Dem stand gegenüber, daß Mitmenschlichkeit gerade in Zeiten der Unterdrückung und des Terrors aufblühte. Zu bestimmten Zeiten schien ein Maximum an Horror unvermeidlich, einfach damit sich das Gute in die Gelegenheit versetzt sah, sich dagegen abzuheben und solchermaßen zu profilieren. Ohne Massenmord keine Gottesfurcht. Kürzlich noch hatte er bei einem Schriftsteller, über den er seit Jahren unterrichtete, gelesen: »In Holland waren die Menschen nie humaner als im Winter '44–'45, als Tausende vor Hunger starben und ringsum die Schüsse der Exekutionskommandos krachten.« Das war eine schmerzliche Wahrheit. Im ebenso omnipotenten wie egalitären Wohlfahrtsstaat verschwammen die Konturen von Gut und Böse. Theo zufolge ließ sich wenig gegen den Gedanken anführen, daß in der besten aller Welten nichts mehr Bedeutung und Wert hätte und Gott sich zu einer lächerlichen Überflüssigkeit verflüchtigen würde. Sylvia bezeichnete ihn als pervers, sobald er etwas Derartiges behauptete, oder sprach vom »Geschwätz eines verkappten Katholiken«, Theo aber blieb, was die Beurteilung des gedämpften Wohlbehagens anging, auf seinem Standpunkt: Nicht das Gute, sondern das Böse war der Standard. Die Prunus und der weiße Flieder im Garten erhielten ihre Bedeutung erst durch die Existenz von grauer Industrie, Brachland und uringetränkten Stadtgassen. Der einzige Grund, weshalb Parfum gut roch, war, daß fast alles in der Welt stank. Eden wäre nie ins Alte Testament gelangt, hätte die Schlange sich nicht zwischen die beiden gedrängt. Wer ansonsten gesund war und bloß eine gehörige Schramme am Knie hatte, empfand nichts als das Brennen und Beißen der Schramme. Schmerz war der Maßstab, genau wie Glück sich nicht definieren ließ, indem man auf eine Handvoll Zufriedener verwies anstatt auf die überwältigende Mehrheit an Unglücklichen. Beharrlichkeit und Selbsterhaltung waren der Schlüssel zum Wohlbefinden. »Heaven is a place where nothing ever happens«, hatte er einst im Radio singen hören, als er noch zu jung war zu glauben, daß das stimmte. Jage nichts hinterher und du wirst verschont, wußte Theo mittlerweile. Gut, er hatte Dreck am Stecken, weil er Iris begehrt hatte – das aber vielleicht nur deshalb, um sich möglichst viele andere Sehnsüchte und Wünsche abzugewöhnen. Versuche, dein Leben möglichst ereignislos zu gestalten. Vorankommen zu wollen heißt sich bewegen, und wer sich bewegt, fordert das Schicksal heraus. Sei reglos: Je mehr einer den Kopf in sämtliche Richtungen dreht, desto größer die Wahrscheinlichkeit, daß er sich den Nacken verrenkt. Lebe möglichst tot, nur dann besteht Aussicht auf frühzeitige Versöhnung mit dem tatsächlichen Tod.

Soweit die Theorie, aber in der Praxis mußte Theo – er sah es auf der Digitaluhr des Armaturenbretts – sich sputen, wollte er rechtzeitig ankommen. Wohnstraßen und Straßenschwellen erzwangen jedoch ein Zuckeltempo, und erst bei der Gesundheitsbehörde hinter der Kreuzung beschleunigte er ein wenig, um anschließend auf der Umgehungsstraße richtig Gas zu geben. Es war schon nach acht – er würde so gut wie sicher zu spät kommen. Massel für die Orientierungsstufe, die er die erste Stunde hatte. He Jungs, die Nase ist nicht da. Bloß schnell ab in die Kantine!

Auf der Schnellstraße war wenig Verkehr. Theo kam vereinzelt auf hundertzwanzig. Schnell zu fahren war ein gutes Gefühl. Fuhr man nur schnell genug, gelangte man ganz von selbst in einen Zustand höherer Reglosigkeit.

Elf

Genau wie die Schüler sah Theo jeden Morgen schnell aufs Schwarze Brett, um festzustellen, welche seiner Kollegen an diesem Tag abwesend waren. Das Brett hing zwischen Direktionszimmer und Verwaltungsbüro; heute standen etwa ein Dutzend Namen darauf, darunter die von zwei Musiklehrern, die mindestens drei Tage im Monat krank waren.

Theo wollte gerade die Treppen zu seiner Klasse hinaufgehen, als Ferweda aus dem Direktionszimmer kam.

»Ihre Klasse sitzt in der Kantine, Theo.«

Obwohl der andere ihn nach nichts fragte, meinte Theo sich vor dem stellvertretenden Schulleiter verantworten zu müssen.

»Ich hab's nicht rechtzeitig geschafft. Beim Aufwachen heute früh war mir hundeelend.«

»Ich weiß. Der Kreislauf, meinte Ihre Frau. Ich habe vorhin bei Ihnen angerufen. Es geht Ihnen besser, nehme ich an?«

Das gefiel ihm nicht. Er meldete sich fast nie krank, und wenn, dann lange vor Schulbeginn.

»Die 1 c war ziemlich laut während Ihrer Abwesenheit. Ich wußte nicht, ob Sie noch kommen würden. Also habe ich mir die Freiheit genommen und angerufen.«

Das war nicht weiter merkwürdig; Ferweda oblag das Bekanntgeben der abwesenden Lehrkräfte auf dem Anschlagbrett. Aber es ging Theo gegen den Strich, daß Sylvia sein kurzes Formtief mit dem Konrektor besprochen hatte.

»Ich muß mich beeilen«, sagte er und hob in einer Geste unangebrachter Zwanglosigkeit den Daumen. Statt die Treppe zu nehmen, begab er sich zur Kantine, wo er auf den Fingern pfiff und rief: »Okay, 1 c! Ihr habt zwanzig Minuten Glück gehabt. Ich bitte die Damen und Herren, mir zu folgen. Die Stunde geht weiter wie immer.«

Ein mißbilligendes Gejohle erhob sich. Zögernd folgten die Schüler ihm ins Klassenzimmer und schleppten sich dabei mit schweren, überquellenden Schultaschen ab. Das taten sie noch in ihrem ersten Schuljahr; mit den besten Absichten wuchteten sie ein Übergewicht an Büchern, die sie längst nicht alle für den Unterricht brauchten. Während sie durch die Flure trotteten, ließen manche die Taschen auf den Hüften ruhen und bogen dabei den Oberkörper so weit zur Seite, daß es fast den Eindruck einer Verwachsung machte. Andere hatten grellbunte Rucksäcke und kauten träge ihr Butterbrot, das sie von zu Hause mitbekommen hatten. Ab und zu sah Theo sich um. Ihm kam es vor, als schlurften hochbetagte Liliputaner hinter ihm her. Orientierungsschlümpfe wurden sie in der Oberstufe genannt. Noch immer empfand Theo eine gewisse Scham, wenn er sich, auf Klassenfahrten oder Exkursionen, mit diesen Allerjüngsten der Schule zeigen mußte. Dann achtete er angespannt auf jeden Anflug von Herablassung bei Passanten. Besonders wenn er sich von Bauleuten oder Straßenarbeitern beobachtet wußte, fühlte Theo, wie er zur Staatsgouvernante zusammenschrumpfte, unterwegs mit apathischen Murmeltieren in Markenkleidung. Dem Lehrertum hing unwiederruflich ein Image von Schwachköpfigkeit und Schlaffheit an, von den vermeintlichen Schwachköpfen kaum je in Frage gestellt. Zeigte man sich außerhalb der Schule mit einer Schar Pubertierender, bestätigten die mißbilligenden Blicke von Passanten, die zweifellos selbst schwerere Berufe zu haben meinten, die Vorstellung, Lehrer seien eine Art diplomierter Schwächlinge, die von kurzen Arbeitstagen und langen Schulferien profitierten. Diese Reputation trug in starkem Maß zu der ewig schwelenden Geringschätzung unter Schülern bei; sie bekamen Unterricht von Leuten, die sich hinter Schulmauern verschanzten, bloß um nicht an der Welt teilzuhaben, über die sie doch eigentlich unterrichten sollten. Der Gedanke war, daß hinter jedem Lehrer die Urgestalt des Bademeisters steckte, der vom Rand des Kinderbeckens aus seine Anweisungen gab und selbst nie auch nur den Zeh ins Wasser steckte. Also mußte man als Sechs-, Siebenjähriger doch einfach vermuten, daß man Schwimmen lernte bei einem, der nicht die leiseste Ahnung hatte, wie überwältigend und ehrfurchtgebietend das Wasser war, in dem man frierend herumplanschte.

In fast jedem Schulkind lebte eine derartige Vorstellung von der fundamentalen Halbherzigkeit der Lehrerschaft. Theo hatte schon längst den Ehrgeiz verloren, seinen Ruf unter Schülern zu verbessern, indem er ihnen beflügelt zusprach. Diesen Elan ließ man besser zu Hause, wollte man nicht allzu ramponiert seine Arbeitsjahre durchstehen. Auch unter den Lehrern des Westfriesischen Kollegs befanden sich solche duften Typen, die erst seit kurzem angestellt waren und mit manischer Energie ganze Theatervorstellungen während des Unterrichts zum besten gaben. Die frischgebackenen Lehrkräfte meinten, ihren Schülern ein Quell der Inspiration zu sein, während die Kinder untereinander höhnten, in ihren Stunden könne man gut pennen oder herumalbern oder schon mal die Hausaufgaben für Fächer machen, in denen sie weniger nachgiebige Lehrer hätten. Merkten die Neulinge, daß die Zeugnisnoten ihrer Klassen hinter dem Durchschnitt zurückblieben, steckten sie zurück und gaben ihr Gespringe und Geracker vor der Klasse auf. So war es auch Theo ergangen. In den ersten Monaten nach seiner Anstellung hatte er versucht, seinen

Schülern »kommunikative Fähigkeiten« beizubringen, wie ihm in der Lehrerausbildung von Fachpädagogen eingeprägt worden war. Aber die Bedeutung dieser Fähigkeiten fiel ins Nichts, sobald man begriff, daß man ganz einfach eine Klasse aufs Abschlußexamen oder Abgangszeugnis hin zu trimmen hatte. Eltern und Schulleitung verlangten überprüfbare Ergebnisse: Erzielten die Schüler im Vergleich zu anderen Klassen schlechtere Vorprüfungsergebnisse, dann hatte der Lehrer versagt. Auch die Schüler legten Wert auf konkrete Resultate. Da sie nun einmal der Schulpflicht unterlagen, interessierte sie nur der praktische Nutzen des Unterrichts. Erzählte man zufällig einmal etwas, das nicht in direktem Zusammenhang mit dem Lehrbuchstoff stand, gab es schon bald Unruhe in den Bänken und immer wenigstens einen, der einen unterbrach und fragte: »Wozu soll das denn gut sein?« Und man wurde angestarrt mit einer Mischung aus Mißtrauen und Abschätzigkeit, wenn man dann erklärte, daß nicht alles immer zu etwas dienen müsse. Daß Nutzen und Effizienz mittelmäßige Verdienste seien, die in unserer Gesellschaft stark überbewertet würden; daß Wissen, welches nicht direkt einem praktischen Interesse diene, ein Wesensmerkmal großer Kunst und Literatur sei. Hatte man so etwas einmal behauptet, dann schaute die gesamte Klasse einen an, als käme man gerade in Lumpen aus einer dunklen Höhle gekrochen. Abfälliges Gemurmel erklang, wenn man antwortete: »Zu eurer Allgemeinbildung.« Zu unserer was? Allgemeinbildung, das war doch kein Fach? Dafür gab es doch schließlich keine Noten?

In den höheren Klassen wich Theo trotz alledem bisweilen vom Stundenplan ab, ließ sich über die romantischen Aspekte der Literatur aus; dann besprach er die Dichterideale der Tachtiger-Gruppe, erläuterte anhand von Nescios »Titaantjes«, was ein Bohemien war, oder trug experimentelle Poesie vor, die er mit Jazz von John Coltrane und Dias mit Bildern von Jackson Pollock, Willem de Kooning und Karel Appel ausklingen ließ. In neun von zehn Fällen bekam er dann zu hören: Ist-das-jetzt-Kunst? Und: Das-kann-mein-kleiner-Bruder-auch. Irgendwann war es ihm einerlei, daß fast keiner mehr zuhörte. Dann hatte er den Eindruck, lediglich zu sich selbst zu sprechen, die Schüler ein zufälliges, austauschbares Auditorium. Ganz selten gab es einen oder zwei in einer Klasse, die ihm zu folgen schienen. Die saßen dann mit offenem Mund und erhitzten Wangen da und hörten zu. Dafür tat man es, für die gespannte Aufmerksamkeit dieser wenigen. Alle anderen gafften einen mit Blicken an, die besagten: Mann, was soll das Ganze? Einmal hatte er gewagt, vom »Abenteuer der Literatur« zu sprechen. Die Kids hatten das natürlich als Unverschämtheit aufgefaßt. Gut, daß er über Literatur faselte, ließ sich ertragen, aber dabei von einem Abenteuer zu sprechen ... Was in aller Welt wußte ein quasselnder Filzpantoffel wie der denn schon von Abenteuern?

Theo beging nicht den Fehler, seine eigene Schulzeit mit der unzutreffenden Behauptung zu verherrlichen, früher sei alles besser gewesen. In Alkmaar begegnete er am Samstag mitunter in Laat oder Langestraat einigen früheren Klassenkameraden, Männern und Frauen, die Produktionsmanager, Systemanalytiker, Makler, Diätassistentin, Bodenstewardeß oder PR-Mitarbeiterin geworden waren, Berufe, zu denen er nicht die geringste Affinität hatte, ebenso wenig wie die anderen irgendein aufrichtiges Interesse zeigten, wenn er ihnen von seiner Arbeit berichtete. »Ach? Du bist also im Grunde wieder zurückgegangen, bloß diesmal auf die andere Seite des Lehrerpults. Nein, wie witzig.« So wurde das Lehrertum beurteilt, als eine gesellschaftlich akzeptierte Form der Regression. Während alle anderen sich der Welt zu stellen wagten, war er »zurückgegangen« und hatte sich in diesem Surrogatuniversum in Baukastenformat eingekapselt. Erzählte er, daß er Niederländisch gab, setzte sein Gegenüber für einen Augenblick einen unbestimmt nachdenklichen Blick auf und kramte Namen hervor, die über Jahre in irgendwelchen staubigen Gedächtnisdepots versunken waren. Slauerhoff, Bilderdijk, P.C. Hooft; Autoren und Dichter, von denen man irgendwann ein Kapitel oder Gedicht hatte lesen müssen, ohne jemals im Leben auch nur die Bohne davon zu profitieren – soviel war sonnenklar. Theo konnte es niemandem verübeln, nichts von irgendwelchen Literaturstunden behalten zu haben. Was hatte er selbst nicht alles vergessen aus den Fächern, in denen er unterrichtet worden war ... Je kultivierter ein Land, desto mehr Geld und Arbeitskraft verwandte es auf ein Unterrichtssystem, in dem Tausenden etwas beigebracht wurde, das nur einzelne letztlich behielten. Wie vielen Schülern würden die Grammatikübungen in dieser Unterrichtsstunde künftig von Nutzen sein? Er hatte ihnen Arbeit gegeben, man machte brav die Satzanalysen, während Theo sicher wußte, daß unter ihnen nicht einer war, der mit Dreißig seufzen würde: »Gut, daß ich weiß, daß es Prädikate gibt. Das hat mir viel gebracht.« Weshalb, weshalb denn nur die Entscheidung für den Lehrerberuf? Allein schon weil Sylvia ihn das häufig gefragt hatte, hatte Theo sich zu einer Antwort verpflichtet gefühlt. In der Schule gab es Kollegen, die fortwährend gehänselt wurden und trotzdem eine bleibende Schwäche für ihre Schüler hatten, wie Tierfreunde, die auch nach dem soundsovielten Biß in den Arm immer noch jeden erstbesten Hund streichelten. Eine derart halsstarrige Hingabe war ihm fremd. Aber wenn man kaum Menschen um sich her ertrug und bloß nicht den Mumm hatte, sich wirklich abzusondern, dann war es nicht so merkwürdig, die Gesellschaft von Kindern der der Erwachsenen vorzuziehen. Unter Schülern konnte man wenigstens die Illusion hegen, ihre Unausstehlichkeit sei vorläufiger Art und würde sich später, vielleicht zu einem winzigen Teil infolge des eigenen Unterrichts, geben. Und ach, setzte man ihm die Pistole auf die Brust, würde er notfalls zugeben, Wissensvermittlung könne nie ganz und gar unheilvoll sein.

»Herr Altena, was soll man tun, wenn man fertig ist?«

Es waren immer dieselben, die diese Frage stellten. Auf Theos Antwort kam es dabei nicht an. Es ging darum, die übrige Klasse zu übertrumpfen.

Theo sah auf die Uhr.

»Du darfst selbst etwas für dich arbeiten.«

Der Fragesteller schaute triumphierend in die Runde. Ein entrüstetes Gemurmel zog durch die Klasse. Plötzlich hatten auch viele andere die Übung beendet.

»Allerdings möchte ich nach der Stunde alle Hefte auf meinem Tisch haben. Seht einmal in euren Aufgabenplan. Diese Übung zählt für das Zwischenzeugnis.«

Die Mitteilung verursachte einige Bestürzung. Selbst die Allerschnellsten mußten bei näherem Hinsehen doch noch einiges nacharbeiten.

»Hätten Sie das nicht auch früher sagen können?« fragte einer.

Theo schauspielerte mildes Erstaunen.

»Nach den beiden Lehrabschnitten über den Imperativ Singular und Plural folgt ein Test. Das steht glasklar im Aufgabenplan, Leute. Muß ich das dann noch extra betonen? Ich brauche euch doch nicht bei allem an der Hand zu nehmen?«

Besonders letzteres war ein effektiver Vorwurf. Schüler aus der Orientierungsstufe mußte man immer auf ihren Flohstatus ansprechen, wie er seit langem wußte. Als Grundschüler waren sie die ältesten gewesen, hier waren sie plötzlich wieder die kleinsten und jüngsten. Diese Degradierung schmerzte.

Ein Mädchen, das im vergangenen Jahr sitzengeblieben war, reckte den Finger.

»Das ist ungerecht. Sie sind zu spät gekommen, und jetzt haben wir nicht mehr die volle Stunde Zeit, die zwanzig Sätze zu analysieren.«

Ihr Vorwurf erhielt den Beifall der ganzen Klasse. Theo wußte, daß ihr Einwurf berechtigt war. Ehe er antworten konnte, sagte sie: »Dürfen wir die Arbeit nicht später am Tag abgeben? Wir haben die vierte Stunde frei, dann können wir sie in den Lernkabinen fertigschreiben. Sport fällt heute aus, die Pompier ist krank.«

Die Pompier. Die Pompier ist krank. Immer wenn unerwartet Iris' Nachname fiel, vermutete Theo sogleich einen Hinterhalt.

»Das stimmt nicht«, sagte er. »Ich bin am Anschlagbrett vorbeigekommen, und Frau Pompier stand nicht drauf.«

»Dann ham' se nich' gut hingeschaut!« rief einer, und irgendwo in der Klasse sagte ein anderer etwas zu laut: »Nich' auf'm Brett. Ist der vielleicht blind?«

Er hatte nicht den Eindruck, die Erstkläßler wollten ihn an der Nase herumführen.

»Einverstanden. Am Ende der vierten Stunde gebt ihr die Sachen bei mir ab.«

Man seufzte erleichtert, Hefte wurden zugeklappt, Taschen landeten geräuschvoll auf den Bänken.

»Aber merkt euch: Das ist der späteste Abgabetermin!« rief Theo. Niemand schien ihn noch zu hören. Der Gong war ertönt, und so träge, wie sie ihm vorher durch den Flur gefolgt waren, so schnell ergossen sich die Schüler jetzt aus ihren Bänken. In ihrer Eile, aus dem Klassenzimmer zu kommen, scharten sie sich vor der Tür, die Taschen wie Beutel vor ihre Bäuche geklemmt. Auch die angrenzenden Klassen erbrachen Schnüre von Schülern, und wie bei jedem Stundenwechsel schien es, als flössen die Hunderte von Kindern in den langen Fluren zu einem amorphen Organismus zusammen, der wie ein zischend entweichendes Gas das Schulgebäude bis in die hintersten Ecken füllte.

Zwölf

Theo hatte sich durch die Schülermassen gekämpft und befand sich auf dem Weg treppab zum Haupteingang, um nachzusehen, ob seine Schüler recht hatten. Iris stand tatsächlich auf der Liste der Abwesenden. Wahrscheinlich war ihm ihr Name zuvor entgangen, weil Ferweda ihn kurz nach seinem Eintreffen angesprochen hatte.

Theo wußte, daß Iris die Pille nahm, an welchen Tagen im Monat sie ihre Regel hatte und wie sie am liebsten die Schultern massiert haben wollte, aber er hatte keine Ahnung, welche Fernsehsendungen sie am liebsten sah, welche politische Partei sie wählte und ob sie schon einmal in der Nordsee gebadet hatte. Er ging wöchentlich mit einer ins Bett, die er nie ein Geschenk hatte auspacken sehen; die er nie hatte weinen sehen. Die Freistunden am Dienstag reichten fürs Vögeln, aber selten kam es dazu, daß sie sich gegenseitig von ihren Alltagsgewohnheiten oder intimen Erinnerungen erzählten. Etwas ausgesprochen Trübsinniges steckte in dem Gedanken, daß er die Falten ihrer Möse in- und auswendig kannte und dabei nicht einmal ihre Schuhgröße wußte. Und jetzt konnte er nicht einmal herausbekommen, weshalb sie nicht in der Schule war. Die Verabredung lautete, daß keiner der beiden je beim anderen anrief. Theo hatte sich immer daran gehalten. Soweit er wußte, hatte Iris ihn ebenfalls nie angerufen. Sylvia hatte sich jedenfalls nie darüber beklagt, daß jemand am anderen Ende der Leitung geschwiegen oder schnell wieder aufgelegt habe, nachdem sie ans Telefon gegangen sei. Iris und Theo hatten es im ersten Monat ihrer Affäre verabredet: Kein Kontakt außerhalb der Schule und der diensträglichen Liebesstunden. Keine heimlichen Zettel in Jackentaschen oder unter Scheibenwischern, keine codierten Nachrichten in den Postfächern des Lehrerzimmers, nichts. Sofern es bei Ehebruch noch Grade des Anstands gab, strebten sie das Maximum an.

War sie krank geworden? Gestern bei ihr zu Hause hatte sie wie immer einen äußerst gesunden und tatkräftigen Eindruck gemacht. Sie hatte auch nicht gesagt, daß sie heute nicht käme. Vielleicht hatte sie einfach keine Lust, wie viele Schüler und häufig auch die beiden Musiklehrer. Theo konnte es sich vorstellen – schließlich gab es genug Tage, an denen er sich kaum dazu aufraffen konnte, den Gang zum Westfriesischen Kolleg anzutreten.

Um ihn herum verringerte sich die Schülerzahl; die Zeit, um von einem Klassenzimmer in ein anderes zu wechseln, war fast vorüber. Jetzt erst merkte Theo, daß Ferweda ihn aus der Ferne und über die Köpfe einer Schar von Erstkläßlern hinweg ansah. Instinktiv straffte sich Theo. Er wußte, daß es einen sonderbaren Eindruck machte, wenn er in der kurzen Zeit zwischen zwei Unterrichtsstunden sein Klassenzimmer verließ und erneut das Anschlagbrett inspizierte. Er fragte sich, ob es unangebracht wäre, sich bei Ferweda nach dem Grund von Iris' Abwesenheit zu erkundigen. Der stellvertretende Schulleiter kannte ihn wahrscheinlich; Iris hatte ihm ihre Absenz zweifellos mitgeteilt. Doch Theo hob lediglich die Hand zum Gruß, woraufhin der andere ihm zunickte, nicht unfreundlich, einen kurzen Moment lang beide Augen zukneifend.

Zum zweiten Mal an diesem Morgen nahm Theo die Treppe zum dritten Stock. Während er vorwärtshastete, schlossen Kollegen die Klassentüren. Flure und Klassenzimmer waren lediglich durch große, in Rechtecke unterteilte und von grellblauen Kunststoffeinfassungen umsäumte Fenster voneinander getrennt, so daß jeder Vorbeikommende die freie Sicht hatte auf das, was sich in den Klassen abspielte. Theo sah einen Französischkollegen vor einer kleinen Zahl von Examenskläßlern zum Spaß eine Karatebewegung ausführen. Gerade als er seiner Klassentür zustrebte, ging erneut der Gong, diesmal zum Zeichen des Anfangs der zweiten Unterrichtsstunde. Ihn erwartete die 3 d des Realschulzweigs, es gab eine Stunde Textinterpretation.

Die 3 d war schon da. Sogleich wußte Theo, daß etwas nicht stimmte; alle saßen auf ihren Plätzen und schwiegen. Schielende Blicke, forschend und abwartend. Drei Mädchen vorn in der Klasse schauten mit zittrigen Wimpern zur Tafel. Andere sogen die Wangen ein, um nicht in Lachen auszubrechen.

Theo sah auf die Schultafel. Die Seitenteile waren zugeklappt. Er wußte genug.

»Die 3 f ist doch eure Parallelklasse?«

Keine Reaktion.

»Beim Sport oder in Computerkunde hat die 3 f euch natürlich von ihrem zeichnerischen Meisterstück an der Tafel erzählt, und jetzt mußtet ihr auch mal ganz dringend.«

Wie autistisch starrten die Schüler ihn an. Theo störte sich nicht an ihrer provozierenden Schweigsamkeit. Er entschied sich für eine der 3 f entgegengesetzte Taktik; diesmal würde er sorglos-lakonisch reagieren. Als erstes wandte er sich mit einer wegwerfenden Gebärde zur Tafel.

»Gut, schauen wir uns das Kunstwerk einmal an.«

Hinten konnte ein Mädchen sich nicht länger beherrschen. Kurze Atemstöße entfuhren seinen zusammengepreßten Lippen. Prompt sprach Theo sie an.

»Geht's, Wieke?«

Wie auf Kommando stellte die Kleine ihre prustende Lippenakrobatik ein. Theo wandte sich wieder halb zur Tafel.

»Was wird es wohl sein? Ein Porträt? Von mir etwa? Dem Schulleiter? Einem Kollegen?«

Er klappte die Flügel auf. Die Zeichnung war miserabel. Mit unfester Hand war das Profil eines zerknitterten alten Mannes mit Hängebacken hingeworfen, der, mochte er auch in der Tat nicht sonderlich anziehend sein, ihm nicht im entferntesten glich, sondern eher einer fauligen, schuppigen Zwiebel. An einem formlosen seitlichen Wulst, der eine monströs große Nase darstellen sollte, ließ sich ausmachen, daß jemand aus der Klasse durchaus versucht hatte, sein Porträt zu erstellen. Der Stümper mußte die Armseligkeit seiner Leistung begriffen haben, denn er hatte noch rasch Theos Initialen unter das Abbild gesetzt. Das einzige, was treffsicher und mit dicken Strichen hingeschmiert worden war, waren die vier von einer Textblase umzirkelten Worte vom Tag zuvor: BLACKIE IS THE BEST, wobei lediglich das »i« und das »e« des ersten Worts schlecht zu lesen waren, vermutlich weil dort erst ein Ypsilon gestanden hatte, das mittels Durchstreichungen und Hinzufügungen in einer andern Handschrift in die zwei gegenwärtigen Buchstaben umgeändert worden war.

Theo drehte sich so zur Schultafel, daß er parallel zur Zeichnung, seiner Klasse das Profil zeigte. Er hob den Kopf und fragte: »Und, hat es eine gewisse Ähnlichkeit?«

Wie Ornithologen viele Variationen in einem für Laien vollkommen identischen Getschilpe erkennen können, so war Theo, übrigens ohne sich je darum bemüht zu haben, seit langem imstande, in den von Schulkindern hervorgebrachten Geräuschen Nuancen zu unterscheiden, wo jeder andere lediglich einen akustischen Brei aus Stimmengewirr, Gesäusel und Gebrumm vernommen hätte.

So gab es mehrerlei Arten, in denen sie mit ihren Stühlen über das glatte Linoleum rutschen konnten. Das sonore Knarzen der Gumminoppen unter den Stuhlbeinen, sobald sie ruckartig ihre Stühle zurückschoben, wobei besonders der Druck auf die beiden hinteren Beine von Belang war, war in den unteren Klassen wohl das beliebteste Geräusch, natürlich weil es stark an einen trompetenden Furz erinnerte. Aber diesmal klang nur raschelndes Erstaunen durch das dumpfe Geknarr von Gummi auf Linoleum, man rutschte argwöhnisch mit den Hintern auf den Sitzflächen herum, weil man annahm, daß Theos Toleranz bloß vorgeschützt und seine Frage eine Falle war. Noch immer mit einer Hand auf die Tafel deutend, beobachtete Theo aus den Augenwinkeln die Klasse. Wie es die Taktik erforderte, fahndete er nach einem schüchternen Burschen, den er ansprechen konnte, und entschied sich für einen, der angestrengt zur Zimmerdecke starrte.

»Gerard, was ist deine Meinung. Was hältst du von dem Kunstwerk?«

Gerard Kist, ein gedrungenes Kerlchen mit weit abstehenden Ohren, dessen Vater bei jedem Elternabend in knurrendem Westfriesisch betrüblich schlecht formulierte Fragen bezüglich Gerards erbärmlicher Niederländischnoten an Theo richtete, spähte zunächst zu einigen Klassenkameraden hin, ehe er ein beleidigtes Gesicht aufsetze, als habe Theo ihn schon im voraus beschuldigt.

»Keine Meinung, Gerard?«

Der Junge zuckte mit den Schultern, während er mit fragender Miene seinen Nachbarn ansah, was wohl heißen sollte: Was will er denn von mir?

»Nee, ähnlich sehn tun Se dem nich'«, antwortete er schließlich.

»Ich bin ganz deiner Ansicht«, sagte Theo aufgeräumt. Er machte zwei Schritte von der Tafel weg und nahm ironisch die Pose eines Museumsbesuchers ein, Brust vorgestreckt, Hände auf dem Rücken und sich übertrieben vorbeugend. In dieser Haltung drehte er sich schwungvoll zur Klasse um.

»Wer findet, daß es doch eine Ähnlichkeit gibt? Ich möchte Finger sehen.«

Man drehte langsam die Köpfe und sah sich gegenseitig verständnislos an. Noch immer vermutete seine Zuhörerschaft, daß er einen Hinterhalt vorbereitete.

»Niemand? Na fein. Das schmeichelt meiner Eitelkeit. Sähe ich wirklich so aus«, sagte Theo und deutete mit dem Daumen hinter sich, »dann bliebe ich mindestens die halbe Woche lang vor Kummer im Bett liegen.« Schief grinsend fügte er hinzu: »Was euch natürlich wunderbar in den Kram passen würde.«

Jetzt erst wagte jemand zu lachen. Theo nahm den Schwamm und wischte Text plus Zeichnung teilweise weg.

»Im Ernst, Leute. Die Spielregeln gebieten, daß ich mich über so eine Zeichnung aufregen soll. Aber ehrlich gesagt läßt es mich kalt, auch wenn ihr mich mit einer Nase von hier bis Tokio porträtiert.« Das stimmte so nicht, aber Theo hatte, wie schon häufiger in letzter Zeit, nicht das Gefühl zu lügen. »Ich möchte euch ja zu gerne die Freude machen und tun, als wäre ich in meiner Ehre gekränkt. Bloß das hier verstehe ich nicht.« Den Schwamm noch in der Hand deutete Theo auf die Textblase, die er nur zum Teil weggewischt hatte. »Ich will nicht so tun, als wüßte ich nicht, wen ihr mit BLACKIE meint, und daß Frau Pompier THE BEST ist, will ich gerne glauben, aber« – Geschnaube, Gepruste, Gekicher, und Theo dachte: diese Intuition der Kinder, läßt sich dagegen nichts tun? – »was hier geschrieben steht, liebe Leute, übersteigt die normalen Beleidigungen und an Lehrer adressierten Gehässigkeiten. Bis auf den heutigen

Tag stehen in unserem Land noch viel zu wenig schwarze Männer und Frauen vor der Klasse. Ich will euch nicht mit unseren ehemaligen Kolonien in den Ohren liegen oder mit der Sklaverei, mit der unser Land bis ins neunzehnte Jahrhundert so gut gefahren ist, denn dann versinken die Damen und Herren vermutlich in den Schlaf. Gehen wir also etwas weniger weit zurück in der Zeit. Nehmen wir einmal Amerika. Vor weniger als einem halben Jahrhundert war es vielerorts in der Welt undenkbar, daß schwarze Kinder auch nur einen Fuß in eine Schulklasse setzten. Ein Beispiel: Vor dreißig, vierzig Jahren war es im Süden der USA ein ungeschriebenes Gesetz, daß ein weißer Mann, der zufällig Lust hatte, mit einer Negerin ins Bett zu gehen, von einem schwarzen Mann verlangen konnte, seine Ehefrau an ihn abzutreten. Eine solche Forderung lehnte man lieber nicht ab. Aber wenn ein schwarzer Mann es wagte, einer weißen Frau auf der Straße auch nur zuzuzwinkern, wurde er zusammengeschlagen oder sogar umgebracht von Weißen, die dabei fast immer straffrei ausgingen. Allein in den fünfziger Jahren wurden in Amerika mehr als fünftausend Schwarze aufgrund von Rassenhaß ermordet. Nahezu alle ihre Mörder kamen nie vor ein Gericht. Und was dachtet ihr über das Schulsystem in Amerika? Gemischte Schulen gibt es dort erst seit den sechziger Jahren. Habt ihr schon einmal von Little Rock gehört? Das ist dieses reizende Städtchen, wo der heutige amerikanische Präsident wohnte, als er noch Gouverneur des Staates Arkansas war. In ebendiesem Little Rock hielten anno 1956 Polizisten Wache, um schwarzen Kindern den Zugang zu einer weißen Schule zu untersagen. Bis der damalige Präsident die Schule aufforderte, die schwarzen Jungen und Mädchen zuzulassen. Als Reaktion hierauf lauerten weiße Eltern den schwarzen Schulkindern auf. Die Kinder mußten unter Polizeischutz zur Schule gehen, weil die braven weißen Ortsbewohner sie sonst verprügelt hätten. Gut, das ist schweres Geschütz im Vergleich zu dem, was ihr hier geschrieben habt. Ich wollte bloß sagen: Macht euch klar, daß jeder Negerwitz immer Erinnerungen an eines der beschämendsten Kapitel aus der Geschichte des zwanzigsten Jahrhunderts wachruft. Wenn also irgendwo, auf dem Fußballplatz, in der Bahn oder der Disko oder hier bei uns in der Schule jemand beleidigt oder verspottet wird wegen seiner Rasse oder Hautfarbe, dann erinnert das immer an all die ehemalige Erniedrigung, Benachteiligung, Ausbeutung und Unterdrückung. Wir nennen hier also niemanden »Blackie«. Einverstanden? Ich würde es zu schätzen wissen, wenn ihr den Kern meiner Erläuterungen nachher in der Pause meinen guten Freunden aus der 3 f weitervermittelt. So daß in den nächsten Stunden solche Faxen unterbleiben.«

Theo nahm gelassen auf seinem Schreibtischstuhl Platz. Er war nicht zufrieden, nach der Hälfte seines Monologs hatte sich ein belehrender Klang in seine Stimme geschlichen. Er musterte die Gesichter vor sich. Nicht eines wirkte schuldbewußt. Manche Jungen sahen mit sphinxhafter Unbetroffenheit vor sich hin; eine Reihe von Mädchen, mit blassen Wangen und glatt herunterhängendem Neo-Hippie-Haar, gaffte ihn jedoch großäugig und entrüstet an. Hinten schüttelte Edo Venneker, ein breitschultriger Klotzkopf mit fleischigem Nacken und Frauenöhrchen, demonstrativ den Kopf und sagte etwas zu seinem Nachbarn, seine Stimme in provozierender Lautstärke zwischen Knurren und Bellen, in der Absicht, daß die Umsitzenden ihn wohl verstanden und Theo nicht. Das konnte er nicht durchgehen lassen. Es war wichtig, daß er in diesem Stadium der Konfrontation jeden an der kurzen Leine hielt.

»Venneker, du hast was zu sagen. Ich würde meinen: dann tu's!«

»Nein nichts, ich hab' nichts gesagt.«

»Ach, und doch sah ich, wie dein Mund sich bewegte. Übst du gerade Playback? Oder leidest du an einem Nervenzucken?«

Jemanden herabzuwürdigen verfehlte nie seine Wirkung.

»Ich sagte bloß: Klingt ja sehr nach Sozialkunde.«

Mit einem Seufzer wandte Theo sich zum Fenster. Seine Entrüstung, die er bis dahin bloß vorgetäuscht hatte, war plötzlich authentisch und ernstgemeint, wie bei einem unerfahrenen Schauspieler, der sich von seiner Rolle zu sehr mitreißen läßt.

»'türlich, Edo. Wenn du dasjenige, was ich zu sagen habe, auf eine Mitteilung reduzieren willst, die in ein gesondertes Schulfach gehört, hast du dafür meinen Segen. Aber ich dachte, mal nicht als Lehrer zu euch zu sprechen. Würde ich dir, Edo, am Samstagabend in einer Kneipe begegnen und dich bei einem Sprachfehler ertappen, worauf ich in deinem Fall nicht allzu lange warten müßte« – sarkastisches Schnauben in der Klasse, Vennekker bewegte schmollend den Unterkiefer –, »dann würde ich dir nicht mit Verbesserungen in den Ohren liegen. Aber würdest du wiederholen, was soeben hier an der Tafel stand, dann ...« Theo sah eine willkürliche Zahl anderer Kinder an und fragte sich plötzlich, worauf er eigentlich seine Energie verschwendete. Eine Ermüdung wie in Schagen, im Hause Pa Houtmans, ergriff Besitz von ihm. »... dann würde ich dir genau dasselbe sagen wie vorhin. Oder würde gar nichts sagen und dich einfach stehenlassen. Denn um ehrlich zu sein, steht mir der Sinn überhaupt nicht danach, auch nur ein Wort zu wechseln mit Leuten, denen es Spaß macht, solche stumpfsinnigen, dubiosen Verlautbarungen wie diese hier von sich zu geben.«

Eins der blassen, glatthaarigen Mädchen geriet in heftige Wallung. Es war Marleen Dallinga, eine kosmetisch perfekte Blondine mit langen, trägen Wimpern, dazu einen halben Kopf größer als die meisten Jungs in der Klasse. Sie machte große Augen, pflanzte die Ellbogen auf die Tischplatte und meinte: »Ist doch lächerlich. Ich finde die Zeichnung auch nicht okay, aber Sie müssen uns hier nicht einreden wollen, wir wären diskriminierend oder so was.«

»Sage ich das denn?« fragte Theo, die Innenseite seiner linken Wange zwischen die Zähne saugend.

»Irgendwie schon, ja.«

Theo sah es bereits vor sich: schockierte Eltern, die sich bei der Schulleitung beschwerten. »Herr Ferweda, meine Tochter ist keine Rassistin. Die Beschuldigungen ihres Niederländischlehrers gehen über das Maß hinaus. Gut, wir wollen auch, daß unsere Tochter mündig und kritisch ins gesellschaftliche Leben tritt, aber wenn dieser Herr Allena einen unschuldigen Lausbubenstreich zu einem Akt der Diskriminierung aufbauscht, ist das glattweg lächerlich.«

Marleen Dallinga schüttelte stirnrunzelnd ihren schönen Kopf, die blonden Haare auf ihren Schultern wogten, und zum wiederholten Mal traf es Theo, daß sie von Jahr zu Jahr makelloser wirkten, diese Kinder, als würden sie nicht mehr gezeugt, sondern entworfen. Er hatte manchmal die Vorstellung, der letzten Generation häßlicher Kinder zu entstammen, mit Hühnerbrust, unregelmäßigem Gebiß und Segelohren. Heutzutage ackerten sie in Sportschulen und Fitneßstudios für einen Modellkörper. Zähne wurden von Kieferorthopäden korrigiert, und hatte man schlechte Augen, bekam man natürlich keine Brille, sondern Kontaktlinsen. Es gab sogar welche, die hatten etwas Verunstaltendes, Fett an den Schenkeln oder ein fliehendes Kinn, von einem plastischen Chirurgen korrigieren lassen. In ihrem Alter! Pickel hatten sie auch nur noch selten. Während in seiner Schulzeit die halbe Klasse verzweifelt mit flott angepriesenen Quacksalbermitteln herumgedoktert hatte, gingen sie jetzt, die Jungs nicht ausgenommen, bei der Entdeckung eines verirrten Mitessers blitzschnell zur Diätassistentin, in einen Schönheitssalon oder in ein »Studio« mit Sonnenbank und Sauna.

»Ich weiß nicht«, sagte Marleen Dallinga, »ich habe die Zeichnung nicht gemacht, aber meiner Meinung nach geht es überhaupt nicht um Frau Pompier.«

Die Klassenkameraden murmelten beifällig.

»Ach, nicht?« fragte Theo eisig. »Um wen oder was denn sonst?«

»Na, einfach ...«, sagte das Mädchen und sah mit großen Augen ins Nichts.

»Um Sie!« sagte Edo Venneker plötzlich.

»Um mich.« Theo sah auf einmal eine Bloßstellung vor der ganzen Klasse voraus, die ihm seine Überlegenheit nehmen würde. Unter Jackett und Streifenhemd begann es in seinen Achseln zu kribbeln.

Edo Venneker sah seine Gelegenheit gekommen.

»Also, Wouter Nijman aus der 3f wohnt in Kersenboogerd, in der Schaafstraat, bei der Pompier um die Ecke. Und Wouters Vater hat ihm gesagt, er sieht Sie beide immer am Dienstag in ihr Haus gehen.«

Der Junge lehnte sich zurück und sah sich mit schiefem Grinsen in der Klasse um.

Wouter Nijman! Also hatte er gestern doch den Richtigen herausgepickt zum Wegwischen der Zeichnung.

Theo suchte nach einer neutralen Antwort und schob mit dein Zeigefinger die Brille auf seiner Nase zurecht.

»Er wird rot«, sagte jemand aus den hinteren Bänken.

Ein anderer fiel ein: »Ja, Herr Altena, sie werden rot wie eine Heulboje.«

Theo spürte in der Tat, wie ihm das Blut ins Gesicht

schoß. Er entschied sich für ein unbesorgtes Lachen. Es wollte nicht recht gelingen: Zu lange bot er der Klasse den zweifellos wenig überzeugenden Anblick seiner Schneidezähne mitsamt einem rosigen Streifen Zahnfleisch. Er war sich der Falten in seinen Wangen sehr bewußt; sein Lachen drohte zur Grimasse zu versteinern. »Die Adreßlisten«, dachte er, »wieso bin ich nie die Adreßlisten durchgegangen, um zu sehen, wer in Kersenboogerd wohnt?«

Zwei Jungs begannen mit den Fäusten leise auf ihre Tische zu wummern und skandierten verhalten: »Boje, Boje, Boje, Altena ist eine Heulboje.«

War das das Ergebnis seiner Gardinenpredigt von vorhin? Daß sie sich plötzlich erlaubten, hier herumzusingen? Aber nach wie vor erschien es ihm falsch, den Kampf aufzunehmen. Auf dem Gesicht noch immer das erfrorene Lächeln, das jetzt langsam erstarb, klatschte Theo ein paarmal spielerisch in die Hände und fuhr eine Dirigentenmotorik auf, um sie ruhig zu kriegen. Da er wußte, daß Leugnen keinen Sinn hatte und Differenzieren noch weniger, sagte er: »Selbst wenn ich jeden Tag zu Frau Pompier zu Besuch ginge, fände ich so einen Spitznamen immer noch geschmacklos und abstoßend.« In dem Versuch, etwas hervorzubringen, das in den pädagogischen Handbüchern eine »emotive didaktische Handlung«, hieß, fügte er hinzu: »Meiner Meinung nach findet ihr das tief in euren Herzen auch. Oder liege ich da falsch?«

Verflixt, es funktionierte. Die 3d stimmte rumorend zu, woraufhin Theo die Klasse bat, die Bücher bei Text dies, Abschnitt das aufzuschlagen. Er ließ sie arbeiten, so daß er sich die restliche Stunde ruhig fragen konnte, ob er vielleicht unbewußt allerlei Signale – sich gegenseitig anstoßende Jungen und Mädchen, Gekicher hinter seinem Rücken, wenn Iris und er nach einer Pause zusammen aus dem Lehrerzimmer traten – übersehen hatte und ihre Affäre unter amüsierten Kollegen und feixenden Schülern schon längst ein öffentliches Geheimnis war.

In der dritten Stunde hatte er eine Abschlußklasse. Unter dem Vorwand »einer in Untergruppen zu führenden Diskussion zur Vorbereitung auf das mündliche Examen« ließ er zwanzig angehende Prüflinge in vier Gruppen einige Zeit über drei von der Klasse gelesene Gegenwartsromane plaudern. Ohne hinter seinem Schreibtisch hervorzukommen, so daß er nicht wußte, ob die geflüsterten Gespräche sich um Harry Mulisch oder die neueste CD von U2 oder aber den Stückpreis von Ecstasy-Pillen drehten, behielt Theo die Gruppen im Auge und vertiefte sich währenddessen in die Frage, wie er sich unauffällig unter den Kollegen herumhören konnte, ob jemand etwas von seinem Seitensprung wußte. Aus einer näheren Untersuchung wurde dann aber nichts, denn in der Pause zwischen elf und halb zwölf geriet Theo in dem übervollen Lehrerzimmer mitsamt Brotbeutel und Kaffeebecher zwischen zwei identisch bebrillte Chemielehrer mit gräulichen Schwitzflecken auf den Hemden, die sich laut über den praktischen Nutzen von *remedial teaching* unterhielten, eine Frage, für die er, obwohl die beiden gutmütigen Trottel ihn in ihr Gespräch einzubeziehen suchten, kaum Interesse aufbringen konnte, und als er am Ende der Pause in seine Klasse zurückging, war Theo auch den Hunderten im Treppenhaus widerhallenden Kinderstimmen gegenüber taub. Drängende Fragen schlossen sämtliche Geräusche aus: Wann Vater Houtman anrufen, weshalb war Iris nicht in der Schule, und wie geheim war ihre Affäre eigentlich noch? Es gab auch keinen Grund zur Panik, entschied er. Wenn das Ruchbarwerden ihre Liebschaft lediglich ein paar stümperhafte Karikaturen und dumme Sprüche auf der Schultafel gebar, war alles gar nicht so schlimm, und es bestand keine echte Gefahr, daß Iris und er ihrer Romanze wegen in der Öffentlichkeit schief angeschaut würden, und die Wahrscheinlichkeit, daß auf einer Lehrerparty ein beschwipster und redselig gewordener Kollege Sylvia etwas stecken würde, war gleich Null.

Auf dem Weg zu seiner Klasse kam Theo mit einem Haufen jüngerer Schüler ins Gedränge. Ihr Schweiß verbreitete einen Geruch von saurer Milch. Zum zweiten Mal an diesem Tag schien ihm die Luft wegzubleiben. Aber diesmal atmete Theo konzentriert durch seine alle überragende Nase. Nichts geschah. Der vage, diffuse Druck auf sein Herz blieb aus. Das sorgfältige Atmen gab ihm das wahrhaft angenehme Gefühl, in seiner Umgebung zu versinken. Er entfernte sich weit von dem Kindergewimmel und wähnte sich einen Moment lang unbeseelt, ein Mitglied der großen, schützenden Familie der hölzernen Treppengeländer, gelben Backsteine und spiegelnden Flurscheiben. Theo bahnte sich einen Weg durch die Masse von Kindern. In seinem Klassenraum wartete die 3 f bereits auf ihn.

Weder Text noch Zeichnung zierten die Tafel. Theo grüßte die Klasse. Nur vereinzelt kam eine brummige Antwort. Theo erkannte die Übereinstimmung mit dem Empfang durch die 3 d vor zwei Stunden: die gespannte Haltung, mit der sie in ihren Bänken saßen, die abgewandten Gesichter, das Gewirr rasch untereinander gewechselter Blicke.

Auf seinem Schreibtisch lagen sechs glänzende Pornofotos, aus einer Zeitschrift herausgerissen, symmetrisch um das Textbuch »Die Sprache der Niederlande« geordnet. Theo drehte eines der Fotos um. Die Seiten stammten aus einem mehrsprachigen Pornomagazin; auf der Rückseite der Fotos standen vier Textblöcke untereinander mit je einer kleinen Nationalflagge in der Ecke links oben. In jedem Textblock war ein Satz vergrößert und fett hervorgehoben. Die Fotos zeigten ausschließlich Frauen. Ein Modell saß rittlings auf einem Motorrad und zog mit lilagefärbten Fingernägeln ihre Schamlippen auseinander. Drei andere lagen diagonal und breitbeinig auf einem goldfarbenen, satinbezogenen Gitterbett. Eine hing vornüber auf dem Deck eines kleines Segelboots und hielt der Kameralinse den Po hin. Die sechste hatte ihre Hände um das Ende eines fahlweißen Vibrators gelegt, der zur Hälfte eingeführt war. Alle Modelle waren schwarz.

Mit gebeugtem Kopf stand Theo hinter seinem Tisch, mit den Händen umklammerte er die Rückenlehne seines Stuhls. Einen Augenblick war es, als würde sich eine transparente Kunststoffschicht auf sein Gesicht legen und als könne er die Fotos nur noch durch einen alles verzerrenden Schleier erkennen, wie mit naßgeregneten Brillengläsern. Unwillkürlich räusperte er sich, was anscheinend äußerst komisch war, denn es wurde leise prustend gelacht. Dann nahm er die Fotos eins nach dem andern und ging damit in die Klasse. Auf sechs Tischen, darunter dem von Wouter Nijman, deponierte er je ein Foto. Eine unruhiges Wispern durchzog die Klasse. Hinten angekommen lehnte Theo sich an einen verriegelten stählernen Bücherschrank und sagte: »Die sechs, die ein Foto vor sich liegen haben, dürfen runtergehen und es Herrn Ferweda zeigen.«

Die Klasse blieb still. Die ungewohnte Repressalie zu verdauen schien einige Zeit zu erfordern. Daß er ein paar Leute aus der Klasse schicken würde, hatten sie vielleicht vorausgeahnt, aber doch nicht unter Mitnahme der Fotos.

»Los, beeilt euch ein bißchen«, sagte Theo zu niemandem im besonderen, »daß ich mit dem Unterricht anfangen kann.«

Wouter Nijman war der erste, der protestierte.

»Ohne mich«, zischte er und ließ das Foto in seiner Schultasche verschwinden. Theo näherte sich ihm von hinten, nahm seine Tasche vom Boden, holte das Foto heraus und legte es mit einem Schlag seiner flachen Hand zurück auf den Tisch.

»Ich habe euch gestern deutlich gesagt: noch einmal Ärger hier in der Klasse, und eine willkürliche Anzahl von euch kann eine Reise ohne Rückfahrkarte zum Konrektor unternehmen. Ihr wußtet demnach Bescheid. Also bitte keine scheinheiligen Proteste.«

Wouter Nijman stellte sich Theos Erklärung gegenüber taub und verkündete lautstark: »Sie haben überhaupt nicht das Recht, in meiner Tasche herumzuwühlen!«

Theo schnalzte mit der Zunge.

»Bursche, stell dich nicht an. Du solltest mal wissen, wozu ich alles das Recht habe.«

Das hätte er besser nicht gesagt. So gab er Wouter Nijman die Gelegenheit zu einem aufrührerischen Einwand – der dann auch prompt kam.

»Ach ja? Welche Rechte denn? Da bin ich aber neugierig.«

Theos Blick ging von Bank zu Bank; aus den Augenwinkeln hatte er verfolgt, wie zwei andere Jungen das Foto inzwischen auch in ihre Taschen gestopft hatten. Er ging zurück zu seinem Pult. Zwei der sechs waren gefügige Mitläufer von Wouter Nijman. Sie würde er am einfachsten wegbekommen. Theo wies die beiden an: »Robert Graft und Niels Hoogland. Für euch gilt dasselbe. Foto mitnehmen und ab mit euch.«

Die beiden Jungen schienen ratlos. Wouter Nijman signalisierte den beiden Schicksalsgenossen irgendwas mit den Augenbrauen und wandte sich an Theo mit der Frage: »Wieso sind es eigentlich nur Jungen und keine Mädchen, die runter müssen?«

»Zufall«, antwortete Theo trocken.

Das rief laute Proteste hervor. Natürlich hatte Theo in der Eile beschlossen, daß er ein Mädchen nicht unter Mitnahme eines gedruckten *frontal beaver shot* zum Konrektor schicken konnte.

»Zufall, das lass' ich mir nicht auf die Nase binden«, sagte Wouter Nijman – und das wiederum war angesichts des Spitznamen Theos natürlich besonders witzig. »Ich gehe nicht zu Ferweda«, sagte er einfach. Mit gestreckten Beinen und verschränkten Armen saß er da. »Wieso soll ich für die ganze Klasse herhalten?«

Ein Mädchen stupste seine Nachbarin an. Die andere verstand das Signal und sagte: »Also, ich habe nichts getan. Und Sharon, Monique und Miriam wußten auch von nichts. Wir haben nicht mal so'n Heftchen. Also macht schon.«

»Dumme Fotze!« rief ein Junge hinter ihr sofort – wer es war, konnte Theo nicht sehen.

»Blöde Ziege!« Das war Wouter Nijman.

»Genug!« Theo lief zwischen den Bankreihen hindurch zur Klassentür. »Natürlich wird es keine Klassenaktion gewesen sein. Es interessiert mich nicht, wer die Dinger mitgebracht hat. Es geht darum, daß sie da lagen. Das reicht.«

Theo umfaßte die Türklinke. Vier der Jungen, die er rausgedeutet hatte, steckten nun, wenn auch quälend langsam, Hefte, Kalender und Mappen in ihre Taschen. Unter verhaltenen Buhrufen einiger Mitschüler waren Robert Graft und Niels Hoogland, wie Theo es erwartet hatte, als erste aufgestanden. Auch zwei andere machten Anstalten zu gehen.

»Am Ende der Stunde kontrolliere ich, ob ihr euch auch wirklich gemeldet habt. Denkt dran.«

Empört marschierten die vier an ihm vorbei aus der Klasse. Nummer fünf folgte schleppenden Schritts und mit höhnischem Seitenblick auf Theo. Auch er hatte das

Foto tief in seiner Tasche versteckt. Theo beschloß, sie nicht mehr darauf anzusprechen. Natürlich würden sie keinesfalls wagen, dem Konrektor die Fotos zu zeigen, und den wahren Grund für ihren Rausschmiß würden sie ebensowenig beichten. Sie würden sich lediglich beklagen. Theo konnte ihre Geschichten vorhersagen: »Also irgendwer hat irgendwas auf Herrn Altenas Lehrerpult gelegt, wir wußten nicht mal was es war, und er ist wütend geworden und hat einfach uns rausgeschmissen. Wir verstehen das nicht.«

Zu Theos Ärger blieben die fünf auf dem Flur stehen und warteten auf Wouter Nijman, der weiteren Widerstand für sinnlos zu halten schien und inzwischen auch aufgestanden war. Wie ein gelangweilter Popstar nach einer Pressekonferenz spazierte er O-beinig zur Tür, seine abgewetzte Schultasche unter den Arm geklemmt und in der freien Hand die mittlerweile zerknitterte Seite aus dem Pornomagazin. In der Tür blieb er stehen. Er reckte demonstrativ seinen freien Arm, knüllte das Foto zusammen und warf es in hohem Bogen in den Papierkorb unter der Tafel. Es landete auf dem Rand und fiel direkt vor Theos Füße. Dann drehte Wouter Nijman sich um und sagte zu seinen Klassenkameraden: »Ich gehe bloß in die Kantine, sonst nichts.«

Theo sah weg, als der Junge grinsend an ihm vorbeiging. Aber gleich darauf stoppte er ihn, indem er ihn am Arm faßte. Der Junge ließ seine Tasche fallen, riß sich mit einem Ruck los und rief: »Lassen Sie mich! Sie ham' nich' das Recht, mich festzuhalten!«

Wieder dieses »Recht«, worauf sich – Theo wußte es von einer Reihe unter Disziplinproblemen leidender Kollegen, hatte jetzt aber zum ersten Mal selbst damit zu tun – sämtliche Rüpel der Schule wie verabredet beriefen, wenn ihre Bosheiten einem Lehrer ein harmloses physisches Eingreifen abnötigten.

Theo faßte den Jungen erneut, und diesmal ganz fest, am Arm.

»Heb das Papier auf«, sagte er und versuchte, seiner Stimme einen drohenden Klang zu geben.

»Lassen sie mich!« Wouter Nijman schrie mittlerweile, als würde er mißhandelt.

Theo zögerte. Die Geschwindigkeit, mit der er ein- und ausatmete, schien die seines Herzschlags zu übertreffen. Die Klasse sah wie versteinert zu. Im angrenzenden Raum – Dorjee, eine kleine, blonde Frau mit einem Gesicht voll Sommersprossen, gab dort Englisch – hatten die Schüler sich in ihren Bänken umgedreht. Die fünf Jungen im Flur rührten sich nicht. In der Türöffnung lag Wouter Nijmans Schultasche. Bücher, Hefte, zwei Stifte, eine Brotdose und ein Messer mit vernickeltem Heft waren aus der Tasche gefallen.

»Laß mich los, Mann!«

Trotz verbissenen Zerrens konnte Wouter Nijman sich diesmal nicht aus Theos Griff befreien. Er hatte den Jungen einige Schritte zurück in die Klasse gezogen. Die beiden sahen sich jetzt geradewegs ins Gesicht, Theo schwitzte, und beide Ohren durchzuckte ein Schmerz, weil er die Kiefer zu fest aufeinandergepreßt hielt. Das Papier mochte liegenbleiben. Dann eben eine Niederlage. Er mußte den Jungen jetzt ohne weitere Eskalation zur Tür hinaus bekommen.

»Verdammt, laß mich los!«

Theo keuchte, ein kurzes, scharfes Pfeifen entfuhr ihm tief aus dem Hals, und er sah, wie der andere ihn deswegen verachtete. Wie bei einer Kneipenschlägerei zog Theo den Jungen dicht an sich heran. Laut, so laut, daß er sicher sein konnte, daß die übrige Klasse ihn hörte, sagte er: »Du meldest dich bei Ferweda. Tust du es nicht, dann sorge ich dafür, daß du das restliche Schuljahr keinen Fuß mehr in meine Klasse setzt. Das heißt: keine

Abschlußnote in Niederländisch. Und also keine Versetzung. Kannst du zum Spaß noch ein Jahr länger hier herumlaufen, Wouter.«

Für einen kurzen Moment schien der Junge, dem die Aggression soeben noch aus dem Gesicht sprühte, sich erschreckt den Ernst der Lage klarzumachen; seine Wut schien zu verrauchen, er blickte hinter sich, wie um sich der Aufmerksamkeit seiner Klassenkameraden zu vergewissern. Wahrscheinlich las der Junge Ehrfurcht aus ihren Mienen. Sein Gesicht verzog sich zu einem spöttisches Grinsen.

»Immer mit der Ruhe, Mann«, sagte er, »ich geh' ja schon.«

Als Theo ihn losgelassen hatte, befühlte Wouter Nijman seinen Arm. Um seinen Mund spielte ein gequälter Zug. Dabei sah er unverwandt zu Theo, in den Augen einen dumpfen Ausdruck, als habe ihn sein aggressiver Widerstand unter Drogen gesetzt.

Theo deutete auf die Schultasche auf dem Boden.

»Vergiß deine Sachen nicht.«

Wouter Nijman zuckte mit den Schultern und brummte: »Ach Mann, spiel dich nicht auf.«

Theo erstarrte. Dachte: nicht mehr reagieren, was immer er auch sagt oder tut. Vielleicht hätte er sein Verhalten schon zu einem früheren Zeitpunkt ignorieren müssen.

Der Junge bückte sich nach seiner Tasche. Inzwischen traten die fünf anderen träge von einem Bein aufs andere, als erwarteten sie von ihrem Anführer Nijman ein Zeichen.

»Ihr da, ihr könnt schon vorgehen«, sagte Theo und wedelte mit der Hand. »Der Herr Schreihals hier braucht noch ein paar Minuten, ehe er seine Sachen beisammen hat. Und den Weg zu Ferweda findet er sicher auch allein.«

Das war eine unnötige Provokation, er wußte es schon, bevor er sie ausgesprochen hatte. Wouter Nijman sah sich wütend um, federte hoch und rief: »Krieg doch die Motten, blöder Idiot!«

Obwohl er wußte, daß er besser nichts, nichts unternahm, stürmte Theo zu seinem eigenen Entsetzen auf ihn los und tat etwas, was er überhaupt nicht tun wollte: Er versuchte sich mit der Hand in das Hemd des Jungen einzuhaken, der sich rasendschnell von ihm wegdrehte und einen halben Schritt zurückwich. Theo griff daneben und schlug mit dem Handrücken schmerzhaft gegen den Türpfosten, an dem er sich abstützen mußte, um nicht vornüberzufallen, und im gleichen Augenblick geriet auch Wouter Nijman aus dem Gleichgewicht, er stolperte über seine Tasche und schrammte im Fallen mit dem Hinterkopf gegen die Türklinke, wodurch die Tür weiter aufschwang und gegen den Türstopper schlug. Die fünf im Flur schraken zurück. Wouter Nijman bleib liegen, griff sich, wobei er einen langen Schrei ausstieß, mit beiden Händen an den Kopf und zog wie ein Fötus die Beine an. »Theater«, dachte Theo, »er simuliert. Ignoriere ihn. Ignoriere ihn.« Und er gestikulierte vor den fünf Jungen, die ihren Klassenkameraden verblüfft anstarrten.

»Und jetzt fort mit euch. Zieht endlich Leine!«

Diesmal gehorchten die fünf und verschwanden den Flur hinunter. Doch bei den Schwingtüren zum Treppenhaus zögerten sie wieder.

Wouter Nijman stöhnte laut.

Linksrechtslinks sah Theo. Zwei Klassen weiter ging eine Tür auf, und Mellink, der Älteste der Abteilung Deutsch, streckte seinen Kopf raus. Mellink erstarrte und bekam große Augen. Theo machte möglichst leichthin eine beruhigende Geste, die ihm unmittelbar darauf leid tat, denn jetzt würde Mellink denken, es käme jede Woche zu derartigen Eskalationen bei ihm. Inzwischen gab Wouter Nijman vor, kaum die Kraft zu haben, um aufzustehen. Jetzt tat Theo etwas wirklich Dummes. Er streckte dem Jungen eine helfende Hand hin. Im gleichen Augenblick reagierte dieser, als bekäme er eine Ohrfeige verpaßt, und wieder schrie er Theo an, er solle seine Finger von ihm lassen. Theo trat einen Schritt zurück, womit er unbeabsichtigt den Eindruck erweckte, soeben zum Schlag auszuholen. Aus der angrenzenden Klasse gaffte Dorjee ihn an, mit offenem Mund und ohne sich um ihre Schüler zu kümmern, die jetzt alle von ihren Plätzen aufgestanden waren und sich hinter den Klassenfenstern drängten.

Dann stand Wouter Nijman auf.

»Mißhandlung!« tönte er durch den Flur. Theo wandte sich erleichtert ab. Die fanatische Manier, in der Wouter das hervorstieß, zeigte ihm sicher, daß dem Jungen nicht das geringste fehlte. Hatte er sich soeben noch schwerverletzt auf dem Boden gewälzt, fegte er jetzt mit einer Bewegung Bücher, Hefte, Stifte und Messer in seine Tasche. Theo sah rasch auf die Stelle, an der der Junge gelegen und gestrampelt hatte. Keine Spur von Blut.

Vom Flurende aus sahen die anderen noch immer zu. Als Theo Anstalten machte, auf sie loszugehen, schossen sie wie Motten durch die Schwingtüren ins Treppenhaus. Wouter Nijman war inzwischen hinter ihm vorbeigegangen. Vor der Klasse von Dorjee drehte er sich um und wiederholte schallend: »Mißhandlung!«

Automatisch inspizierte Theo Dorjees regloses Vogelköpfchen, dessen Augen größer und größer geworden waren.

Ein letzter Kampfesschrei Wouter Nijmans.

»Ich gehe zu Ferweda und erzähle alles, was passiert ist! Und ich sage es auch meinen Eltern!«

Es gab keine Haltung mehr zu bewahren, Theo gab seinem Impuls nach und brüllte zurück.

»Tu dir bloß keinen Zwang an! Viel Erfolg!«

Nachdem er lautstark die Klassentür zugeschlagen hatte, stand Theo wie ausgebrannt der restlichen 3f gegenüber; die meisten schienen in dieser kurzen Zeit verjüngt und saßen scheu und heimatlos da wie in ihrer ersten Schulwoche. Theo sank auf seinen Schreibtischstuhl. Er setzte seine Brille ab und rieb sich die Augen. Ein Mädchen reckte den Finger.

»Herr Altena, in Französisch hat er auch schon mal so was gemacht. Und letztens in Sozialkunde hat er auch auf dem Flur rumgebrüllt.«

Theo setzte seine Brille wieder auf. Dann verschob er seinen Kalender auf dem Schreibtisch. Sie ergriffen Partei für ihn – und das war weniger angenehm, als er es sich vorgestellt hatte. Irgend etwas war völlig verkehrt, wenn Schüler einen bemitleideten.

»Und letztes Jahr auch«, fiel ein anderer ein. »Da hat er bei Krammer in Erdkunde dreimal …«

»Stop. Ich will es nicht wissen. Bei Zeugniskonferenzen und Elternabenden ist oft genug von Wouter Nijman die Rede gewesen. Jeder Lehrer kennt ihn, auch die, die ihn noch nie in der Klasse hatten.«

Das war etwas übertrieben, rief aber keine sonderliche Überraschung in der Klasse hervor.

»Wer hat eigentlich die Fotos auf meinen Schreibtisch gelegt?« fragte Theo.

Er sah, wie vereinzelt unsichere und schuldbewußte Blicke gewechselt wurden.

»Ach, dann laßt nur«, sagte er, »ich muß es nicht wissen.«

Er versuchte, die möglichen Folgen des Zwischenfalls zu überblicken. Auf jeden Fall mußte er sich heute noch Dorjee und Mellink gegenüber näher erklären. Und dann mußte er mit Ferweda eine passende Strafe für die sechs bestimmen.

Theo schloß ein x-beliebiges Lehrbuch, das auf der Ecke seines Schreibtischs lag.

»Ihr dürft gehen. Wir hatten Grammatik auf dem Plan, die Stunde holen wir übermorgen nach.«

Niemand machte Anstalten aufzustehen. Die Mitteilung schien nicht anzukommen.

»Wirklich, ihr könnt gehen, ich gebe euch frei. Seid leise im Flur, ja? Wir sehen uns wieder am Freitag.«

Die ersten packten zögernd ihre Taschen.

Schulische Stille kannte unzählige Varianten. Stille bei Klassenarbeiten, Stille aus Langeweile, Stille während eines Kräftemessens mit der ganzen Klasse wie vorhin. Aber diese Variante kannte er noch nicht. Die 3 f schwieg aus Mitgefühl.

Man verließ den Raum. Vier Schüler blieben an der Tür stehen.

»Herr Altena?« sagte einer.

Theo nickte fragend.

»Bis Freitag, Herr Altena.«

Als der letzte die Tür hinter sich zugezogen hatte, drehte Theo seinen Stuhl zum Fenster. Zwei Frauen in Windjacken kamen auf schimmernden Rädern vorbeigefahren. In dem Wassergraben, der die rosa gepflasterte Straße vom Sportgelände trennte, dümpelten Pappbecher und Papierverpackungen, Müll aus den Schulpausen. Auf dem Parkplatz neben Turnhallen und Fahrradunterstand standen die Autos der Lehrkräfte, die Farben Weiß, Rot und Blau dominierten, unterbrochen von neutral wirkenden Graumetallic-Tönen. Theo hatte seinen Toyota irgendwo am Ende geparkt. Von seinem Fenster aus konnte er nur die Vorderhaube seines Wagens sehen. Er fragte sich, ob Wouter Nijman heute oder morgen sein Messer in den Lack graben würde.

»Herr Altena?«

Nicht doch. Ein paar waren wiedergekommen, wahrscheinlich mitfühlende Mädels, die noch rasch loswerden wollten, was Wouter Nijman noch an Schlimmem in anderen Unterrichtsstunden angestellt hatte.

»Herr Altena?«

Theo schwenkte herum auf seinem Stuhl. In der Tür erblickte er niemanden aus der 3 f, sondern fünf Schüler aus der Orientierungsstufe.

»Wir haben die Satzanalysen von Aufgabe 14 fertig. Die sollten wir in der vierten Stunde abgeben.«

Er nahm die Hefte in Empfang. Offenbar war ihm so einiges anzusehen, denn die Schüler konnten nicht schnell genug wegkommen. Theo hob das zerknüllte Foto vom Boden auf. An seinem Schreibtisch rieb er mit der Handfläche das Papier glatt. Es war das Bild der Frau, die auf einem Motorrad saß und mit lila Fingernägeln ihr Geschlecht aufgepellt hatte. Jetzt erst entdeckte er links oben in der Ecke einen handgeschriebenen Zusatz. Mit Kugelschreiber waren dem Foto in Blockbuchstaben die vier Worte beigefügt, mit denen tags zuvor alles begonnen hatte: BLACKIE IS THE BEST.

Dreizehn

Iris nannte sich schwarz, war es aber nicht. Die kleinen Rillen und Furchen in ihren Fingergliedern waren von der Farbe her noch am dunkelsten, gefolgt von den Hautfalten in ihrem Nacken, direkt unter dem Haaransatz. Da war ihre Haut, stumpf und dunkelgrau wie trockener Lehm. Theo liebte die Vorstellung, daß sie beide über eine unerschöpfliche Anzahl von Farbschattierungen verfügten. Und vielleicht stimmte es ja auch. Ihre Farbe rief die gängigen Assoziationen wach: Kaffee, Mokka, Schokolade. Sonnenlicht legte einen bläulichen Schimmer über das Braun, wie bei ihm das Weiß nicht weiß, sondern ein gelbliches Grau war oder, in gedämpftem Kunstlicht, zu einem fahlen Orange neigte. Wenn sie müde war oder sich nicht sonderlich wohl fühlte, verringerte sich der Glanz ihrer Wangen, und ihre Haut wurde matt wie Schiefer. Wenn Theo lange und fest applaudierte, waren seine Handflächen dunkelrot, mit gelben Tupfern auf den Daumenwurzeln; Iris' Handflächen und Fußsohlen hatten die Farbe von Zigarettenfiltern. Brannte in der Schule das Neonlicht, wurden alle Gesichter grau wie Zeitungspapier, nur das Mahagonibraun von Iris schien dadurch erst richtig aufzuleben. Unter Kunstlicht konnte ihre Haut glänzen wie Rübensirup. Schien die Sonne von hinten auf ihre Beine, dann entstand in den geradlinigen Furchen ihrer Kniehöhlen ein ganz neuer Widerschein, nicht blau, sondern eher purpurn, vage an malvenfarbene Rosinen erinnernd. Iris im Bad oder im Regen war ein Ereignis. Wasser auf ihrer Haut hatte den Effekt einer dünnen Bitumenlasur auf einer Malerleinwand; Braun und Grau und die schimmernden Lila- und Blauschichten vermischten sich zu einem mattglänzenden Teerderivat. Und wenn man ihr sehr nahe kam, um sie zu küssen oder ihr etwas zuzuflüstern, entdeckte man auf ihrer Nase einige winzigkleine Muttermale, größer als Hautporen und kleiner als Sommersprossen. Kleinste Tupfer waren es, wie die Sprenkeltextur von Rinderbrühwürfeln. Dieselben Tupfer hatte Theo auf ihren Schultern und Oberarmen entdeckt. Auf ihrem Po wanden sich hellbraune Streifen, die sich in ihre Haut gegraben hatten.

Theo konnte sich einfach nicht an ihr satt sehen. Allein schon ihr Po! Wenn sie mit ihrem nackten Bauch auf der Couch lag, wirkten die beiden Hügel straffglänzend wie ein Brancusi, und in einem pastellfarbenen Slip, hoch ausgeschnitten und ohne Rüschen, übertrafen ihre Rundungen die Zirkel eines Chagall, die bacchantischen Massen eines Picasso und das tahitianische Mahagoni eines Gauguin. Schälte er eine Kiwi, aß er geschmortes Rindfleisch mit Bratensaft, kaufte er Scheitholz für den Kamin oder trank er Tee, der lange gezogen hatte, dann dachte er an eventuelle Übereinstimmungen mit ihrer Hautfarbe. Durch die Unterscheidung all ihrer Farbtöne erhoffte er sich Intimität auf Distanz. Vielleicht war es auch bloß die soundsovielte stumme Rechtfertigung seines Fremdgehens. »Wenn ich ihre Farbe exakt zu benennen weiß, komme ich bestimmt dahinter, was mich daran so anzieht.« Aus dem gleichen Grund hatte er ihrem Hintern Kunstcharakter zugesprochen, da er es zunehmend unangemessen fand, ihre planetenrunden Hügel einfach so, ohne irgendwelche entschuldigenden Vergleiche, zu bejubeln. Aber sobald sie zusammen waren und sie sich ausgezogen hatte, verschwanden alle Vergleiche, und er verguckte sich in der ihm liebsten Art und Weise in sie: Ihr Po war so rund wie ihr Po, ihre Haut so braun wie ihre Haut, kein anderer Vergleich reichte annähernd an sie heran.

Sie war es nicht gewohnt, daß ein anderer sie so ausführlich betrachtete. Theo erinnerte sich an ihr Unbehagen während der ersten Wochen. Hastig und schroff hatte sie sich seinerzeit entkleidet. Rasch die Arme gekreuzt und ihre Bluse an der Taille gefaßt, um sie sich über den Kopf zu ziehen, noch schneller mit beiden Händen blind nach dem BH-Verschluß gesucht. Das Abstreifen der Schuhe: ein heftiges Schütteln des Spanns, das in einem kurzen Augenblick endete, in dem sie den Schuh locker am großen Zeh baumeln ließ, ehe er von ihrem Fuß glitt. Dann fiel der Schuh mit einem trockenen Klacken auf das Laminat. Sie trug meistens eine Jeans, die sie auszog, ohne von der Couch aufzustehen. Rasch den Po in die Höhe, um die Hose über die Hüften zu streifen, und in dem Moment, in dem die Knie zum Vorschein kamen und die Jeans wie der zusammengedrückte Blasebalg eines Akkordeons um ihre Fußknöchel hingen, hob sie die Füße ungefähr zehn Zentimeter vom Boden an. Dann bückte sie sich, schob die Hose über ihre Fersen und wühlte ihre Füße aus den engen Hosenbeinen. Wenn sie merkte, daß Theo ihr auf seine spezielle Art zuschaute (was er immer tat, er konnte es nicht ändern), winkte sie ihm gebieterisch. Komm, komm zu mir. Manchmal zögerte er noch. Dann rutschte Iris einfach zu ihm hin, schmiegte sich an ihn und umarmte ihn mit einer Freimütigkeit, die in starkem Kontrast zu dem Unbehagen stand, das sie überkam, sobald sie sich von ihm beobachtet wußte. Für Iris war Zusehen intimer als Vögeln. Für Theo galt das genaue Gegenteil. Solange er sie einfach nur anschauen durfte, gab es für Unbehagen keinen Grund. Aber sobald Iris sich auf ihn setzte, während er zurückgelehnt auf dem Sofa saß, und sie seinen Steifen ohne viel Umstände in sich hineinmanövrierte, schüchterte ihn das trotz aller Geilheit dennoch manchmal ein. Ihre Methode gestattete kein Vorspiel. Theo hatte sich daran gewöhnen müssen, so zu vögeln, reduziert auf das abrupte, schnörkellose Bumsen, wie es ihm überhaupt allgemein – ohne daß er dies bedauert hätte – an Sinn für Ungestüm, Überrumpelung, Überraschung und Schwung mangelte.

Aber auch Iris hatte so ihre Grenzen. Sie mochte kein Problem damit haben, ihn in sich einzulassen, schrak aber gleichzeitig davor zurück, mit Hand oder Mund auch nur in die Nähe seiner Erektion zu kommen. Und sie faßte ihn entschieden am Handgelenk, wenn er seine Hände vorsichtig über die Innenseite ihrer Schenkel gleiten ließ, auf ihre Möse zu, naß, geschmeidig, offen und einladend für seinen Schwanz, für seine schüchtern streichelnden Finger aber verbotenes Terrain. Als ihre Liebschaft – Theo hatte es sich gemerkt – in die achte Woche ging, hatte sie ihm zum ersten Mal erlaubt, seine Hand an der Innenseite ihrer Beine hochwandern zu lassen. Es war Mitte Juli und die letzte Woche vor den Sommerferien gewesen. Sie sollten sich mindestens sechs Wochen lang nicht sehen, und es war noch dahingestellt, ob sie in ihren Stundenplänen für das kommende Schuljahr die gemeinsamen Freistunden behalten würden. An diesem Nachmittag berührte er zum ersten Mal mit der Hand sacht ihr Schamhaar. Es piekste scharf an seinen Fingern und fühlte sich spröder an als bei den anderen zuvor. Sie reagierte auf sein Streicheln, als mache sie gerade ihre ersten sexuellen Erfahrungen. Ihr Körper blieb angespannt, und sie riß die Augen so weit auf, daß es sie fünf Jahre jünger zu machen schien. Ihre Zurückhaltung gab Theo das Gefühl, in einem Film mitzuwirken, dessen Ende und Anfang verwechselt waren.

Sylvia eingerechnet, hatte er bisher mit sechs Frauen geschlafen. Das waren nicht viele, fand er, jedenfalls zu wenige, um sich erfahren zu nennen, aber soviel wußte er dann doch: daß eine zögerlich liebkosende Hand normalerweise eher gebilligt wurde als eine gebieterische Erektion. Aber nicht von Iris. Ihre Hand krallte sich in den Couchbezug, als er Zeige- und Mittelfinger langsam krümmte. Und sie stellte ihm die Frage, die in diesem Augenblick doch ihm hätte vorbehalten sein müssen:

»Gefällt dir das?«

Ihre Augen waren groß und stumpf auf ihn gerichtet, in einer Mischung aus Geduld und unterdrücktem Entsetzen. Verwirrt zog er seine Hand zurück. Dann nickte er und fragte:

»Und dir?«

Sie gab keine Antwort, ließ aber zu, daß er wieder seine hohle Hand zwischen ihre Beine legte und diesmal nur einem Finger zart Nachdruck verlieh. Theo sah, wie sie die Augen schloß und ihr Mund ein geräuschloses »O« formte. Auf ihrer dicken Unterlippe kringelten sich zwei Speichelfäden. Theo leckte sie mit der Zungenspitze fort. Unter seiner Hand öffnete sich das weiche Relief ihres Fleisches, und sein gekrümmter Mittelfinger glitt wie von selbst in sie. Einen Augenblick später zog er sich genauso träge und vorsichtig zurück, wie er bis zum zweiten Fingerglied in sie gedrungen war, um anschließend mit der jetzt schleimigen Fingerspitze eine kleine Schneckenspur nach oben zu ziehen, die auf dem Rund der Mönchskappe ihrer Klitoris endete, die sich mit der weichen Härte einer kleinen Zyste unter ihrem nassen Gewebe aufwarf, und als er zwei federleichte Finger darüber kreisen ließ, machte Iris das von ihrem Mund bereits vorgeformte Geräusch. Sie flüsterte es in derselben bedächtigen Wiederholung, mit der Theo Zeige- und Mittelfinger immer dieselbe zittrige Umdrehung machen ließ.

Dann verpatzte er es. Iris hatte die Beine zuerst gestreckt und dann weiter geöffnet, um es seiner Hand einfacher zu machen. Er war halb von der Couch gerutscht und stützte sich mit einem Knie am Boden ab. Von ihrer unerwarteten Nachgiebigkeit übermütig geworden, wollte Theo kosten, was seine Finger fühlten. Hastig setzte er seine Brille ab. Ihr Schamhaar verteilte Nadelstiche über seine Zunge und seine Lippen. Mit beiden Händen faßte sie ihn am Schopf. In einer einzigen Bewegung zog sie seinen Kopf zwischen ihren Schenkeln hervor.

»Das will ich nicht. Jetzt nicht, und nie.«

Sie ließ seine Haare los. Ehe er etwas sagen konnte, hatte Iris ihre Hand flach auf seinen Mund gelegt. Ihre Daumenwurzel berührte dabei seine Nase, und Theo roch Seife und Eisen und Süßholz. Dann ließ auch sie sich von der Couch gleiten, wonach sie vögelten, wie sie es wünschte. Hinterher hatten sie sich beeilen müssen, um zum letzten Mal in diesem Schuljahr rechtzeitig wieder in der Schule zu sein.

Nicht sechs, sondern neun Wochen später hatten sie ihre dienstäglichen Treffen wieder aufgenommen. Unabhängig voneinander hatten Iris und Theo Lelieveld, den Dekan, gebeten, ihre Stundenpläne nicht allzu eingreifend zu verändern und in jedem Fall die beiden Freistunden am Dienstag zu belassen. Lelieveld war seit zehn Jahren Dekan, vorher hatte er Englisch unterrichtet. Er war Mitte Fünfzig und hatte bereits Leberflecken auf den Händen und dem halbkahlen Schädel. Vertikale Runzeln zeichneten sich auf seinen birnenförmigen Hängewangen ab, wenn er verschmitzt und träge lächelte. Es trug bei zu seinem Charisma eines sanftmütigen Veterans, der seine letzten Arbeitsjahre in einem Zustand der Milde und Losgelöstheit verbringen will. Das war irreführend; Theo vermutete, daß Lelievelds vollendete Nachgiebigkeit zur Verhüllung eines unauslotbar tiefen Desinteresses diente. Daß es Lelieveld wenig kümmerte, wer ihn um was bat, paßte Theo in diesem Fall ausgezeichnet in den Kram. Jeder andere hätte es zumindest auffällig gefunden, wenn zwei junge Lehrkräfte unabhängig voneinander um exakt dieselben Freistunden bitten; Lelieveld, in Gedanken schon ganz im Vorruhestand, hatte ihrem Ersuchen unbekümmert stattgegeben und die gewünschte Stundenverteilung in den Computer eingegeben, um anschließend, davon jedenfalls ging Theo aus, nicht einen Gedanken mehr darauf zu verschwenden.

Nach der neunwöchigen Unterbrechung hatte Iris ihn nicht nach seinem Urlaub auf den Antillen gefragt. Sie selbst war nie in Urlaub gewesen. Kein Geld. P'pa Pompier war arbeitslos geworden, bei der Eisenbahn hatte man ihn »wegrationalisiert«. Sidney ergänzte die Bezüge seines Vaters bis zur Höhe seines früheren Monatslohns, so wie Iris ihrerseits ihren Eltern monatlich Geld überwies, denn vom Arbeitslosengeld ihres Vaters konnten sie und Grantata Duivenpoort, die ohne gültige Papiere bei ihnen wohnte, nicht auskommen. Theo bekundete seine Bewunderung wegen der finanziellen Unterstützung. Das kam falsch an; Iris faßte das Kompliment als Bevormundung auf.

»Ihr steckt eure Eltern irgendwo allein ins Heim. Surinamer tun so was nicht.«

Theo konnte nie vorhersagen, wann er zu »ihr« wurde. Ein verkehrtes Wort, und er war nicht länger der Liebhaber. Dann klangen ihre Ansprachen, als würde er alle bei Niederländern vertretenen Unarten in sich vereinen. Theo vermied es, ihr in gleichartigen Begriffen zu antworten. Einmal hatte er sie allerdings mit »ihr« angesprochen; sie war vor Empörung fast geplatzt und hatte gerade noch rechtzeitig die schwersten Anschuldigungen herunterschlucken können. Es blieb schwer zu verstehen, wieso sie ihm gegenüber mit einer Heftigkeit loswettern konnte, die er nun wirklich unangemessen fand, während sie all die verstohlene Xenophobie ihrer Kollegen ganz überlegen auf die leichte Schulter nahm. Es sei halt ihre Art, ihm zu zeigen, daß er ihr nicht gleichgültig war, so seine Erklärung. Vielleicht bekam er ihr ganzes Mißfallen bezüglich der *bakras* ab, weil sie es nicht wagte, andere dafür verantwortlich zu machen.

An diesem Tag hatten sie ihren schnörkellosen Sex in sachlicher und dadurch um so aufpeitschenderer Selbstverständlichkeit wieder aufgenommen. Die neunwöchige Karenz wurde mühelos beendet, der Ehebruch am Dienstag zur Tradition. Noch immer wies sie ihn entschieden ab, wenn sein Mund zögernd zu ihrem Bauch und ihren Beinen hinabglitt. Eines Dienstags im November kam sie mit einer Erklärung für das strenge Verbot. Sie hatten es soeben miteinander getrieben, sie war noch nackt und hatte ein weißes Badetuch zwischen ihre Beine gelegt. Theo war schon angezogen und gerade dabei, einen Knoten in seinen Schnürsenkeln zu lösen, als Iris ihm ihre kühle Hand in den Nacken legte und fragte: »Möchtest du es so gern, Theo?«

Erschreckt sah er hoch.

»Was?« fragte er scheinheilig.

»Na, das«, antwortete sie. »Mit dem Mund.«

Sie schlüpfte in Hose und Pulli und erklärte ihm dann, jede Kreolin mit etwas Stolz ließe sich dort nun einmal nicht lecken oder küssen. Das habe sie ganz zufällig als Vierzehnjährige gelernt. Eines Tages hätten einige Jungen sie zum Ganja-Rauchen in die Tiefgarage von Frissenstein eingeladen. Gekifft habe sie davor noch nie. Die Jungs hätten gewußt, daß es ihr erstes Mal war, und darauf geachtet, daß sie von dem dicken, selbstgebauten Joint nur kurze Züge nahm. Das Zeug habe auf der Stelle gewirkt. Alles was sie sah und hörte, wurde zäh, wie in einem verlangsamt abgespulten Film. Plötzlich fürchtete sie, an der Motorhaube des Autos festzukleben, auf dem sie saß. In der Tiefgarage hing ein Geruch von Kohlenmonoxyd und verbranntem Gummi, doch sie roch nichts als frisch gemähtes Gras, und hinter den Ohren und im Nacken begann ihre Haut zu kribbeln, als stünde sie unter einer heißen Dusche. Auch bei den Jungs habe das *ganja* tüchtig reingehauen, sie schienen sie ganz vergessen zu haben, machten Scherze über Sex und prahlten mit all den Mädchen, mit denen sie schon herumgemacht hätten. Alle seien natürlich in irgendein Mädel verknallt gewesen, und lachend und johlend hätten sie spektakuläre Erfahrungen ausgetauscht. Dann sei es plötzlich still geworden. Einer, wohlgemerkt der Jüngste von allen, hätte stolz mitgeteilt, einer Hindustani die Möse geleckt zu haben. Erst in diesem Augenblick sei den Jungs ihre Anwesenheit wieder eingefallen. Vor Schreck und vor Scham für den andern hätten sie kaum mehr aus den Augen schauen können. Sie selbst habe etwas schafsköpfig dagesessen – sie hätte nie gedacht, daß ein Mädchen das tun würde, einen Jungen mit dem Mund an seine *poentje* lassen. Der Älteste der Gruppe hätte den Jungen angefahren. »Bist wohl krank im Kopf, was? Wenn in Surinam die Leute wissen, daß du einer Frau die Möse geleckt hast, machen sie dir das Leben so unmöglich, daß du nicht mehr frei auf der Straße herumlaufen kannst. Du bist doch ein Surinamer, oder? Nur die Antillianer machen solche fiesen Sachen. Wir nicht. Du nicht. Verstanden?«

Als sie später von ihrer Mutter und von älteren Mädchen in der Schule aufgeklärt worden sei und von *kroi* gehört habe, habe sie das Entsetzen der Jungen verstanden. *Kroi* sei die magische sexuelle Macht, mit der die Frauen den Willen des Mannes ausschalten könnten. Vor *kroi* hätten fast alle kreolischen Männer eine Höllenangst. Das Gesicht sei rein, die Vagina unrein, und wenn ein Mann die Regeln des *winti* ignorierte und so verrückt war, eine Frau dort zu lecken, liefe er große Gefahr. Ein Kerl, der dem *kroi* einer Frau verfallen war, war verloren. Fortan habe sie den Fuß auf seinem Verstand, und im schlimmsten Fall würde der Mann zur lebenden Leiche. Seine Seele, sein *kra,* verlasse seinen Körper, er würde ein willenloses Werkzeug der schlauen Frau, die ihn mit *wisi* an sich gebunden habe. Und Iris habe von den beunruhigendsten Fällen von *kroi* gehört, die Mädchen in der Schule hätten sie einander ehrfurchtsvoll flüsternd weitererzählt. Am meisten habe sie die Geschichte eines Mädchens aus der Abschlußklasse beeindruckt. Jedesmal wenn sie Unterwäsche auf den Balkon zum Trocknen aufgehängt habe, mache ihr fester Freund wie ein in die Enge getriebener Kater einen großen Bogen um die Wäsche, so sehr fürchte er sich vor *kroi.*

Theo hatte ihr in dem wachsenden Bewußtsein zugehört, daß seine Geliebte ihm in mancherlei Hinsicht vollkommen fremd war. Oft hatte sie betont, sie und Sidney seien vielen surinamischen Sitten und Gewohnheiten entwachsen. Aber manchmal, im Eifer des Gesprächs, entschlüpfte ihr ein verirrtes Sranan-Wort wie *wisi* oder *hebi,* wenn sie von familiären Mißgeschicken berichtete, und sie trug, ihr zufolge aus Gewohnheit und ohne Winti-Gedanken, als Halskette ein kleines Amulett, das sie *tapu* nannte, ursprünglich gedacht, ihre Seele gegen *ogri ai,* den bösen Blick, zu schützen.

Seither hatte Theo keinen Versuch mehr gewagt, sie »dort«, wie sie es immer nannte, mit dem Mund zu berühren, aus Respekt vor den Überbleibseln ihrer Verbundenheit mit der Winti-Metaphysik. Er hatte noch in Erwägung gezogen, ihr leichthin zu erzählen, daß er sich bei Sylvia doch schon unzählige Male an die gefährliche Handlung herangewagt habe, ohne Schaden zu erleiden, war sich jedoch ziemlich sicher, daß diese Bemerkung keinen Anklang gefunden hätte. Sie war ohnehin schon so zurückhaltend mit ihrer Information über das magische Regelsystem des *winti*. Ein weißer Christ mochte sich, gestärkt durch eine Tradition des Sendungsbewußtseins und Bekehrertums, bis zum Exhibitionistischen mit seiner frommen Inbrunst brüsten. Aber ein Surinamer, für den der Respekt vor den Winti-Ritualen problemlos mit dem Glauben an die beiden Testamente und der Einhaltung der Zehn Gebote zusammenging, spreche nicht mit einem *bakra* über *winti*, das zieme sich nicht. Daß Niederländer das nicht kapierten! Von Iris lernte Theo, daß unter Surinamern Neugier, Indiskretion und Aufdringlichkeit als typisch niederländische Eigenschaften galten. Und selbst das hatte sie ihm nicht geradewegs zu verstehen gegeben und obendrein erst eine Woche, nachdem sie ihm von *kroi* erzählt und er weitere Fragen gestellt hatte. Hatten Sidney und sie denn nie …? Gab es einen speziellen Winti-Gott, der bei Ehebruch dazwischenfuhr? Und hatte sie eigentlich einer guten Freundin oder einem Mitglied der Verwandtschaft von ihrer Affäre erzählt? Ihre Antwort war ein Witz gewesen, den sie mit elf von ihrem Onkel Larry gehört hatte, dem ältesten Bruder ihres Vaters, der als erster von allen Duivenpoorts 1973 mit dem Bijlmermeer-Express aus Paramaribo losgefahren sei. Ein Surinamer geht und will am Bahnhof für die ganze Familie Fahrkarten nach Groningen kaufen. Er kommt zurück mit Fahrkarten nach Haarlem. Gefragt weshalb, sagt er: »Die Frau am Schalter wollte wissen, wohin meine Reise geht. Also so eine Dreistigkeit! Ich habe ihr weisgemacht, ich führe nach Haarlem!«

Es war ein Witz, der Iris' Zurückhaltung bezüglich der Winti-Religion erklärte. Eine wunderbare Genesung in ihrer Jugend war das einzige, was sie ihm je davon enthüllt hatte. Eine Tante mütterlicherseits habe sich ihrer erbarmt, als sie, elf Jahre alt, mit Lungenentzündung und hohem Fieber zu Bett gelegen habe. Tante »bekam *winti*«, sei in Trance geraten, habe bebend und kläglich singend an ihrem Bett gestanden – und anderthalb Tage später sei Iris wieder auf den Beinen gewesen. Daß die zahlreichen Wald-, Luft- und Erdgötter nicht irgendwo weit weg in einem abstrakten Schemenreich schwebten, sondern im Körper und im Geist gewöhnlicher Sterblicher hausen konnten, hatte Theo bereits vage begriffen, aber daß die Magie des *winti* sich in alltäglichen Situationen und, respektlos ausgedrückt, so ganz larifari manifestierte, war ihm neu. Wenn innige Christen bezeugten, dem Herrn Jesus »begegnet« zu sein, und von Ihm sprachen, als hätten sie unlängst noch ein Glas Bier mit Ihm am Küchentisch getrunken, so waren die Winti-Manifestationen mindestens ebenso konkret und nah. Die Götter waren selbstverständliche Mitglieder der Glaubensgemeinschaft und nisteten sich in vielerlei Gestalt in das *kra* von Alten und Familienoberhäuptern, aber auch von jungen Männern und Frauen ein. Gerade weil Iris ihm so wenig davon erzählte, war es verführerisch zu denken, daß sie durchaus an *winti* glaubte. Vielleicht, so Theos Phantasie, hatte sie auch selbst einmal »*winti* gehabt« und trug eine spezifische Gottheit in sich. Und das wiederum bedeutete, daß er, wenn er mit ihr vögelte, gewissermaßen auch nach einem zweiten Wesen langte, einem durch Trance herbeirufbaren Medium, das sich in ihr verbarg und dem zugleich nichts Menschliches fremd war. Man brauchte die Winti-Metaphysik nur um einen Viertelschlag zu drehen, und das Objekt seiner Zärtlichkeit war eine gütige Winti-Gottheit seiner Wahl – und nachdem er irgendwo nachgeschlagen hatte, welche *winti* gemeinhin unterschieden wurden, hatte Theo keinen Moment lang gezögert, sondern sich für Asia entschieden, Göttin der Erde, Beschützerin der Natur und Hüterin der Fruchtbarkeit, denn sie hatte seine Phantasie beflügelt. Er betrieb eine abstrakte und höfische Art von Polygamie: In seiner

Phantasie teilte Iris sich unter seinen Zärtlichkeiten auf in das »schwarze Mädchen«, wie sie sich selbst zu Anfang umschrieben hatte, und in den keiner Erkenntnis zugänglichen Archetyp der Göttin, die sich in ihr verbarg.

Er hatte ihr nie etwas von seinen Phantasien erzählt, und ebensowenig hatte er sie allzu sehr über die Winti-Religion befragt; seit Beginn ihrer Affäre hatte Theo versucht, keinen neugierigen Eindruck zu machen. Aber noch immer gab es vieles, das er nicht verstand. Das wichtigste war die Frage, was sie eigentlich in ihm sah. Wenn er ehrlich war, wußte er das nicht immer gleich gut. Theo fand sich selbst sexuell nicht sonderlich anziehend. Sein Beruf mochte ihn gleichgültig lassen, und er dachte unendlich viel öfter an sie als an seine Schüler, aber dem Wesen nach war er Lehrer und nicht Liebender. Selbstverständlich kannte er seine eigenen ehebrecherischen Motive, aber über die ihren konnte er lediglich mutmaßen. Warum er und nicht ein anderer? Wem hatte er dieses Auserwähltsein zu verdanken? Und, er fand die Frage unstatthaft und stellte sie sich immer wieder: Warum ein weißer Liebhaber?

Zu den sechs Frauen, mit denen Theo im Bett gewesen war, gehörte eine Urlaubsliebe, eine Italienerin, die er am Strand von Rimini kennengelernt hatte, als er als Siebzehnjähriger mit zwei Schulfreunden eine mehr als vierundzwanzigstündige billige Busfahrt unternommen hatte, um acht Tage in Urlaub zu sein. Dem Klischee entsprechend hatte das Mädchen ihm in einem wackligen Hotelbett die italienischen Äquivalente für Möse, Schwanz und Bumsen beigebracht. Es waren lediglich drei schäbige Schmutzwörter, und alles, was das Mädchen ihm sonst noch zugeflüstert hatte, hatte er kaum verstanden, aber es hatte genügt, das Niederländische verfliegen zu lassen. Seine Muttersprache war mit Vollgas aus ihm entschwunden, er hatte gevögelt in einer ihm unbekannten Sprache, war zu einem Sammelsurium anderssprachiger Personen zerfallen, und zum ersten Mal war er der physischen Sensation unterworfen, sich in der Existenz eines Fremden aufzulösen, der er ebensogut hätte sein können, anonym und austauschbar, jemand der keinen Schwanz hatte, sondern einen »cazzo«, und der nicht wußte, was vögeln bedeutete, weil es »scopare« hieß. Aller Sex war Flucht, die berauschendste Art, vor sich selbst zu fliehen, und je fremder das Gegenüber war, etwa weil es eine Sprache sprach, die man nicht beherrschte, desto größer war die Wahrscheinlichkeit, daß man sich auf der Flucht zu einem Moment beseligter Nichtexistenz aufzuschwingen vermochte. Iris sprach seine Sprache, es war in allererster Linie ihre Farbe, die ihn befähigte, sich selbst zu entfliehen, aber als sie ihm im Lauf ihrer Affäre eines Nachmittags auf seine Bitte hin erläutert hatte, daß sein Steifer *spierde,* das Bumsen *persen, tjoppen, dieken* oder *sporten* hieß und daß sein Schwanz ein *toli* war, den sie in ihre *poentje* gesteckt bekam, waren ihm genau wie damals in Italien alle nur denkbaren niederländischen Synonyme abhanden gekommen. Iris' überseeischer Slang hatte ihn in ein Niemandsland getrieben, wo er ohne Sprache war, wo Sprache erfunden statt erlernt werden mußte. Befreit von der Muttersprache und damit in gewisser Weise vom Zwang des Denkens und Benennens, führten Geilheit und Genuß einen in ein unendliches Ausmaß an Sprachlosigkeit, und man war endlich soweit, auch sich selbst nicht mehr die geringste Bedeutung beizumessen, so daß Körper und Geist zu einem Vakuum entseelter Sinnlichkeit leergesogen werden konnten; eine schicke Art auszudrücken, daß man nur noch als reine Empfindung existierte.

So hatte er es für sich selbst benannt, an einem der Dienstagabende nach ihrer wöchentlichen Vögelpartie, mittlerweile wieder zurück in Alkmaar, wo Sylvia das

Abendessen bereitete, während er still in den Garten sah und in der Sprache sinnierte, aus der man natürlich nie erlöst werden konnte, auch nicht durch das rieselnde Erschauern des Orgasmus, auf dem seine Phantasien fußten. Aber diesen hochtrabenden Phantasien nachzugeben war verführerisch. Es befreite ihn vorübergehend von dem anderen, zwingenderen Motiv, Iris zu begehren. Theo schämte sich dessen, was er war, bleich und häßlich, und wollte sein wie sie: straff vom Körperbau, geschmeidig, dunkel. Schwarz. Wie ein echter Neger sein ebenbildliches Schätzchen liebhaben.

Einmal hatte Iris ihn aus Versehen mit dem Ellbogen im Gesicht berührt. Sie hatten gleichzeitig ihre Kleidung vom Boden gerafft, und zack, da landete ihr spitzer Ellbogen zwischen Oberlippe und Knollennase. Fluchend faßte er an die getroffene Stelle, seine Hand wie einen Maulkorb vor Nase und Mund. Sie streichelte ihm erschreckt über die Wange und fragte, ob es weh tue.

»Nein, nein, es ist nichts, ist schon wieder vorbei.« Aber das Blut klopfte dröhnend in seinen Nasenhöhlen, und er fühlte seine Oberlippe anschwellen. Beschämt wehrte er sie ab, als sie ihn auf die getroffene Stelle küssen wollte. Doch, seine Oberlippe durfte sie abküssen. Aber nicht seine Nase.

»Bloß ein Küßchen auf die Nase, Theo, na los.« Und als er ihren Lippen auswich, indem er ihr die Wange zukehrte: »Wieso denn nicht?«

Er ließ sie gewähren. Ihre schmelzenden Lippen auf seinem grotesken Zinken. Er wurde rot wie ein Erstkläßler.

»Du wirst mir doch nicht erzählen, daß du dich für deine Nase schämst? Theo?«

Ihre Rührung mißfiel ihm. Wenn er ihr Tabu bezüglich oraler Praktiken respektierte, konnte sie dann nicht seine Nase in Ruhe lassen?

Aber sie meinte fröhlich: »Mann, deine Nase ist Spitze!«

Er lachte unbehaglich. Nachdem sie ihre Jeans angezogen hatte, verschwand ihre gutmütige Spottlust, und in einer Imitation des kauenden Südstaaten-Amerikanisch, zugleich aber mit einer gewissen Feierlichkeit, aus der hervorging, daß sie die Wichtigkeit ihres Urteils begriff, sagte sie langsam: »Theo, you have a black man's nose.«

Unwillkürlich hatte er seine Knolle aufs neue betastet. Später zu Hause hatte er sich im Badezimmerspiegel studiert, und, verdammt, sie hatte recht. Der nach oben hin einwärts abfallende Nasenrücken, die runden Flügel, die breite Knolle, die großen, schwarzen Steckdosenlöcher beidseitig der unter dem fleischig-rosigen Knorren verborgenen Scheidewand, die nicht nach unten, sondern fast geradeaus wiesen: Seine Nase glich der ihren.

Zufrieden mit der Entdeckung, hatte er das Badezimmer verlassen. Mochten sie ansonsten auch optische Gegensätze sein, ihre Nasen waren identisch. Er hatte eine Nase zum Liebhaben.

Vierzehn

Anhand der Gestaltung und Einrichtung eines Klassenraums konnten Schüler unfehlbar beurteilen, welche Art von Lehrer dort unterrichtete. Wenn er durch die Flure ging und zu Kollegen hineinschaute, tat Theo bisweilen dasselbe. Manche waren derart darauf erpicht zu gefallen, daß sie ihr Klassenzimmer mit Grünpflanzen und Postern regelrecht vollstopften. Besonders die Sozialkunde- und Geschichtsdozenten warfen sich ins Rennen. Sie stellten die Tische nicht in Reihen, sondern in Vierer- und Sechsergruppen auf und zierten ihre Räume mit zeitgenössischen Plakaten und verspielt anmutenden Gegenständen. Da es nahezu unmöglich war, mit den schnell wechselnden Vorlieben Pubertierender Schritt zu halten, fixiert wie sie waren auf Trends, die im Wechsel der Jahreszeiten kamen und gingen, machten gerade die von der Fußleiste bis zur Decke beklebten Zimmer einen antiquierten Eindruck und riefen unbeabsichtigt die Atmosphäre heruntergekommener Jugendeinrichtungen hervor. Im schlimmsten Fall sah das wie beim Zeichenlehrer Ruwold aus, der, wohlgemerkt, ein Fischernetz an der Decke befestigt und Peddigrohrkörbe, leere Vinoverde-Flaschen sowie Gläser mit Trockenblumensträußen auf die Materialkästen gestellt hatte – zweifellos in dem Bemühen um etwas mehr Gemütlichkeit – und der doch nichts weiter erreichte als Gekicher bei den Schülern. »Was habt ihr in der nächsten Stunde?« – »Zeichnen, in Ruwolds Pizzeria!« Nein, dann schon lieber jene Unerschütterlichen, die sich weigerten, irgendwelche Nippes und Firlefanz in ihrem Territorium zuzulassen. Sie unterrichteten in den reinsten Kühlzellen: kein

Tüpfelchen Grün auf der Fensterbank und nichts an den Wänden, außer vielleicht Plakate, die alle Modelaunen überlebt hatten und zu schulischen Emblemen geworden waren. So hing schon seit Jahren in allen vier Biologieklassen das Aktionsplakat des WWF mit dem Pandabären, und in zweien dieser Zimmer stand auf dem Experimentiertisch ein Terrarium mit einer Stabschrecke, auch »wandelnder Zweig« genannt, die natürlich noch nie jemand sich bewegen hatte sehen, erst recht nicht wandeln. In den Deutschklassen: das proto-pointillistische Porträt Goethes (das am Anfang jeden Schuljahres die todernste Frage hervorrief: »Wer ist denn das, doch nicht Mozart?«). Erdkunde: mannshohe Vergrößerungen amerikanischer Landschaftsaufnahmen aus den siebziger Jahren, die Berge zu gelb und der Himmel zu blau. Die Wirtschaftskunde- und Mathematiklehrer beherbergten die höchste Dichte an verwahrlosten Sukkulenten. Kümmerliche Gewächse in schwarzen Plastiktöpfen auf schmuddeligen Untertellern standen jahrelang auf der Fensterbank, dicke Staubschichten auf den spärlichen Blättern.

Theo hatte einen Mittelweg gesucht und keinen populistischen Krimskrams in sein Klassenzimmer geschleppt, die Wände aber auch nicht kahl gelassen. An der Rückwand seiner Klasse und an den Fenstern zur Flurseite hin hing eine kleine Serie von Autorenporträts, unter denen der Blickfang ein großes Poster von Multatuli war. Rechts und links davon hingen Aufnahmen einiger weiterer Schriftsteller. W. F. Hermans und Gerard Reve, wie für einen obskuren Film noir posierend, die ernsten Gesichter von vier Fahrradreifen umzirkelt. Weiter: der wäßrige Augenaufschlag von Willem Kloos. Die Prälatenlippen und die fettige Haarlocke von Godfried Bomans. Die seitlich in den Mund gesteckte unverrückbare Pfeife von Harry Mulisch. Die Rundbrille und der mysteriöse Eierkopf von Menno ter Braak. Theo hatte die Porträts im Jahr seiner Anstellung aufgehängt. Sie waren mittlerweile leicht vergilbt und an den Rändern zerknittert und eingerissen, weil Schüler sich mit Jacken und Schultaschen dagegen gelehnt hatten. Braungeränderte Abdrücke von Klebestreifen auf dem Fenster wiesen darauf hin, daß früher auch dort Plakate gehangen hatten. Es entbehrte nicht einer gewissen Ironie, daß manche während des Unterrichts dösend und tagträumend ihren Blick über diese Schriftstellerköpfe schweifen ließen, um so mehr, als man heute schon eine Menge erreicht hatte, wenn man sie so weit bekam, einmal in das erste Kapitel des »Max Havelaar« hineinzuschauen (»Weshalb sagt der Typ denn zwanzigmal hintereinander, er wäre Kaffeemakler?«). Losgelöst von der Identität des Schriftstellers war das prägnante Profil Multatulis für die meisten Schüler wahrscheinlich ein dekoratives Symbol für schulische Ödnis und Jahre der Eingestaubtheit. Theo fand es oft zu einfach gedacht, wenn man sich über den raschen Verfall kulturellen Interesses bei Jugendlichen beklagte, aber es war nicht zu leugnen, daß die Autoren, die er hier in Schwarzweiß hängen hatte, vor fünfzehn, zwanzig Jahren, als er zum ersten Mal von ihnen gehört hatte, von Schülern vielleicht auch nicht gerade verschlungen, aber doch zumindest intuitiv als eigenwillige Erblasser anerkannt worden waren. Für die Nintendo-Generation aber waren sie ebenso abstrakt wie die Könige und Statthalter aus den Geschichtsstunden und wurden einzig noch mit trockener Pflicht, Abfragen, Multiple-choice-Tests und unter der Hand weitergegebenen Inhaltsangaben assoziiert. Einmal hatte er mit einer Klasse von Examensschülern einen Roman von Simon Vestdijk gelesen. Das war noch durchaus gutgegangen, er hatte tatsächlich ihr Interesse gewonnen. Zwei Monate später jedoch hatte er einigen von ihnen in der mündlichen Prüfung ein Foto von Simon Vestdijk gezeigt, und sie waren ausnahmslos unbehaglich auf ihren Stühlen herumgerutscht. Ja, woher kannte man den bloß? Vielleicht war es ja eine Fangfrage: War das überhaupt ein Schriftsteller? Konnte es nicht eine Person des öffentlichen Lebens sein, ein Widerstandsheld oder ein anderes Vorzeigestück aus prähistorischer Zeit?

Er mußte ehrlich sein: Auch für ihn hatten sich die Porträts im Lauf der Jahre zu Vignetten abstrahiert, die er tagelang sah, ohne sie je bewußt zu betrachten. Vielleicht hatten die gleichgültigen Blicke der Schüler eine Staubschicht darauf hinterlassen und die Männer auf den Fotos zu Schemen verwischt, die nur noch wenig mit den Namen auf den Buchrücken zu Hause bei ihm in den Regalen gemein hatten.

Soeben hatte Theo die Porträts mit wiedererwachtem Interesse betrachtet. Das kam durch Ferweda, der hinten in seiner Klasse die Plakate studierte, die Hände in die Seiten gestemmt, den Kopf schräg in den Nacken gelegt. Heute, in der Mittagspause um halb eins, hatte Theo ihn aufgesucht. Er hatte Ferweda über den Zwischenfall mit der 3 f informiert, inklusive der Pornofotos auf seinem Tisch, und in einem Atemzug zwei mögliche Maßregelungen für die sechs vorgeschlagen, die er aus der Klasse geschickt hatte: zwei Wochen Ausschluß von seinem Unterricht oder einen Tag Suspension.

Theo hatte viel erwartet, nicht aber Ferwedas Zögern, gefolgt von einer förmlichen Betriebsamkeit: Geschiebe mit Akten auf seinem Tisch, Geblättere in seinem Kalender. Und dann die Frage, ob er später am Tag Zeit habe.

»Natürlich. Aber sehen Sie, Wouter Nijman hat Ihnen wahrscheinlich die unglaublichsten Geschichten erzählt. Ich glaube nicht, daß wir darauf viel Zeit verschwenden müssen.«

»Der Junge ist jetzt zu Hause, Theo. Sein Vater hat

mich gerade angerufen. Wir müssen uns heute nachmittag darüber unterhalten. Sie haben heute doch sieben Stunden? Ich schaue anschließend kurz bei Ihnen rein. Um Viertel nach drei.«

Theo hatte seine beiden letzten Unterrichtsstunden hingeschludert. Einen schriftlichen Auftrag, »Eigentätigkeit« der Schüler, jener zeitgenössische Euphemismus, mit dem man sich selbst aus der Pflicht entließ, tatsächlich zu unterrichten. Ärger, die beiden Stunden. Mußte er zum Kuckuck Ferweda gegenüber noch seinen Entschluß rechtfertigen, Wouter Nijman und die fünf anderen aus der Klasse zu schicken?

Ferweda erschien fast eine halbe Stunde später als verabredet. Vor sich her balancierte er ungeschickt zwei Becher Kaffee auf einem Kunststofftablett aus der Kantine. Theo nahm den für ihn bestimmten Becher und stellte ihn beiseite. Ferweda betrachtete inzwischen mit fingiertem Interesse das Profil Multatulis. Theo saß auf seinem Schreibtisch. Es war schon nach Viertel vor vier, die achte Stunde war fast um, die meisten Schulräume standen leer. Höchstens ein Dutzend Lehrer unterrichtete noch Klassen mit einer ungünstigen Stundenverteilung. In den Fluren erschienen die Reinemachefrauen, ein Trupp türkischer Mädchen mit kräftigen Waden und gepflegten Frisuren, mit ihren Holzlatschen über das Linoleum klappernd, die hellblauen Dienstkittel offen über ihren bedruckten oder goldbestickten Baumwollhemden. Sie schoben einen Putzkarren mit dem Besenstiel vor sich her.

Ferweda hatte sich umgedreht. Mit dem Daumen deutete er auf die Rückwand.

»Es sind und bleiben Männer mit Charisma, nicht?«

Theo nickte kurz. Ferweda war seit fünf Jahren stellvertretender Schulleiter. Ursprünglich war er Chemielehrer gewesen. Von den »Männern mit Charisma« hatte er wahrscheinlich nicht mehr gelesen als der Durchschnitt. Dafür brauchte man jemanden noch nicht aufs Schafott zu stellen; Theo seinerseits quälte sich beim Einschlafen auch nicht mit Grübeleien über das Periodensystem. Aber es zog einem die Schuhe aus, wenn ein Kollege sich mit obligater Allgemeinheit als Kenner des Fachgebietes eines anderen meinte profilieren zu müssen.

Ferweda war ans Fenster getreten. Der grüne Sonnenschutz lugte ein wenig aus der Aluminium-Schutzkappe hervor.

»Nennen Sie mir irgendeine Nichtigkeit in einer Klasse«, sagte er und tippte mit dem Finger gegen die Rollokurbel, »und ich illustriere Ihnen daran die allgemeine Unterschätzung unseres Berufsstandes.«

Er versetzte der Kurbel einen recht heftigen Schubs, und der Sonnenschutz verschwand unter der Kappe. Einen »gieprigen« Schubser, sagte man hier im Norden, so wie Männer wie Ferweda, klein von Statur, eitel und ehrgeizig, »gieprige Kerlchen« genannt wurden.

»Beispielsweise die Sonnenschutzrollos. Eines ist nicht ganz hochgerollt. Man steht am Fenster, die Klasse ist gerade hereingekommen. Eine schwierige Klasse. Was tut man? Läßt man einen Schüler das Rollo hochkurbeln oder tut man es selbst? Tragen Sie es jemandem auf, besteht die Gefahr, daß Sie den Falschen aussuchen, der sich gleich einen Scherz damit erlaubt. Der hält dann die Kordel fest, während er die Kurbel dreht, so daß das Rollo herunterknallt, sobald er die Kordel wieder losläßt. »Ach, tut mir leid, ist einfach passiert.« Die Klasse lacht. Die Klasse wird unruhig. Schon geht der Tanz los. Oder tut man es selbst? Dann steht man mit dem Rücken zur Klasse und sieht nicht, was hinter einem passiert, Geschwätz, Geferkel, Stänkereien. Es scheint nichtig, aber Außenstehende scheinen nicht zu begreifen, daß ein Lehrer in fünfundvierzig Minuten Unterricht durchschnittlich alle dreißig Sekunden eine solche kleine Entscheidung treffen muß. Das sind hundert Ordnungsentscheide in einer einzigen Stunde.«

Ferweda sprach in einem Ton, als leite er eine Versammlung. Theo hatte hinter seinem Schreibtisch Platz genommen.

»Max, alles was recht ist: Ich grüble nachts nicht über die Frage, wer von meinen Schülern die Sonnenrollos hochkurbeln soll.«

Ferweda sah kurz zur Seite, die Nachmittagssonne erzeugte glänzende Reflexe auf seinen Brillengläsern. Sie waren gewohnt, sich beim Vornamen zu nennen, aber meistens vermied Theo es, den stellvertretenden Schulleiter so anzureden. Ferweda schob die Daumen unter das Revers seines Jacketts, als wären dahinter kleine Hosenträger versteckt. Seine Haltung bekam dadurch etwas Burleskes, und sogleich stellte Theo sich den Konrektor in Trachtenkleidung auf dem Alkmaarschen Käsemarkt vor. Wäre durchaus gegangen.

»Was hatte Wouter Nijmans Vater zu klagen?« fragte Theo.

Ferweda kam nach vorn und stützte sich mit beiden Händen auf Theos Schreibtisch.

»Der Junge behauptet, Sie hätten ihn ziemlich ruppig angefaßt. Sie hätten ihn zu Boden geworfen. Mehrere Male. Das Dumme ist: Die anderen fünf Burschen bestätigen seine Geschichte.«

»Natürlich. Was hatten Sie gedacht, daß sie ihren Kumpanen im Stich lassen würden?« Das war ein schwacher Einwurf. Indem er lediglich das Zeugnis der fünf bagatellisierte, weckte er den Eindruck, sich nicht gegen Wouter Nijmans Bezichtigungen verteidigen zu können. »Alle wissen, daß Wouter Nijman nicht gerade der einfachste ist. Sie bekommen ihn wöchentlich in Ihr Büro geschickt, und zwar nicht von mir, sondern immer von den anderen. Diesmal war ich halt mal dran. Es ist geradezu ein Wunder, daß es bei mir so lange gedauert hat.«

»Der Junge hat über Schwindel und Übelkeit geklagt, Theo. Ich habe ihn nach Hause gehen lassen. Eine Stunde später hatte ich Vater Nijman am Apparat. Er behauptet, sein Sohn hätte eine leichte Gehirnerschütterung.«

Theo erstarrte. Seinen Magen durchfuhr es kalt.

»Er ist mit dem Kopf gegen die Türklinke gefallen.«

»Wie kam es dazu?« fragte Ferweda.

Theo griff doch noch nach seinem Kaffee.

»Ich wollte ihn am Arm fassen. Er riß sich los und ist ausgerutscht.«

Der Kaffee war lauwarm. Theo nahm drei Schlucke und wußte, daß der andere ihn trinken hörte. Ferweda gab sich alle Mühe, den Eindruck zu wecken, als stünde er über den Parteien und als habe er das Beste mit ihm vor. Sein fragender Blick war freundlich, aber seine Haltung, den Hintern hatte er gegen die Tischkante gelehnt, die Arme verschränkt, hatte etwas Begieriges, fast schon Triumphales. Vielleicht genoß er derartige Zwischenfälle, und es gefiel ihm, Lehrer auf Disziplinschwierigkeiten anzusprechen.

»Es gibt nichts, weswegen ich mich verteidigen müßte«, sagte Theo und war sich dessen überhaupt nicht sicher. »Wouter Nijman sagte zweimal hintereinander, er weigere sich, sich bei Ihnen zu melden. Außerdem hat er im Flur herumgebrüllt. Ich solle die Motten kriegen, ich sei ein blöder Idiot; das ganze Repertoire. Er war hysterisch.«

»Das glaube ich gern«, antwortete Ferweda, »aber damit kann ich bei diesem Vater nicht ankommen. Etwa: Herr Nijman, unserem Niederländischlehrer zufolge war Ihr Sohn hysterisch. Theo, ich sage es Ihnen rundheraus: Der Mann will die Sache anzeigen. Er sitzt im Elternbeirat, wußten Sie das? Er hat schon gesagt, er wolle den

Vorfall bei der Schulleitung und dem Schulaufsichtsamt zur Sprache bringen. Er tobt ganz schön.«

»Wunderbar. Soll er doch«, sagte Theo heftiger als beabsichtigt.

Ferweda zog ein verdrießliches Gesicht.

»Das scheint mir keine vernünftige Reaktion zu sein.«

»Der Junge hatte ein Messer bei sich, Max. Es fiel im Flur aus seiner Tasche. Allein schon das, ein Messer in der Tasche, ist ein Grund suspendiert zu werden. Worum geht es hier eigentlich?«

Ferweda strich mit Daumen und Zeigefinger seine Mundwinkel entlang.

»Wie kam es, daß das Messer aus seiner Tasche fiel?« fragte er.

Theo sah sein Gegenüber mit großen Augen an. Etwas Unerhörtes geschah hier. Ferweda manövrierte ihn auf die Anklagebank.

»Er hat seine Tasche durch den Flur geworfen, und das Messer ist über den Boden geschlittert. Jetzt hören Sie mal zu. Die 3 f hat eine Serie Sexfotos auf meinen Tisch gelegt. Schon nach einem früheren dubiosen practical joke, einer Karikatur an der Tafel, hatte ich sie gewarnt, daß ich keine Lust hätte, wie ein Hanswurst darauf zu warten, daß die Schuldigen sich meldeten, ich hatte ...«

»Theo.«

Wieder hatte Ferweda sich vor Theos Schreibtisch gestellt. Zu nahe. Theo lehnte sich in seinem Stuhl zurück. Ferweda verschob einen Stift auf Theos Schreibtischplatte.

»Das haben Sie heute mittag schon alles erzählt. Ich kenne den Anlaß. Aber bei allem Respekt, Theo, darum geht es hier doch nicht.«

»Ach, nein?«

Falsch, gleich loszuschnauzen. Theo sah auf dem Gesicht des anderen – halb abgewandter Kopf, leicht nach innen gesogene Unterlippe, unbewegliche blaue Augen hinter fettig verschmierten Brillengläsern – die Frage erscheinen: Hat er heute in der Klasse Wouter Nijman gegenüber auch diesen Ton angeschlagen?

»Ich verstehe etwas nicht. Sie stehen seit sechs Jahren vor der Klasse. Sie kennen die Tücken des Handwerks. Ein paar Witzbolde legen einige Fotos aus einem Nacktmagazin auf Ihren Schreibtisch. Darüber lacht man doch, Theo. Das schiebt man doch einfach beiseite. Und jemand mit Ihrer Erfahrung und Einsicht zerrt dann doch nicht irgendeinen lästigen Halbwüchsigen aus der Klasse?«

»Aus der Klasse zerren? Wohl noch an beiden Armen? Wie kommen sie denn darauf?«

Theo knallte seine Tasche auf den Tisch. Er zog das Foto der Negerin mit den lilalackierten Nägeln hervor und strich zum zweiten Mal an diesem Tag das Papier glatt.

»Hier. Sehen Sie. ›Nacktmagazin‹, haben Sie gesagt. Achten Sie besonders auf den handschriftlichen Zusatz. Wurde noch rasch hinzugefügt. Sehen Sie? Können Sie das lesen?«

Ferweda wurde rot. Zwei Männer in einem Klassenzimmer beugten sich über eine himmelschreiende Obszönität. Zu Hause fand Ferweda solche Fotos wahrscheinlich geil. Jetzt war er in der Position, daß er die breitbeinig daliegende Braut weder aufregend noch anstößig finden durfte, sondern zur Gleichgültigkeit verpflichtet war – immerhin hatte er soeben verkündet: »Das schiebt man doch einfach beiseite.«

»Sehen Sie?« fragte Theo wieder, und gebieterisch schob er das Foto in eine Ecke des Schreibtischs. »BLACKIE IS THE BEST. Das stand auch ein paarmal bei Unterrichtsbeginn auf der Tafel. Mit einer Karikatur von Iris Pompier. Ach, ich bin auch ab und zu an der Reihe, wissen Sie. Altena als Witzfigur, darüber lache ich bloß.

Das schiebe ich beiseite. Aber das hier« – und Theo schlug leise mit der flachen Hand auf das Foto auf dem Tisch – »das lasse ich nicht durchgehen.«

Ferweda schwieg und trat einen halben Schritt zurück. Theo wollte die frisch errungene Überlegenheit behalten.

»Also Papi Nijman will die Sache zur Anzeige bringen? Soll er nur. Ich werde ihm schon von den Scherzen seines Sohnes erzählen. Es geht nicht um das Sexfoto und auch nicht um die armseligen Zeichnungen auf der Tafel. Sie haben recht, das ist der Standardhumor von Fünfzehn-, Sechzehnjährigen. Aber ich werde Vater Nijman allerdings darauf ansprechen, daß sein Sohn sich hobbymäßig mit verdeckt rassistischen practical jokes abgibt. Und ich werde den Teufel tun und den Jungen gewähren lassen. Ich ziehe eine Grenze. Bis hierher und nicht weiter. Also keine angeblich gar nicht ernstgemeinten Scherze über farbige Kollegen, in meiner Klasse keine Blackies, Negermamis, Zulus, Nellies, Lakritzenstangen oder was immer an Ausdrücken sie noch in ihrem Repertoire haben.«

Das war's. Theo lehnte sich erneut zurück und verschränkte die Arme.

Ferweda nahm Platz auf einer der Schulbänke in der ersten Reihe.

»Niemand wird Ihrer Meinung widersprechen«, sagte er. »Aber glauben Sie nicht, daß hier noch etwas anderes eine Rolle spielt?«

Das letzte kam nicht gleich bei Theo an. Er sagte: »Eine Lehrerin wird aufgrund ihrer Hautfarbe verspottet und diffamiert. Was wollen Sie als stellvertretender Schulleiter dagegen tun? Vielleicht geschehen Dinge dieser Art auch bei anderen im Unterricht?«

»In der Tat«, sagte Ferweda. »Wenn Sie es genau wissen wollen: bei einer Menge anderer. Ich habe eine Reihe von Lehrkräften deswegen gehört. Deshalb weiß ich auch, daß Sie die Sache falsch beurteilen. Oder falsch beurteilen wollen.«

»Wie bitte?« sagte Theo, begriff aber dann schlagartig den wahren Grund für Ferwedas Zögern, seine Mischung aus Scham und Wißbegierde.

»Diese Witze sind schon eine Zeitlang in Umlauf. Außer bei Ihnen in der Klasse. Das heißt, bis vor kurzem. Soll ich weitersprechen?«

»Ja«, sagte Theo, wobei er nein meinte. Sein Gaumen wurde trocken.

»Ich spreche denjenigen nach, die es mir erzählt haben. Die Witze handeln nicht von der Hautfarbe der Sportlehrerin. Sie handeln von der Beziehung zwischen dem Niederländischlehrer und der Sportlehrerin.«

Theo spürte seinen Herzschlag über die ganze Breite seines Brustkorbs. Einen Augenblick lang hatte er die törichte Vorstellung, daß sich dieses Gespräch in einer Zeit abspielte, die er nicht kannte, in einem zukünftigen Jahr, in dem er in ein Klassenzimmer zurückkehrte, worin er vor langer Zeit unterrichtet hatte. Wußte Iris hiervon? Wußte Iris, daß die ganze Schule es wußte? Nein, das war unmöglich, sie hätte es ihm gesagt und in einem Aufwasch die dienstäglichen Schäferstündchen beendet. So wie es jetzt geschehen würde. Alle wußten es. Ende der Affäre. Iris hatte immer befürchtet, daß es herauskäme. Wie peinlich, Theo. Getratsch und Gekicher im Lehrerzimmer, nein, das nie.

Ferweda schien verlegen in dieser Situation und sah angestrengt aus dem Fenster, wo es nichts zu sehen gab.

»Theo, wir haben natürlich nichts mit Ihrem Privatleben zu tun, aber ...«

Pause, Zögern. Theo dachte: »Wen meint er mit wir? Wir, die Schulleitung? Wir, die Lehrer und Schüler? Wir, die Monogamen?«

»... aber die Sache ist anders, wenn die Privatangelegenheiten einer Lehrkraft sich negativ innerhalb der Schule auswirken und dadurch Konflikte mit den Schülern entstehen.«

Ferweda hatte sich vom Fenster weggedreht. Wieder spürte Theo bei dem anderen einen schwelenden Triumph, als habe der Konrektor sich danach gesehnt, ihn auf sein Fremdgehen hin anzusprechen, nicht aus moralischer Entrüstung heraus, sondern aus maskulinem Wetteifer. Ferweda schaute im Flur bisweilen den Mädchen aus der Oberstufe ein bißchen zu lange hinterher. Giepriges Kerlchen.

»Also, wenn ich recht verstehe«, sagte Theo, »sind Sie der Meinung, daß ich Konflikte hervorrufe. Wouter Nijman beschimpft mich vor der ganzen Klasse, ein paar kleine Flegel versehen ein Pornofoto mit demütigenden Sprüchen und ich verursache den Konflikt?«

Ferweda atmete hörbar durch die Nase.

»Natürlich hat der Junge über die Stränge geschlagen. Natürlich mußten Sie eingreifen. Wer wird das bestreiten? Aber Theo, Sie machen einen Fehler, wenn Sie unsorgfältig, überzogen und mit allerlei suggestiven Bemerkungen auf alltägliche Lausbubenstreiche reagieren, die Sie unter normalen Umständen als Peanuts betrachtet hätten.«

Auf dem Flur ertönte ein Schlag, gefolgt von einem Schrei. Eine der Reinemachefrauen hatte wahrscheinlich einen Eimer von ihrem Putzkarren gestoßen.

»Anscheinend wird da wieder mit großer Freude gearbeitet.« Ferweda sagte es verschmitzt, als habe er halb und halb erwartet, Theo würde auch jetzt »unsorgfältig und überzogen« reagieren. Es war falsche Ironie im falschen Augenblick, aber aus Höflichkeit lächelte Theo. Der andere faßte das als Zeichen der Annäherung auf. Ferweda erhob sich und kam wieder nach vorn, und Theo befürchtete, er wolle ihm auf die Schulter klopfen.

Aber der Konrektor lehnte sich flüchtig gegen die Schultafel. Auf seinen Jackenärmel kam Kreide.

»Theo, Sie denken, ich stünde nicht auf Ihrer Seite, aber da irren Sie sich. Was Sie mit Iris Pompier ausfressen, müssen Sie wissen, aber daß es irgendwann auffallen würde, darauf hätten Sie Gift nehmen können. Kinder sehen alles, und für sie ist es eine Sensation. Stellen Sie sich vor, zwei junge Lehrer, die ...«

Der Konrektor suchte nach den passenden Worten und machte eine Gebärde, als drehe er an einer kleinen Seilwinde.

»... die all das tun, wovon die Kinder bisher lediglich träumen«, ergänzte Theo, und Ferweda lachte mit aufgesetzter Lockerheit und sogar ein wenig schalkhaft, als sei die Bemerkung in einer gut kameradschaftlichen Atmosphäre gefallen.

Theo verstand selbst nicht ganz, weshalb er das gesagt hatte. Es war nicht nur unnötig offenherzig, sondern auch spießig und kokett gewesen. Aber vielleicht wollte Ferweda ja so etwas hören, eine Frivolität, eine unbekümmerte Kapitulation. Also mußte es sein. Nachdem er den Konrektor nicht von seinem Standpunkt hatte überzeugen können, blieb ihm nicht viel mehr als der Versuch, ihn wohlgesinnt zu stimmen.

Ferweda beendete sein Lachen mit einem kurzen, trockenen Räuspern.

»Vater Nijman hat natürlich eine Geschichte in der Hand, mit der er es uns sehr schwer machen kann«, sagte er. »Sein Sohn witzelt über die amourösen Eskapaden des Niederländischlehrers. Das ist dem Lehrer nicht dienlich. Er zeigt sich irritiert und aufbrausend und, nein, warten Sie« – Theo hatte sich schmollend zum Fenster umgedreht – »und knöpft sich das Söhnchen unsanft vor. Zu unsanft. Um Ihnen die Wahrheit zu sagen: Mit dieser Version hing Vater Nijman heute an der Strippe. Ich glaube, wir sollten die ganze Sache nicht auf die Spitze treiben. Davon will ich den Mann ebenfalls überzeugen. Sein Sohn hätte eine Gehirnerschütterung, sagt er. Wir werden sehen, ob das stimmt. Ich werde um ein ärztliches Attest bitten. Aber Theo, fünf von Wouters Klassenkameraden behaupten, Sie hätten ihn zu Boden geschleudert, nein, Ruhe jetzt. Ich sehe ziemlich schwarz, wenn der Kerl wahrmacht, womit er droht: eine offizielle Beschwerde bei Schulleitung und Schulaufsichtsamt einzureichen. Das möchte ich ihm ausreden. Und ich muß Ihnen ehrlich sagen, daß das nicht leicht sein wird.«

Theo hatte eine Hand unter sein Kinn gelegt. Was konnte im schlimmsten Fall geschehen? Suspension, Wartegeld, Gehaltskürzung. Schande, Demütigung. Er blieb bei der Meinung, man könne ihm nichts vorwerfen, aber er wußte, daß es unvernünftig war, dies Ferweda gegenüber länger zu behaupten.

»Was soll ich tun?« fragte er.

»Nichts. Ich denke, Sie sollten am besten einige Tage zu Hause bleiben. Ich habe mit Hulzebosch darüber gesprochen. Er denkt das gleiche wie ich.«

Auch das war also schon geschehen: Rücksprache mit dem Schulleiter selbst. Theo nickte mit halb abgewandtem Kopf.

»Zu Hause bleiben. Ist das ein Ratschlag oder eine Dienstanweisung?« fragte er.

»Theo, bitte. Gönnen Sie sich die Zeit, alles noch einmal zu überdenken. Einverstanden?«

Wieder nickte Theo. Er fühlte sich innerlich hohl, buchstäblich, als schwebten seine Eingeweide außerhalb seines Körpers. Aber auch in seinem Kopf war es leer, er mußte sich anstrengen, um nachzudenken. Vakuum, ein Wechsel, als sei sein leerer Magen zu einer Meuterei imstande und könne das Gehirn von seinem Platz verdrängen. Es war ja auch schwer zu verstehen: Man wehrte sich gegen ein sabotierendes kleines Arschloch in der Klasse, und ehe man wußte wie, gab es offenbar etwas zu »überdenken«, und man durfte zu Hause bleiben. Widerwille stieg in ihm hoch. Er wollte fort, nach draußen, in seinen Wagen, auf die Straße, Verkehr, Fassaden, Geschäfte, Polder, Umgebung, raus.

Ferweda machte Anstalten zu gehen. Er zerknüllte den Kaffeebecher und warf ihn aus der Entfernung in den Papierkorb unter der Tafel. Das Tablett hatte er vom Tisch genommen.

»Ich halte Sie auf dem laufenden«, sagte er und öffnete die Klassentür. »Oder rufen Sie mich sonst morgen einmal an.«

Theo steckte Papiere und Bücher in seine Tasche. Er sagte: »Ganz kurz noch, Max. Alle hier wußten, daß …«

Ferweda sah mit hochgezogenen Augenbrauen über den Rand seiner Brille. Das bedeutete ja.

»Seit wann etwa?« fragte Theo.

»Vier Monate vielleicht …«

Vier Monate! Sie waren blind gewesen, Iris und er.

»Von wem haben Sie es eigentlich erfahren?«

»Ja, Theo, tut mir leid, aber wer wußte es eigentlich nicht? Junge, Sie wirkten wie siebzehn und sie auch, wenn Sie zusammen durch den Flur liefen.«

Ferweda hatte inzwischen den weißen Kreidestreifen auf seinem Jackett entdeckt. Mit der Hand bürstete er den Ärmel sauber, das überhängende Schulterpolster zeigte Falten, die jedesmal ihre Form veränderten, als halte sich unter dem Stoff ein kleines, bewegliches Tier verborgen. Nachdenklich inspizierte Ferweda seine Schulter. Er kam noch einmal von der Klassentür zurück und sagte: »Darf ich Sie etwas fragen? Wie lange geht das schon zwischen Ihnen?«

Theo, die Tasche in der Hand, musterte den anderen eindringlich. Ferweda mimte kollegiales Interesse. Er tat es nicht gut, seine Haltung war zu angespannt, und er hatte die freie Hand in die Hosentasche gesteckt, vielleicht die Pose eines Konrektors, der sich gegenüber einem Kollegen eine persönliche Frage erlaubt, aber vorwiegend doch die eines Mannes, der einem anderen Mann seinen Seitensprung mißgönnt.

Obwohl er die Antwort parat hatte, wandte Theo den Blick zur Zimmerdecke und tat, als rechne er zurück, wissend, daß seine Achtlosigkeit den anderen irritierte. Er entschied sich, nicht zu lügen.

»Vierzehn Monate. Seit letztem Jahr, seit der Klassenreise nach Tilburg.«

»Ach? Ja ja.«

Ferweda hielt den Kopf schräg, als Ausdruck neutraler Verwunderung. Aber seine Augen hatten einen dunklen Ruck nach rechts gemacht.

»Und Ihre Frau?« fragte er.

Theo zögerte. Es reichte allmählich.

»Die weiß nichts davon.«

»Ui«, sagte Ferweda und schaute bedenklich drein. Zischend sog er Luft durch die Zähne und machte gleichzeitig eine Gebärde wie beim Abschütteln eines Fieberthermometers. Dann nahm er wieder seine von Ernst und Mitgefühl geprägte Haltung ein und meinte: »Sechs Jahre vor der Klasse, das ist keine Kleinigkeit, Theo. In der Zeit rennt jeder mal an sich selbst vorbei, das ist unvermeidlich. Gönnen Sie sich etwas Ruhe. Nehmen Sie sich Zeit.« Und Theo bekam den Klaps auf die Schulter, den er schon früher befürchtet hatte.

Nachdem der Konrektor verschwunden war, schloß Theo seine Schreibtischschubladen ab, wischte die Tafel sauber und schloß hinten im Raum ein Kippfenster. Als er die Klassentür hinter sich zuzog, erwartete er, eine Stoßwelle der Verzweiflung zu verspüren. Doch es geschah nichts.

Im Treppenhaus hatte sich eine Reinemachefrau hingehockt und fuhr mit einem Putzlappen die Stufen entlang. Das Lehrerzimmer war verlassen, in der Garderobe hingen noch fünf Mäntel. Er leerte sein Postfach und ließ gewohnheitsgemäß noch seinen Blick an Iris' Fach vorbeihuschen. Dann fiel ihm ihre heutige Abwesenheit ein.

Auf dem Anschlagbrett standen bereits die Namen der Lehrer, die morgen fehlen würden. Seiner war noch nicht dabei – soviel Takt, das noch etwas hinauszuschieben, hatte Ferweda dann doch.

Die Schwingtüren zur Kantine waren mit einer Kette verriegelt, die Tür des Rektorenzimmers stand weit offen, die von Ferwedas kleinem Büro einen Spalt breit. Theo klopfte an.

Ferweda stand am Fenster in der Sonne und aß einen Cracker. Ohne daß er das Kauen unterbrach, verdüsterte sich seine Miene. Theo wußte, daß er sich in den Augen seines Gegenübers herabwürdigte, indem er sich nach ihrem Gespräch noch einmal zeigte. Es war ihm gleich.

»Eine Sache noch«, sagte er. »Sie war heute abwesend. Iris. Sie haben sie wahrscheinlich heute früh am Telefon gehabt. Ist sie krank?«

Ferweda legte erleichtert seinen Cracker auf einen Plastikteller.

»Ach. Ja. Nein. Sie ist vom Fahrrad gestürzt. Den Arm verstaucht, glaube ich. Und etwas mit ihrem Kiefer. Nichts wirklich Ernsthaftes, war mein Eindruck. Morgen ist sie wieder da. Das hat sie jedenfalls gesagt.«

Als Theo in der Tür stehenblieb, fragte Ferweda: »Möchten Sie, daß ich ihr etwas ausrichte?«

»Nein«, beeilte er sich zu sagen, »nein, nicht nötig. Vielen Dank.«

Auf dem Weg zum Wagen fragte er sich, ob er Sylvia von dem morgendlichen Zwischenfall berichten sollte, und im gleichen Augenblick erinnerte er sich, daß er sein

Versprechen nicht gehalten hatte: Er hatte vergessen, Pa Houtman anzurufen und sich bei ihm zu entschuldigen. Sylvia würde es nicht gut finden, aber Theo konnte sich deswegen jetzt nicht auch noch Sorgen machen. Statt dessen behielt er die drei kurzen Sätze im Ohr. Vom Fahrrad gestürzt. Den Arm verstaucht. Etwas mit ihrem Kiefer.

Auf dem Parkplatz lief er zur Kontrolle einmal um den Toyota. Kratzer im Lack hatte er schon einmal gehabt, sogar nach einem weniger ernsthaften Zusammenstoß mit einer Klasse als heute. Immerhin war es eine einfache Racheaktion: rasch mit einem Schlüssel oder Taschenmesser an der Tür vorbeigeschrammt und fertig. Aber eine Beschädigung war nirgendwo zu entdecken; Theo stellte seine Aktenmappe auf das Dach des Wagens und suchte in seinen Taschen nach den Autoschlüsseln. Er drehte sich zum Schulgebäude um. Die alte Backsteinfassade, der aus dem Stil fallende Erweiterungsbau, das verwitterte Holzskelett des Fahrradunterstands, die dürftigen Ahornbäume zwischen den Turnhallen und der Hausmeisterwohnung, das niedrige Buschwerk mit dem ewigen Durcheinander aus zerknülltem Papier, Getränkedosen, hölzernen Rührstäbchen und Plastikbechern: Eigentlich sollte er nie wieder hierher zurückkommen.

Er fand seine Schlüssel in der Innentasche seiner Windjacke. Hinter dem Steuer entdeckte er, daß der Außenspiegel zerdeppert worden war, und als er fluchend den Motor anließ und rückwärts vom Parkplatz setzte, fiel es ihm ein: Iris hatte überhaupt kein Fahrrad.

Fünfzehn

Beim Fernsehen kommentierte Sylvia oft die Behauptungen von Politikern in den Nachrichten und den Magazinen, als erwarte sie von der Person auf dem Bildschirm eine ausschließlich an sie gerichtete Antwort. Theo amüsierte sich bisweilen über diese Angewohnheit, doch am Steuer tat er etwas, was dem stark ähnelte: Er sprach mit anderen Autofahrern. Saß jemand bei ihm im Wagen, dann hielt er sich zurück, aber allein meckerte er munter drauflos. »Aber ja, Bursche, immer nur zu!« – »Ach, wir mußten wohl unbedingt überholen?« – »Ist ja schon gut, Angeber!« Auch jetzt, auf dem Nachhauseweg und mit achtzig Stundenkilometern auf der Schnellstraße nach Heerhugowaard und Sint Pancras, gab er wieder Bemerkungen von sich, nicht einmal aus Ungeduld oder Ärger, sondern damit sein Augenmerk für den Fahrstil anderer ihn vielleicht davon abhielt, allzuviel über die Ereignisse dieses Tages nachzudenken. Leider wollte es nicht glücken. Theo zischte und schimpfte und dachte dabei nur an Iris.

»Radfahren und Schlittschuhlaufen, das sind typisch weiße Beschäftigungen. Schon mal einen Neger bei der Tour de France gesehen?«

Sie hatte einen Widerwillen gegen das Radfahren. Fand eine Frau auf dem Rad »nicht zum Ansehen«. Ein Mann, der radelte, war ein Trottel. Selbst Rennrad und Mountainbike fanden bei ihr keine Gnade. Sollte sie plötzlich bekehrt worden sein und sich ein Fahrrad gekauft haben, dann hätte sie es ihm am Dienstag mit unterdrücktem Lachen erzählt. Es war möglich, daß Ferweda irgend etwas verwechselt hatte und daß sie zu Hause hingefallen war oder sich eine Sportverletzung zugezogen hatte. Aber diese Erklärung erschien Theo zu einfach. Vielleicht hatte sie Ferweda den wahren Grund ihrer Abwesenheit nicht erzählen wollen. Aber warum dann gerade diese Lüge mit dem Fahrrad? Und war tatsächlich etwas mit ihrem Kiefer, hatte sie sich wirklich den Arm verstaucht? Mit einer Verstauchung konnte man schwerlich zwei Tage später schon wieder Sportunterricht erteilen. Vielleicht hatte sie geahnt, daß er sich bei Ferweda nach dem Grund ihrer Abwesenheit erkundigen würde und aus diesem Grund einen Fahrradsturz erfunden, um ihm, Theo, indirekt mitzuteilen, daß ihr etwas zugestoßen sei, das sie Dritten nicht erzählen konnte, und daß sie seine Hilfe brauchte.

Er sah zwar ein, daß dieser Gedanke ziemlich weither geholt war. Seine Besorgtheit und sein Argwohn wurden davon aber nicht weniger. Er hatte sogar in Erwägung gezogen, zu ihr hinzufahren. Doch das hätte ihn kaum weitergebracht. Er konnte schlecht zu dieser Tageszeit vor ihrer Tür auftauchen. Wahrscheinlich war Sidney schon zu Hause. Anrufen ging auch nicht. Die Verabredung war nun einmal, sich nie gegenseitig anzurufen. Es wäre unvernünftig, würde er gerade jetzt diese Übereinkunft zum ersten Mal brechen. Sie würde seinen Anruf nicht schätzen und seine Sorge aufdringlich finden, ganz abgesehen von der Tatsache, daß er sie in eine schwierige Situation brächte, falls Sidney tatsächlich schon zu Hause war. Welchen Grund hatte der Niederländischlehrer, die Sportlehrerin anzurufen?

Es hatte keinen Zweck, sich den Kopf über Iris' Abwesenheit zu zerbrechen. Außerdem konnte er es sich nicht erlauben. Es gab dringendere Fragen. Wie sollte er Sylvia erklären, was ihm in der Schule passiert war? Theo fragte sich, ob er ihr von dem Zwischenfall mit Wouter Nijman erzählen konnte, ohne etwas über dessen Anspielungen bezüglich seiner Affäre mit Iris zu enthüllen. Er konnte natürlich alles verschweigen und Krankheit fingieren, das würde keinen Argwohn wecken. Schließlich war ihm an diesem Morgen ganz authentisch schlecht geworden, und Sylvia würde sich sicher nicht wundern, wenn er um seiner Gesundheit willen den Entschluß faßte, einmal ein paar Tage nicht zur Arbeit zu gehen.

Zu Hause angekommen, hatte Theo sich noch immer keine glaubwürdige Geschichte zurechtgelegt. Er stand in der Küche, wusch sich die Hände über der Spüle und rief zur Begrüßung Sylvias Namen. Ihre Antwort kam von oben, aus dem Schlafzimmer. Ihre Stimme entfachte eine angstvolle Unruhe in ihm. Theo hatte sich schon daran gewöhnt, viel verbergen zu müssen, aber er vermutete, daß der Mißerfolg und die Schande von heute sich in einem Augenaufschlag von seinem Gesicht ablesen ließen.

Sylvia kam die Treppe herunter. Sie sagte: »Du kommst aber spät.«

Ach! Das allereinfachste hatte er übersehen: sich auszudenken, weshalb er nicht zur gewohnten Zeit nach Hause gekommen war. Aber Sylvia schien keine Erklärung zu erwarten, sondern stellte sich neben ihn, holte zwei Teetassen aus dem Küchenschrank und sagte: »Hast du es schon gesehen?«

Schon gesehen? Theo drehte den Wasserhahn zu und griff zum Handtuch.

»Was gesehen?« fragte er, und dachte: »Das Schlimmste vom Schlimmsten natürlich.« Ein demütigender Bericht in der Abendausgabe des *Noordhollandsch Dagblad,* Beilage »Stadt und Umgebung«. Er sah die Überschrift schon vor sich: »Drama am Westfriesischen Kolleg. Schüler (15) von Lehrer Niederländisch mißhandelt«. Etwas in der Art.

»Den Menschenauflauf vor dem Haus der Does, was sonst? Bei ihnen ist heute eingebrochen worden. Am hellichten Tag, stell dir vor.«

Theo hängte das Handtuch auf seinen Haken.

»Ist mir überhaupt nicht aufgefallen.« Offenbar hatten zu erdenkende Finten und Ausflüchte ihn so sehr mit Beschlag belegt, daß er den Toyota taub und blind in die Einfahrt manövriert hatte.

»Meine Güte, Theo. Hast du nicht einmal den Streifenwagen bemerkt?«

Ungläubig studierte Sylvia sein Gesicht.

»Sechs Häuser weiter«, sagte sie. »Ebensogut hätte es uns treffen können. Die Does haben es erst am Nachmittag gemerkt. Sie war heute früh einkaufen gewesen. Ihr Haus ist ein einziger Scherbenhaufen. Sie hält sich noch ganz tapfer, aber er scheint wirklich mit den Nerven am Ende zu sein. Allein schon die Vorstellung ... das Haus leergeräumt, während man wie immer bei der Arbeit oder zum Einkaufen ist.«

»Fürchterlich«, sagte Theo. Er empfand ein sentimentales Mitgefühl für das Ehepaar Does, das hauptsächlich der Erleichterung darüber entsprang, daß Sylvias Empörung nichts mit ihm zu schaffen hatte.

»Alles, was überhaupt irgendwie von Wert war, haben sie mitgehen lassen«, sagte sie. »Und den Rest entzweigeschlagen, im Wohnzimmer, der Küche, überall.«

Jetzt ließ Theo den Blick schweifen, stellte sich ihr Interieur in zerstörtem Zustand vor. Bei der Vorstellung, daß ihnen ein Einbruch erspart geblieben war, schien ihr wohlbehüteter Besitz sofort an Glanz zu gewinnen. Er beugte sich über den Küchentresen zum Fenster und sah nach draußen. In der Straße stand tatsächlich ein Streifenwagen.

»Meinst du, es sieht komisch aus, wenn wir kurz mal hingehen?« fragte er.

»Aber nein. Als ich nach Hause kam, war so ungefähr die ganze Straße da.«

Sie zogen sich beide eine Jacke über. Draußen sagte

Sylvia: »Ach. Fast alle sind schon wieder gegangen, sehe ich.«

Auf dem Gehsteig vor dem Doesschen Haus trieben sich tatsächlich nur noch einige Kinder herum, von denen die meisten vor allem an dem Streifenwagen interessiert waren.

Die Nasen gegen die Seitenfenster gepreßt und die Hände an die Scheiben gelegt, untersuchten sie die unter dem Armaturenbrett eingebaute Computerapparatur. Aus geringer Entfernung verfolgte Theo die Betriebsamkeit im Haus des Ehepaars Does. Noch war hellichter Tag, aber im Wohnzimmer brannte weißes Licht. Die Gardinen waren zur Seite geschoben. Zwei Männer, wahrscheinlich von der Spurensicherung, machten Fotos von den Verheerungen; ein dritter hockte vor einem weißen Buffet und fuhr mit einem Pinsel über die Schubladengriffe. Die Diebe mußten die Zimmerpflanzen von der Fensterbank gemäht haben. Auch eine Schrankwand war umgestürzt, ein Großteil des Zimmers übersät mit Büchern, zertretenen Pflanzen, Bilderrahmen und Scherben. Vor das eingeschlagene Küchenfenster war eine Hartfaserplatte gesetzt.

Frau Does erschien am Wohnzimmerfenster. Als sie Sylvia und Theo erblickte, winkte sie mit schlaffer Hand. Theo kannte das Ehepaar Does lediglich vom Grüßen im Vorbeigehen und vom Small talk im Einkaufszentrum. Sie waren schon etwas älter, er arbeitete als Schaufensterdekorateur und hatte nur noch wenige Jahre bis zu seiner Pensionierung vor sich, sie sprach bei jeder flüchtigen Begegnung todsicher von ihren beiden Söhnen, die schon aus dem Haus waren. Vom Gehalt eines Schaufensterdekorateurs konnte man sich kein Eigentum in Bergermeer leisten; die Geschichte kursierte, sie hätten das Haus mit einem Gewinn aus einer deutschen Lotterie finanziert.

Theo machte eine Geste, die Mitgefühl ausdrücken sollte, die Frau Does jedoch als Zeichen schüchterner Neugier aufzufassen schien. Sie trat aus dem Wohnzimmer, öffnete die Haustür und kam in den Garten. Drei Jungen stiegen von ihren Fahrrädern und huschten durch den Vorgarten. Hinter Frau Does' Rücken lugten sie durch den offenen Türspalt ins Haus.

»Ich hab's gerade gehört«, sagte Theo. »Ist ja entsetzlich.«

Frau Does nickte mit halboffenem Mund und sah eine Weile vor sich hin.

»Ich war wie immer in die Stadt gefahren, und danach zu meinem Sohn in Overdie«, sagte sie.

»Wie geht es Ihrem Mann?« fragte Sylvia.

»Geht schon wieder. Heute nachmittag war er völlig aus der Fassung. Tja, wen wundert's. Fernseher, Video, Stereoanlage, CDs, alles weg ... Sogar seine Fleischmann-Eisenbahnsammlung haben sie mitgenommen. Die stand in Kartons verpackt im Bügelzimmer. Und ein handgewebter Wandteppich mit dem Matterhorn, den wir '78 noch in Zermatt gekauft hatten – auch weg. Man fragt sich, was die damit wollen. Er ist kaum was wert, aber für uns ist er unersetzlich.«

Frau Does hatte das alles wahrscheinlich schon mehrere Male erzählt, denn irgendwann spulte sie ihre Sätze nur noch herunter, und ihre Stimme nahm einen merkwürdigen, routinierten Klang an.

»Hat denn niemand in der Straße etwas gesehen?« fragte Theo.

»Niemand, überhaupt niemand«, sagte Frau Does mit Nachdruck, als werfe sie dies ihren Nachbarn vor.

»Wie entsetzlich«, wiederholte Theo zur Sicherheit noch einmal. Soziale Kontrolle war ein ärgerlicher Euphemismus für Einmischung und nachbarliche Topfguckerei, aber daß kein einziger Anwohner am Morgen etwas Verdächtiges bemerkt hatte, war ein Grund zu ernsthafter Sorge.

»Wenn wir irgendwie helfen können ...«, sagte Sylvia.

Frau Does wandte sich gequält ab. Mit hängenden Schultern inspizierte sie den Rasen in ihrem Garten. Sylvia warf ihm einen fragenden Blick zu: »Habe ich etwas Falsches gesagt?« Theo zuckte mit den Achseln. Die Haltung dieser Person ärgerte ihn. Unter ihrem Defätismus schwelte Unversöhnlichkeit; sie hegte einen Groll, wußte Theo, und das nicht einmal in erster Linie auf die Diebe, sondern auf sie, die Nachbarn. Frau Does konnte es nicht verschmerzen, daß ausgerechnet bei ihnen eingebrochen worden war und nicht ein paar Häuser weiter, bei dem jungen Ehepaar mit dem doppelten Einkommen.

Einer der Polizeibeamten erschien in der Tür und scheuchte die Kinder aus dem Garten. Frau Does wandte sich um und sagte: »Ach. Also, ich gehe wieder ins Haus.« Und sie lächelte dem Beamten dienstbeflissen zu, der mit professioneller Aufmerksamkeit an ihr vorbei die Straße hinuntersah. Theo ertappte sich dabei, daß er sich von dem Beamten in Zivil beschützt fühlte, dessen Adlerblick natürlich etwas Lächerliches hatte; der Mann spähte die Straße hinunter, als könne auch jetzt, während der Streifenwagen vor der Tür stand, jeden Augenblick allerlei Gesindel aufkreuzen.

Auf dem Weg nach Hause legte Theo einen Augenblick lang seine Hand auf Sylvias Rücken und erzählte, er habe vergessen, ihren Vater anzurufen.

»Hab' ich mir schon gedacht«, sagte sie, und das war alles. Sie zeigte keine Spur von Empörung über seine Nachlässigkeit.

»Wirklich, ich bin überhaupt nicht dazu gekommen«, sagte er. »Die Schule war heute das reinste Irrenhaus.«

Theo musterte sie von der Seite. Ihr Mangel an Interesse erstaunte und irritierte ihn. Wer hatte denn gestern abend ein solches Drama aus dem Streit mit ihrem Vater gemacht?

Sylvia zog den Reißverschluß ihrer Jacke zu und sagte: »Ich habe heute mittag sofort eine Einbruchschutzfirma angerufen, eine in Krommenie. Ein Haus optimal zu sichern, das koste schon einen Tag Arbeit, haben sie gesagt. Morgen früh kommt jemand von ihrem Sofortdienst vorbei. So was fällt allerdings nicht unter den Normaltarif, es kostet hundertdreißig Gulden extra.«

»Ist das nicht ein bißchen übertrieben?« fragte Theo. »Die Einbrecher kommen doch in nächster Zeit nicht hierher zurück. Das wäre doch wohl etwas sehr auffällig.« Es behagte ihm, sich in das Problem zu vertiefen; alles andere wurde dadurch in den Hintergrund gedrängt.

»Ist mir völlig gleich. Ich will Metallstreifen an den Fenstern. Und eine elektronische Alarmanlage mit Infrarotsuchern. Und Telefonalarm.«

Theo kratzte sich am Hals und zog die Augenbrauen hoch.

»Nur zu«, sagte er. »Warum nicht gleich stählerne Rolläden?«

Jetzt sah sie ihn prüfend an.

»Wäre gar keine so schlechte Idee.« Sie sagte es ohne eine Spur von Ironie.

»Und das alles muß gleich morgen geschehen?«

»Ich finde, ja.«

»Aber dann ist doch niemand zu Hause?«

Er blieb ganz locker, während er log. Offenbar hatten sich Angst und Nervosität schon abgenutzt, seit das Lügen Routine geworden war.

»Ich habe mir für morgen frei genommen.«

Diese Mitteilung kam so unerwartet, daß Theo zusammenzuckte und wegsah. Monatelang hatte er nicht einen Tag in der Schule gefehlt, und jetzt, wo es ihm mehr oder weniger auferlegt war und er es ihr hatte verschweigen wollen, nahm seine Frau sich einen Tag frei. Um seine Verstimmtheit zu verbergen, sah er hinter ihrem Rücken zu den Wohnungen auf der anderen Straßenseite hin. Es schien, als herrsche dort drinnen mehr Betriebsamkeit als sonst; als wollten die Familien durch häusliche Aktivität eine kommende Gefahr bannen. Vielleicht führte die gemeinsame Furcht vor Einbrechern zu einem neuen Zusammengehörigkeitsgefühl unter den Bewohnern des Viertels. Theo stellte ein umgefallenes Fahrrad gegen die Wand einer Garage. Ein behagliches Gefühl von Gemeinschaft überkam ihn, gespeist von dem Gedanken, daß Ordnung in der Nachbarschaft die beste Verteidigung gegen Gefahr und Einbruchsdiebstähle sei.

»Sieh mal, Syl, diese Idioten kommen doch nicht und brechen einen Abend später in genau derselben Straße ein. Und auch wenn es vielleicht herzlos klingt: Jetzt, wo es zwei Häuser weiter passiert ist, ist die Gefahr für uns statistisch betrachtet kleiner geworden.«

»Was für ein Unsinn«, sagte Sylvia, »als ob ein Krimineller sich um Statistiken schert. Und außerdem, wer kontrolliert hier jeden Abend zehnmal die Hintertür? Du, würde ich sagen. Und jetzt, wo wirklich etwas passiert ist, noch dazu am hellichten Tag, bagatellisierst du die Sache. Versuchst du vielleicht, dich selbst zu beruhigen?«

»Schon möglich. Ich weiß es nicht«, antwortete Theo wahrheitsgemäß. Sie gingen durch die Hintertür ins Haus, die er vorher nur angelehnt hatte. Das tat er sonst nie, natürlich nicht, aber wenn sowieso schon Polizei in der Straße war, konnte man die Gelegenheit auch gleich nutzen, nach langer Zeit wieder einmal zu erleben, wie schön es sich anfühlte, die Hintertür nicht abzuschließen und bloß anzulehnen. Haustüren blieben nicht mehr offen, auch nicht weit außerhalb des Ballungsgebiets, machte Theo sich klar. Das war Folklore geworden, ein unwiderruflich verlorengegangenes Privileg, wie auch der Brauch des hinter dem Briefschlitz der Haustür entlanglaufenden Seilzugs, der als Türöffner diente, in relativ kurzer Zeit außer Mode gekommen war. Seine Generation konnte als letzte auf eine Jugend zurückblicken, in der die Straße, die man bewohnte, die organische Verlängerung von Wohnzimmern und Hausgärten gewesen war, ein großes Terrain für sorglose Spiele, das sich bis in die Häuser der Freunde in der Umgebung erstreckte, bei denen man unzählige Male ein und aus ging, ohne je auf doppelte Türschlösser, Metallstreifen und Infrarotsucher zu stoßen. Vor einigen Wochen war er beim Ausräumen eines Schranks im Arbeitszimmer auf ein Erinnerungsalbum aus seinen Vorschuljahren gestoßen, das seine Eltern angelegt hatten. Eine Woche vor seinem fünften Geburtstag hatte die Familie Altena im *Alkmaarsch Weekblad* gestanden; aus dem väterlichen Simca war ein Koffer gestohlen worden. Das Seitenfenster eingeschlagen, ein Schloß aufgebrochen. Und tatsächlich war jemand von der Zeitung gekommen und hatte seinen Vater interviewt. Familienfoto und ein dreispaltiger Artikel. Eigens für das Foto hatte sein Vater den beschädigten Simca ein Stück weit in den Vorgarten gefahren. Seine Eltern standen rechts und links vom Wagen, je einen Arm auf das Autodach gelegt. Er selbst durfte zusammen mit seinem Bruder auf der Motorhaube sitzen – eine Idee des Fotografen. Eine hübsche Aufnahme war es geworden; die Zeitung wurde in der ganzen Verwandtschaft herumgereicht. Bis vor vier, fünf Jahren hatte Theo sich über ältere Leute geärgert, die dem schlichten, soliden und sicheren Land hinterherjammerten, welches endgültig verschwunden zu sein schien. Jetzt würde es nicht mehr lange dauern, bis auch er sich darüber beklagen würde, und das, obwohl er faktisch noch längst nicht alt genug dafür war.

Abends sahen sie sich im Bett einen Spielfilm auf Video an. Als Sylvia kurz nach zwölf im Badezimmer verschwand, kontrollierte Theo Türen und Fenster – nicht zehn-, sondern lediglich einmal. Wieder im Schlafzimmer, zog er sich um. Sylvia fragte, ob er noch weitere Schwächeanfälle gehabt habe.

»Einmal war ich wieder kurz davor. Aber da habe ich auf meine Atmung geachtet.«

Ihre Augen verrieten Sorge und Aufmerksamkeit, aber sie fragte nicht weiter. Zu müde, erkannte Theo. Sie saß auf der Bettkante und trug ein blaues, verwaschenes T-Shirt, das ihr bis zu den Knien reichte. Das Flurlicht schien durch das kleine Fenster über der Schlafzimmertür herein und warf ein dämmergelbes Viereck an die Decke. Theo hockte sich vor das Fernsehmöbel und schaltete den Videorecorder ab. Plötzlich spürte er ein Brennen im Hals. Wenn er ihr jetzt alles erzählte, nicht nur den Zwischenfall mit Wouter Nijman und das Gespräch mit Ferweda, sondern alles, was würde dann geschehen? Streit, Geschrei, Treppen auf und ab, Türenschlagen, Tränenausbrüche. Oder sie würde sich anziehen, den Wagen nehmen und mitten in der Nacht zu ihren Eltern fahren. Das hatte sie schon einmal aus geringerem Anlaß getan. Nach Zwistigkeiten war meist er derjenige, der einen Vorschlag zur Güte machte, und meistens ging sie darauf mit einer Leichtigkeit ein, die ihn immer noch in Erstaunen versetzen konnte. Oder sie zögerten während eines Streits den Augenblick der Versöhnung mittels einiger bissiger Bemerkungen noch etwas hinaus, weil sie wußten, daß sich nach langem und heftigem Streit so schön miteinander Liebe machen ließ. Selten hatten sie sich schlafen gelegt, ohne daß der Streit sich ausgetobt hatte; und wenn, gab es die unausgesprochene Verabredung, sich im Bett auszusöhnen. Ach, die erste unbestimmte Liebkosung in gespieltem Halbschlaf, die Feindschaft in den ersten Zärtlichkeiten noch nachschwelend, der stille Vorwurf, den sie beide in ihre zögerlichen Küsse legen konnten, und zuletzt das warmverdrießliche Bumsen, ihre Geilheit gespeist durch eine Art zähflüssiger Betrübnis, die an die Zeit vor ihrer Hochzeit erinnerte, als sie noch ein Zimmer in Amsterdam bewohnten und sich irgendwann hatten und nicht wußten, oder nicht zu wissen vorgaben, ob sie eigentlich miteinander weitermachen wollten. Er vermißte es, dieses melancholische Vögeln. Schon vor sehr langer Zeit hatte Sylvia zum letzten Mal nach dem Orgasmus leise geweint. Und er hatte schön so tun können, als ob er sie tröstete, während beide nur allzu gut wußten, daß sie keines Trostes bedurfte. Er selbst hatte während des Sex oder direkt danach noch nie eine Träne vergossen. Gewollt zwar, aber sich nie getraut. Ein paarmal war es fast soweit gewesen, da war er gleich im Anschluß ins Bad verschwunden. Brennende Augen, während er matt dastand und pinkelte.

Sylvia war innerhalb weniger Minuten eingeschlafen. Wie üblich wollte Theo dies nicht gelingen. Er versuchte zu lesen. Die Adern auf seinem Handrücken schlängelten sich unter dem weißen Halogenlicht der kleinen Bettlampe, wenn er die Finger bewegte und eine Seite umschlug. Nach einiger Zeit schlich er sich aus dem Bett und ging die Treppe hinunter. Heiße Milch, Zigarette, Lehnsessel. Es war halb zwei, in drei Wohnzimmern gegenüber brannte noch Licht. Normalerweise war zu dieser Stunde alles dunkel, und er war als einziger in der Straße noch auf. Jetzt hatten einige Familien offenbar beschlossen, Wache zu schieben oder in jedem Fall den Eindruck zu erwecken, es werde nicht geschlafen. Das Lampenlicht gegenüber machte sein Wachen weniger exzentrisch; seine Schlaflosigkeit war plötzlich legal und sinnvoll. Oft genug hatte er die Phantasie gehabt, hier unten tatsächlich zu wachen – über Sylvia. Es begann damit, daß er sich vorstellte, wovon sie träumte. Dann dachte er an ihre regelmäßigen Atemzüge, denen er, andächtig daliegend, gelauscht hatte, ehe er aus dem Bett gestiegen war. Meistens lag sie auf dem Rücken, die Arme unter dem Kopf verschränkt – wie ein kleiner Dichter, der in einer Dünensenke mit geschlossenen Augen zu den Sternen blickt. Im Bett verspürte er manchmal die Neigung, sie sanft wachzurütteln, nicht weil er ihr die Nachtruhe nicht gönnte, sondern um von der regelmäßig wiederkehrenden Zwangsidee erlöst zu sein, sie könne schlafend in ein Koma fallen. Mitunter faßte er sie tatsächlich an und flüsterte ihren Namen. Dann schlug sie die Augen auf und sah ihn mit jener kindlichen Verwunderung an, die sie nur im Halbschlaf zeigte. Selten erinnerte sie sich am nächsten Morgen an sein Flüstern. Saß er dann wieder unten in seinem Sessel, überfiel ihn manchmal erneut das Schreckgespenst ihres Komas. Lavendel- und Desinfektionsgeruch, Ärzte und Assistenzärzte um ihr Bett, das zeitlose Weiß der kühlen Krankenhausbettwäsche. Zur Ablenkung schaltete er manchmal den Fernseher ein. Nachtprogramme, Videoclips, CNN, Rai Uno – nichts konnte ihn von seinen Ängsten abbringen. Oben hing noch immer seine Geliebte am Tropf, ein Infusionsbeutel klumpte wie ein Bienenvolk an dem Ständer neben ihrem Bett. An der Wand neben ihrem Nachtschrank stand ein Rollwagen mit EKG-Monitor. Das Elektrokardiogramm zeigte eine dünne Linie, die regelmäßig Wellen machte; ihr Herzschlag ein türkiser Streifen Meer, wie in einem Zeichentrickfilm für Kinder.

Diese Nacht war Theo für irgendeine Angstvorstellung hinsichtlich Krankheit und Koma kaum empfänglich. Er saß hellwach in dem bequemen Sessel und hatte soeben beschlossen, zum ersten Mal in den Monaten seiner

Schlaflosigkeit nicht eine, sondern zwei Schlaftabletten zu nehmen. Dies eine Mal durfte es sein, fand er. Schließlich wurde einem nicht jeden Tag auf der Arbeit derartig Bescheid gestoßen.

In der Küche nahm er mit einem Glas Apfelsaft die Tabletten ein. Vierzig Milligramm Novanox – genug, sämtliche Rüpel aus der 3 f damit zu fällen. Er legte seine Brille auf dem Küchentresen ab. Eine Viertelstunde später wankte er die Treppe hinauf, eine Schwere hinter den Augen, die angefacht zu werden schien von einem Kompressor unter seiner Schädeldecke, der seine Augäpfel mit einem gasigen Schlummer vollpumpte. Benommen stellte er sich eine Art erhabenen Schlaf vor, der seine Augen aufschwellen ließ. Seine Augäpfel würden schmelzen, ausfließendes Augenweiß seine Wangen benetzen, ein hauchfeiner Schleier überdehnter Hornhaut sein Gesicht überdecken.

In einem klaren Moment, ehe er wegsank, stellte Theo den Wecker. Zehn vor sieben, die normale Zeit. So schwer wurde es hinter seinen Augen, daß er sich größer vorkam als die Nacht. Diesmal würde er nicht schlafen, sondern zauberumstrickt implodieren.

Sechzehn

Sylvia mußte meinen, er sei wie gewohnt zur Schule gefahren, aber in Wirklichkeit war Theo fast drei Stunden lang durch Laat und Langestraat gebummelt. Am Morgen hatte er wie immer sein Lunchpaket fertiggemacht und war pünktlich um halb acht zu Hause aufgebrochen, insgeheim bestürzt über die Entdeckung, daß das Vortäuschen der täglichen Routine ihm so leicht von der Hand gegangen war. In aller Frühe war er zu einer Autoreparaturfirma in Alkmaar Noord gefahren und hatte seinen Außenspiegel auswechseln lassen. Danach hatte er sich gefragt, wie er durch den Tag kommen sollte. Mittlerweile war es Viertel vor elf, Theo saß in der Cafeteria des Kaufhauses Vroorn & Dreesman und erkundete mit der Zungenspitze einen hohlen Backenzahn. Er hatte soeben eine Füllung verloren. In einer Snackbar gegenüber des Kaufhauses hatte er sich einen Hot dog gekauft. Auf der Rolltreppe zum ersten Stock dann ein Knirschen zwischen den Zähnen; er hatte es zunächst für ein Steinchen im Brotteig gehalten. Im gleichen Moment war er mit der Zunge unwillkürlich die linke untere Reihe der Backenzähne entlanggefahren. Ein Schreck hatte ihn durchzuckt und ihn beide Mundwinkel nach unten ziehen lassen. Das Loch in seinem Zahn fühlte sich an, als habe er aus Versehen eine Nußschale in den Mund bekommen, die sich anstelle der Füllung in seinem Zahn festgesetzt habe. Theo hatte geflucht, die Hand zum Mund geführt und den Bissen so diskret wie möglich in seine Handfläche ausgespuckt. Mit dem Zeigefinger hatte er in dem halb zerkauten Brei gestochert und das Stückchen Plombe herausgefischt. Wie ein kleiner

Brocken Eisenerz. Mit abgewandtem Gesicht hatte er den Klacks Teig und Fleisch auf eine Stufe der Rolltreppe fallenlassen. Von schräg gegenüber, auf der Rolltreppe nach unten, hatten stetig sinkende Damen ihn angestarrt.

Er hatte sich gerade einen Espresso am Schnellbuffet geholt und war auf dem Weg zurück zu seinem Platz. Mit dem ersten Schluck zuckte ein derart heftiger Schmerz aus dem ramponierten Zahn durch den Kiefer in sein linkes Ohr, daß er die Schultern hochzog und die Augen zusammenkniff. Quälende Gedanken, währenddessen. Sehr sporadisch tief Sylvia in der Schule an; vielleicht würde sie es ausgerechnet heute auch tun, in der Elf-Uhr-Pause, um die Auswahl der Sicherungsvorrichtungen mit ihm zu besprechen. Bekäme sie also die Verwaltung an den Apparat. »Ist mir unverständlich, Frau Altena. Ihr Mann ist doch heute zu Hause geblieben.« Er hätte Sylvia zumindest einen Teil der Wahrheit erzählen müssen, es hätte ihm diese Stunden eisiger Eintönigkeit und stetig steigender Selbstverachtung erspart. Wie ein sozial Benachteiligter saß er hier herum, der einzige Mann inmitten plappernder Frauen mit Frisuren wie schlaffen Schlagsahnetupfern. Vorübergehend hatte er mit dem Gedanken gespielt, zurück nach Hause zu fahren und sich damit herauszureden, daß ihn während der ersten oder zweiten Stunde wieder ein Schwächeanfall wie am Tag zuvor überfallen habe. Der Gedanke, daß in diesem Augenblick jemand mit Werkzeugen und Sicherungstechnik sein Haus belagerte, hatte ihn davon abgehalten. Für Theo war es eine Heimsuchung, Handwerker im Haus. Er war atechnisch, die Verdrahtung hinter einer Steckdose erschien ihm wie das Innere eines Ufos, und ebenso war jeder, der bei ihm zu Hause gegen Bezahlung an defekten Kabeln oder Leitungen herumfuhrwerkte, für ihn ein Wesen von einem anderen Stern, besonders wenn so jemand nach Erledigung seiner Arbeit in dem unbegreiflichen Kauderwelsch der Handwerker zu der Erklärung ansetzte, woran es denn gehapert habe. Sylvia hatte seinen Do-it-yourself-Analphabetismus seit Jahr und Tag akzeptiert, aber er fühlte sich immer noch miserabel, wenn schon bei dem kleinsten Schaden im Haus ein Profi geholt werden mußte, der daraufhin zu einem Stundenlohn anrückte, der zu Theos Ärger dem seinen annähernd gleichkam. Es war beschämend, zugeben zu müssen, daß man in solchen Augenblicken gänzlich von Männern abhängig war, die mit der Sprachfertigkeit eines Rhinozeros anzügliche Witze rissen und deren Anwesenheit innerhalb kürzester Zeit einen Geruch von altem Schweiß und Senkgrube im Haus verbreitete. Der Rohrbruch mochte behoben sein, aber das Haus stank noch zwei Tage später nach Klempner. Und jedesmal fragten sie irgendwann mittendrin, ob sie »mal eben de Tollette benutzen derften«. Pißten dann plätschernd halb neben den Beckenrand, sofern sie nicht arbeiteresk gleich einen großen Haufen machten. Das Ironische war natürlich, daß sich genau die, die wochentags ihre heilsbringenden Tätigkeiten am Haus verrichteten, am Wochenende in den allerabgründigsten Kneipen volllaufen ließen und einem sofort eins auf die Birne gaben, wenn man sie, gerade aus dem Kino gekommen, sehr höflich bat, gegen etwas anderes als die eigene Autotür zu pinkeln – denn daran erkannte man den postmodernen Rabauken: Überall und immer mußte die Blase entleert werden, vorzugsweise auf anderer Leute Klo oder noch lieber draußen in aller Öffentlichkeit. Gern kündigten sie mit euphorischem Gewieher an, sie müßten »mal eben Onkel Jupp die Hand reichen« – und hopp, ging der Hosenstall auf und eine Brandmauer, Laterne oder Schaufensterfront wurde mit einer Duftmarke versehen. Fortschritt war und blieb eine Illusion; das Mittelalter würde niemals enden.

Elf Uhr mittlerweile. Theo ließ den Blick durch die Cafeteria schweifen. Den ganzen Morgen hatte er der Versuchung widerstanden, doch noch nach Hoorn zu fahren und nachzusehen, ob Iris schon wieder in der Schule war. Donnerstags hatte sie bloß fünf Stunden und fuhr um eins nach Hause. Er könnte am Nachmittag kurz zu ihr reinschauen, könnte dann auch gleich hören, ob sie wirklich vom Fahrrad gefallen war. Wenn ja, würde er als scherzhafte Entschuldigung vorbringen, er wolle einen Nachmittag lang ihr Krankenpfleger sein.

Zwei Tische weiter beugten sich drei Mädchen flüsternd über ihre Cola-Gläser. Eine hatte einen Sturzhelm dabei, den sie kopfüber auf einen Stuhl neben sich gelegt hatte und der jetzt als Korb für ihre kleine Handtasche fungierte. Hätten Schülerinnen von ihm sein können. Das war auch so etwas: Gleich würde ihm hier eine Mutter begegnen und ihn ansprechen. »Was, Herr Altena, heute nicht in der Schule? Ich dachte, mein Sohn hätte heute bei Ihnen Unterricht!« Was würde er antworten? Die 3 f übrigens hatte sich bestimmt ins Fäustchen gelacht, als sie seinen Namen auf dem Anschlagbrett entdeckte. Gestern noch der Krach mit Wouter Nijman, und heute ist sie zufällig nicht da, die Nase.

Theo faltete die Hände, streckte die Arme und ließ seine Knöchel knacken. Dann schob er so abrupt seinen Stuhl zurück, daß die drei Mädchen ihr Gegacker unterbrachen und zu ihm herübersahen. Hastig verließ er das Kaufhaus, und draußen war er sich sicher: Er würde nicht nach Hoorn fahren, sondern einfach nach Hause, egal ob er eine Ausrede parat hatte oder nicht. Im Auto stellte er das Radio auf volle Lautstärke. Er fuhr zu schnell und zweimal fast über Rot.

Vor seinem Haus stand ein weißer Lieferwagen mit roten Druckbuchstaben auf beiden Seiten: »Beco«. Im letzten Moment kamen ihm wieder Zweifel, und er verlangsamte die Fahrt. Er war noch nie während der Schulzeit nach Hause gekommen. Würde Sylvia ihm glauben, wenn er etwas von Schwindelgefühlen und Unwohlsein murmelte?

Theo bog in ein nahegelegenes Anwesen ein und parkte schräg auf dem Bürgersteig, halb auf der Auffahrt fremder Leute. Von hier aus hatte er die Vorderseite ihres Hauses im Blick, ohne daß Sylvia seinen Wagen sehen konnte. Hinter dem Fenster seines Arbeitszimmers war der Beco-Mann bei der Arbeit. Er stand auf der Trittleiter, die Sylvia für ihn aus dem Geräteschuppen geholt haben mußte, und bohrte Löcher in die Rahmen. Sogar das Obergeschoß wurde also gesichert; Infrarot rund um Schreibtisch und Bücherregale. Theo beobachtete die Tätigkeiten des Mannes, der eher noch ein Junge war, soweit Theo aus dieser Entfernung erkennen konnte. Dann sah er Sylvia in sein Zimmer treten. Er beugte sich ein Stück vor und legte den Arm aufs Lenkrad. Sie kam ans Fenster und hielt den Kopf in einer Weise schräg, die Theo einnehmend fand. Sie sagte etwas zu dem Burschen, der sich inzwischen zu ihr umgedreht hatte. Ab und zu deutete sie aufs Fenster. Sie trug eine Jeans und einen schwarzen Sweater, den sie immer wieder über ihren Po zog, eine Gewohnheit, die Theo bisweilen störte, ihn diesmal aber weich stimmte. Sylvia nahm die Bohrmaschine von dem Jungen entgegen und reichte ihm anschließend etwas Kleines, das Theo nicht erkennen konnte, wahrscheinlich einen Stift oder Schraubenzieher.

Fast eine Stunde lang verfolgte er jede Bewegung hinter den Fenstern seines Hauses. Er nahm dazu unterschiedliche Positionen ein. Zunächst postierte er sich hinter zwei Autos, die neben einer Grünfläche abgestellt waren. Kurz darauf stand er am Anfang der Straße, gegen ein Trafohäuschen gelehnt, und als die hinteren Zimmer an der Reihe waren und der Handwerker die

Trittleiter vom Arbeits- ins Schlafzimmer schleppte, zog Theo mit um und lief den Steg hinter den rückwärtigen Reihenhäusern entlang, wo er zwischen Spazierweg und Häusergrundstücken einen geschützten Platz zum Spionieren fand. Zweimal gesellte sich Sylvia zu dem jungen Mann; das erste Mal, um seine Tätigkeiten zu verfolgen, und danach, um ihm eine Tasse Kaffee zu bringen. Theo lebte auf. Es war befreiend, seine Frau so zu beobachten, und als sie dem Jungen den Kaffee gereicht hatte und ihren Kopf wieder in dieser bestimmten Weise schräg hielt, hatte Theo den Eindruck, seiner Frau näher zu sein denn je, gerade weil sie das gedämpfte Wohlbehagen ihrer Häuslichkeit nicht mit ihm, sondern mit einem Fremden teilte. Rührung ergriff ihn und ging über in eine verwirrende Erregtheit. Ob Sylvia da drinnen überlegt hatte, den jungen Mann zu verführen? Ob sie einen Moment lang die Phantasie einer plötzlichen Bettszene mit ihm gehabt hatte? Es war idiotisch, darüber nachzudenken, und gleichzeitig schien nichts selbstverständlicher, als daß Sylvia jetzt genüßlich drauflosflirten und sich dabei an der Aussicht auf heftigen Groschenromansex mit dem zweifellos attraktiven Monteur erhitzen würde, nach dessen Jungenhintern sie doch einfach geschielt haben mußte, als er da so auf der Trittleiter stand. Was wußte er von seiner Frau? Und was wußte er zum Beispiel von den Männern in ihrem Büro? Von welchem ihrer Kollegen wurde sie insgeheim begehrt, und an welche Männer und jungen Burschen hatte sie während ihrer Ehe irgendwann gedacht: ja, mit dem vielleicht, irgendwann? Er onanierte abends regelmäßig im Badezimmer, besonders nachdem er bei Iris gewesen war; tat sie es manchmal mit sich selbst, wenn sie allein zu Hause war? Theo fühlte sich leicht im Kopf, seine Achseln und Hände begannen zu kribbeln. Der Junge nahm einen Schluck von dem Kaffee, Syl verließ das Schlafzimmer und kehrte zurück, schob einen Vorhang wieder zurecht und verrückte auf der Fensterbank zwei kleine Bilderrahmen, die dort im Weg standen. Aus dieser Entfernung schien es, als bewegten die beiden sich mit der Trägheit von Tiefseetauchern, und mit glühenden Wangen verfolgte Theo noch ein paar Minuten lang die kleine Serie alltäglicher Aktivitäten, in dem leicht betäubenden Bewußtsein, daß er etwas Größeres und Umfassenderes beobachtet hatte als den häuslichen Umgang seiner Frau mit einem Fremden und daß ihm soeben eine für gewöhnlich kaum wahrnehmbare Hingabe und Reinheit offenbart worden war, mit der Menschen unbewußt einen magischen Glanz über die Dinge legen konnten. Wieder im Wagen und auf der alkmaarschen Umgehungsstraße, glühte die Euphorie noch nach und mündete in die Phantasie, er werde jetzt von Sylvia aus der Ferne observiert. Sie folgte ihm auf seinem Weg, hoch über ihm schwebend wie eine milde Schicksalsgöttin, und Theo stellte sich vor, wie seine Frau beifällig nickte und ihm zuzwinkerte, als sie begriff, wohin er unterwegs war und wen er so unbedingt zu sehen verlangte.

Siebzehn

Zum ersten Mal seit Wochen hatte Theo ein Auge für die Schönheiten der Polderlandschaft. In dem Wissen, daß ihn keine Klasse von Pubertierenden erwartete, erfreute er sich an den Wällen, Deichen, Flurwegen und Baumgruppen, alles in geometrischer Übereinstimmung mit den Gras- und Bauflächen. Die Sonne war soeben durch die wattigen Wolkenklumpen gebrochen und legte hier und da einen silberweißen Glanz auf die Dächer der Haubargen. Er näherte sich Schermerhorn, rechts vom Weg begann der Eilandspolder, dessen feinmaschige Parzellen bis nach Graft und De Rijp reichten, hinter denen er die Blumenfelder von Beemstermeer wußte, schnurgerade Streifen von Gelb, Rot und Rosa, flach das Land bedeckend und streng in Reih und Glied wie Buntstifte in einem Zeichenkasten. Theo hatte das Seitenfenster heruntergedreht; von Zeit zu Zeit kam der Geruch von eingemietetem Gras in seinen Toyota gesegelt. Bis zu seinem achten Lebensjahr hatte er jeder Landschaft menschliche Eigenschaften zugeschrieben und war davon überzeugt gewesen, daß man außer mit Tieren auch mit einem Baum oder einer Blume und sogar mit einem Torfmoor oder einem Priel reden konnte. Und Erwachsene wußten es nicht, aber alles gab immer irgendwie Antwort! Das schöne war, daß er diesen Glauben nie ganz verloren hatte. Auch jetzt, als er mit gemächlichen siebzig durch die Schermermeer-Landschaft fuhr, überkam ihn das Verlangen, ein Gespräch zu beginnen. Einfühlsame Fragen an das Grasland über das allmähliche Verschwinden des Wiesenschaumkrauts und Huflattichs in den Feldern. Oder ein gutes Gespräch mit dem Schilfgürtel links von der Straße und fragen, weshalb entlang der Wassergräben noch keine Triebe an den Stengeln der Teichkolben zu sehen waren, jenen grandiosen Stinkzigarren, die man früher zu Hunderten aus dem Schilf pflücken konnte und die so schön in der Handfläche kribbelten, wenn man die Faust um sie schloß. Und war es bloß Einbildung oder war eine große Zahl von Pappeln von Frühjahr zu Frühjahr spärlicher belaubt? Selbst die alltäglichsten Feldblumen kamen zunehmend seltener vor; Gänseblümchen und Löwenzahn säumten seit einigen Jahren nicht mehr überall die Wegraine, und außerdem schienen sie kürzer zu blühen als vor zwanzig, fünfundzwanzig Jahren, als die Natur ihm wie ein großer, lieber Erbonkel erschienen war, der faul über die Erde hingestreckt dalag und dessen vieltönige Stimme nur von Kindern wie Theo gehört werden konnte, die gern mit Rispengras, Fingerhut und Rittersporn Gespräche führten, wenn sie mit ihren Eltern in den Sommerferien lange Radtouren durch die westfriesischen Polder unternahmen.

Das letzte Stück der Fahrt führte über die Autobahn. Über dem Flachland erhob sich die dreikantige Säule des McDonald's Drive-in-Restaurants. In Hoorn nahm er die Ausfahrt in die alte Innenstadt. Um herauszubekommen, ob Iris wieder in der Schule war, fuhr er zu den Fußballplätzen des HFC 56, wo man vom Wilhelminapark aus einen Blick auf den Parkplatz der Schule hatte. Dort stand tatsächlich ihr Volvo, rückwärts eingeparkt, mit der Kühlerhaube zum Schulgebäude. Theo sah, daß sie vergessen hatte, die Sonnenblende hochzuklappen. Ihr Nummernschild unter der Stoßstange hing schief.

Er hatte es ganz genau vorbereitet. Iris hatte heute bloß fünf Unterrichtsstunden und fuhr in der Regel direkt nach ihrer letzten Stunde um ein Uhr nach Hause. Soweit er wußte, nahm sie immer die gleiche Strecke nach Kersenboogerd. Kurz vor der Gabelung des Willemswegs, an der Ausfahrt der Tankstelle, parkte er sein Auto. Von dieser Stelle aus durfte es nicht schwierig sein, ihre Aufmerksamkeit zu erlangen. Wie es dann weitergehen sollte, war ihm noch nicht klar. Er konnte sie zu einer Spazierfahrt einladen. Hatten sie nie getan, zusammen einen Ausflug unternommen, nicht einmal in eines der Dörfer um Hoorn. Oder sonst vielleicht zum Kaffeetrinken ins Dromedaris in Enkhuizen, mit Ausblick auf den Binnenhafen.

Seine Geduld wurde auf die Probe gestellt, erst gegen halb zwei sah er sie ankommen. Sie mußte an der Ampel warten, der Volvo war das dritte Auto in der Reihe. Theo tippte mit den Knöcheln auf die Hupe, streckte eine Hand aus dem offenen Fenster und winkte ihr zu. Iris sah zur Seite und erstarrte. Geräuschlos artikulierte er: will-mit-dir-reden. Doch sie nahm bloß die Hände vom Steuer. Ihr linker Arm war am Handgelenk mit einer elastischen Binde umwickelt. Sie ignorierte ihn, als er ein zweites Mal winkte, und noch bevor die Ampel auf Grün gesprungen war, wußte Theo: Sie fährt weiter.

Fluchend gab er Gas. Geradewegs durch Rot, ausweichen, überholen, abbremsen, sich einordnen. Auf der Fernstraße waren noch drei Autos zwischen ihnen. Vor ihm fuhr ein alter Citroën GS, hinter dem Steuer saß ein Jugendlicher mit Pferdeschwanz und Baseballmütze. Erst nach der zweiten Ampel sah er eine Gelegenheit, die Autos zu überholen und sich hinter ihr einzufädeln. Theo wußte nicht, ob sie ihn im Rückspiegel gesehen hatte. Vielleicht hatte sie gar nicht bemerkt, daß er ihr folgte. Bei der Kreuzung am Oostergouw wich er auf den Fahrstreifen für Linksabbieger aus und stand schließlich neben dem Volvo. Er beugte sich über die ganze Wagenbreite zur Seite, kurbelte das Beifahrerfenster runter und rief: »Was soll denn das?«

Sie hielt ihr Seitenfenster geschlossen. Er wedelte gebieterisch mit der Hand. Zuerst sah sie starr vor sich hin. Dann nickte sie, sehr kurz und nicht in seine Richtung, sondern zur Seitenstraße hin.

Sie fuhren in Kersenboogerd ein. Erleichtert folgte Theo ihr in eine Seitenstraße, die rechts von der Fernstraße abging. Die Straße machte eine U-Kurve und führte an aufgespültem Sand und neu entstehenden Wohnhäusern vorbei. Bei einem brachliegenden Gelände hinter einem gerade fertiggestellten Restaurant parkten sie Stoßstange an Stoßstange. Als er ausstieg, beschlich ihn zittrige Scham. Verfolgt hatte er sie, war ihr hinterhergefahren – Iris würde es gegen ihn verwenden können. »Glaubst du, ich möchte noch irgend etwas mit einem Kerl zu tun haben, der mir wie ein Verrückter nachsetzt? Mir derartig aufzulauern … direkt gespenstisch.« Blitzschnell fragte er sich, was er täte, wenn sie jetzt wieder davonfahren würde. Ja, was dann? Überholen, schneiden, einkeilen. Vielleicht. Ja. Er blieb stehen, um zu testen, ob sie tatsächlich wegfuhr, aber hauptsächlich, weil die Verbissenheit seiner Überlegungen ihn verwirrte.

Sie fuhr nicht weg.

Mit seinem Ehering klopfte er gegen die Scheibe an der Beifahrerseite. Fragend nickte er zum Türschloß hin. Iris langte herüber und öffnete die Wagentür.

Als er neben ihr saß, fragte er: »Wieso bist du denn weitergefahren?«

Sie antwortete nicht, sondern verschränkte seufzend die Arme.

Theo deutete auf den Verband.

»Ein Fahrradsturz?«

»Ja, genau.« Sie sagte es derart bissig, daß er von dem gutmütigen Scherz absah, den er in Gedanken gehabt hatte. Statt dessen fragte er wieder, weshalb sie weitergefahren sei.

Iris starrte vor sich hin, wobei ihr Blick bei der Windschutzscheibe des Volvos zu enden schien, als sehe sie die Scheibe an und nicht durch sie hindurch. Schließlich sagte sie. »Wie unglaublich dumm du gewesen bist, gestern.«

Umständlich drehte Theo sich zu ihr hin. Das stimmte nicht. Mußte er jetzt auch noch ihr gegenüber sein Recht verteidigen?

»Man kann hören, mit wem du heute früh gesprochen hast«, sagte er.

»So? Mit wem denn?«

»Mit Feldwebel Ferweda natürlich, mit wem sonst?«

Er hatte zumindest ein laues Grinsen erwartet. Aber sie verzog keine Miene.

»In der ersten Stunde hatte ich Realschüler der zweiten Klasse«, sagte sie. »Ich konnte sie kaum bändigen. Alles, was ich sagte, reizte sie zum Lachen. Es hörte nicht und nicht auf. Und nicht einfach bloß gelacht, nein, gebrüllt vor Lachen haben sie. Ich brauchte gar nicht erst zu fragen. Sie erzählten es auch so. ›He, Frau Pompier, Altena Niederländisch ist völlig verrückt geworden, er schmeißt jeden aus der Klasse, der irgendwas über Sie sagt.‹ Etwa das sagten sie. Den Witz des Jahrhunderts nannten sie es.«

»Alles Blödsinn«, entgegnete Theo und dachte fieberhaft darüber nach, wo er mit Einspruch und Gegenrede anfangen sollte.

»Ach wirklich? In den anderen Stunden habe ich genau die gleichen Geschichten gehört. Die ganze Schule spricht über nichts anderes. Deine angeblich noble Aktion zieht wie ein Lauffeuer durch alle Klassen, Theo, alle Klassen!«

Theo hatte beide Hände auf die Knie gelegt. Für Ferwedas Skepsis konnte er noch eine Erklärung finden, aber daß auch sie ihn wegen des Zwischenfalls mit der 3 f angreifen würde, hatte er zuallerletzt erwartet.

»Offenbar glaubst du alles, was man dir erzählt hat«, sagte er. »Nach meiner Version der Geschichte fragst du gar nicht erst.«

»Ach, komm schon! Irgendein pfiffiges Kerlchen macht einen Negerwitz, und du knallst sofort durch. Schleifst den Jungen an den Haaren durch den Flur. Was ist in dich gefahren?«

Das war zuviel. Mit der flachen Hand schlug Theo aufs Armaturenbrett.

»Verdammt, Iris, wofür hältst du mich? Ich habe niemanden durch den Flur geschleift. Und ein Negerwitz ... Wenn das alles gewesen wäre. Es war schon etwas ernster, würde ich sagen. Sie hatten Pornofotos auf meinen Schreibtisch gelegt, und zufällig alle von ...« – Negerinnen? Nein! – »schwarzen Modellen. Fast jede Stunde standen Karikaturen an der Tafel. Von dir und mir.«

Von der Seite sah sie ihn an, den Kopf schräg gelegt und eine Augenbraue hochgezogen. »Na und?« signalisierte die Augenbraue. Theo wich ihrem Blick aus. Sofort nach dem lächerlichen Schlag aufs Armaturenbrett war eine Art luzider Müdigkeit über ihn gekommen, wodurch alles, worüber er sich tags zuvor noch so aufgeregt hatte, plötzlich kaum mehr der Mühe wert schien. Widerwillig sagte er: »Ich bin nicht der einzige in der Schule, der einen Spitznamen hat, Iris. Für dich haben sie sich auch ein paar einfallen lassen, und nicht die nettesten. Die 3 f hat versucht, mich auf jede nur erdenkliche Art zu provozieren, Stunde um Stunde. Sie wußten es, das von dir und mir.«

»Das ist nicht wahr«, sagte sie, »niemand wußte es.«

Theo hätte beinahe laut aufgelacht.

»Ach, wirklich?« entgegnete er. »Darf ich dich eines Besseren belehren? Ich sprach gestern nachmittag mit Ferweda, und der sagte, alle hätten schon seit geraumer Zeit Bescheid gewußt.«

»Unsinn. Alle vermuteten etwas. Und keiner wußte es. Dafür hatten wir doch wohl gesorgt. Bis du dich gestern derart hast gehenlassen.« Iris musterte ihn eindringlich, als erwarte sie, in seinem Gesicht einen Charakterzug zu entdecken, der ihr bis dahin entgangen war.

»Ein *kel* bist du nicht, Theo Altena«, sagte sie schließlich.

»Wohl kaum«, antwortete er matt. Er wußte nicht, was das Wort bedeutete, hatte aber so seine Vermutungen.

»Ich meine, du bist nicht, nicht …« Sie seufzte. »Du hast es verdorben, ganz einfach.«

»Das Kerlchen, wie du ihn nanntest, heißt Wouter Nijman«, sagte Theo. »Du weißt, wer er ist?«

»Keine Ahnung.«

Das nahm er ihr nicht ab. Im Lehrzimmer sorgte Wouter Nijman regelmäßig für Gesprächsstoff. Doch Theo beließ es dabei.

»Nicht zu bändigen, der Junge«, sagt er. »Jeder, der ihn in der Klasse hat, kann dir das sagen. Er wohnt in Kersenboogerd, ganz in deiner Nähe, eine Straße weiter. Sein Vater scheint uns ein paarmal gesehen zu haben. So ist es in die Welt gelangt.«

Selbst das vermochte sie nicht zu überzeugen.

»Der Vater hat uns also zusammen gesehen. Und was heißt das? Dürfen Kollegen nicht außerhalb der Schule miteinander verkehren? Wenn du dir gestern nicht diese Blöße gegeben hättest, wäre es bei Gekicher und bloßen Vermutungen geblieben. Ja, jetzt ist natürlich alles anders, jetzt wissen es alle. Du hättest dabeisein müssen, heute früh im Lehrerzimmer. Allein schon die Blicke der Männer. Fiese, geile Äugelchen! So in der Art: Haben wir uns gleich gedacht, bei dem schwarzen heißblütigen Teufel. Und die Frauen … das war vielleicht erst was. Haben mich angeschaut, als hätte ich womöglich die Absicht, ihre Männer alle der Reihe nach durchzunehmen. Sehr schön, kann ich dir sagen. Verdammt, ich habe zwei Jahre hart gearbeitet, bis die Käsköppe endlich daran gewöhnt waren, daß eine Schwarze Weißen Unterricht gibt und nicht umgekehrt, und dann passiert das.«

Theo hatte nur mit halben Ohr zugehört. Es störte ihn, daß sie sich mehr um ihre geschädigte Reputation als um das Ende ihrer Affäre zu bekümmern schien. Ohne sie anzusehen sagte er: »Es tut mir leid, Iris, aber ich hätte den Jungen auch angefaßt, wenn nichts zwischen uns gewesen wäre.«

»Ich glaub' dir kein Wort.«

Theo zuckte mit den Schultern.

»Dann glaubst du mir eben nicht.«

Iris dachte nach.

»Angefaßt, hast du gesagt. Also hast du …«

»Nein, das habe ich nicht«, sagte Theo laut. »Was auch immer alle behaupten, ich habe den Jungen nicht durch den Flur geschleift.« Er zögerte und fügte dann hinzu: »Auch wenn ich es gern getan hätte.«

Letzeres schien sie als verdecktes Schuldeingeständnis aufzufassen. Höhnisch spitzte sie die Lippen. Theo schwieg einen Augenblick. Mit dem Wunsch, aus dem Wagen zu steigen, überfiel ihn zugleich eine eisige Unversöhnlichkeit. Daß Ferweda sein Vorgehen kritisiert hatte, war erniedrigend und kränkend, aber darüber ließ sich hinwegkommen. Daß sie aber jetzt dasselbe tat, war unverzeihlich. Gedehnt sagte er: »Ich toleriere keine rassistischen Scherze in meiner Klasse. Jetzt nicht und in Zukunft nicht. Wenn nächste Woche wieder so etwas in meiner Klasse vorkommt, reagiere ich exakt genauso. Keiner wird mich davon abbringen.«

Ihre Reaktion überraschte ihn ziemlich. Sie pfiff durch die Zähne und schüttelte den Kopf. Streifte heftig ihre Pumps ab und stemmte die nackten Füße neben die Pedale.

»Was bildest du dir eigentlich ein?« Sie hatte eine Kopfstimme, die er nicht von ihr kannte. »Du hast keine Ahnung, wovon du sprichst, Bursche. Ach, Herr Altena ist ja so ein Held, denn: Herr Altena schlägt gleich Krach, wenn einer einen Negerwitz macht. Wäre ich so drauf wie du, dann würde ich den ganzen Tag nur Konflikte austragen. Soll ich dir mal was sagen?«

Sie hatte angefangen zu schreien. Theo wußte nicht, wie er reagieren sollte, und legte verwirrt seine Hand auf ihren Arm. Mit einer wilden Bewegung befreite sie sich von ihm.

»Laß uns aus dem Wagen steigen«, sagte er, »und in dem Restaurant da einen Kaffee trinken, ja?«

»Nein. Hör zu.«

Sie bewohnte ein Zimmer in dem Studentenheim in Amsterdam-Noord. Eines Tages bestellte sie telefonisch ein Taxi zum Bahnhof. Sie war zwanzig, wollte ihre Tante Ettie in Den Haag für zwei Wochen besuchen und hatte einen Koffer und zwei schwere Taschen dabei. Sie stand am Hauseingang und wartete auf das Taxi. Und der Taxifahrer war wirklich ein … na ja. Kam angefahren, sah sie dastehen, hielt, machte aber keine Anstalten, aus dem Wagen zu steigen. Mußte sie selbst ihr Gepäck in den Kofferraum wuchten. Es war eine teure Fahrt zum Bahnhof, der Fahrer hatte eine gute Fuhre mit ihr. Bei der Ankunft das gleiche Lied. Auch da blieb der Herr ruhig auf seinem Allerwertesten sitzen. Mit kühler Gebärde gab sie ihm ein übertrieben großes Trinkgeld. Verzog keine Miene, der Kerl, sagte weder danke schön noch sonstwas. Kurz bevor sie mit dem schweren Gepäck die Bahnhofshalle betrat, sah sie sich noch mal um. Kam der Sack wie ein kleiner Springteufel aus seinem Taxi gehüpft, um drei Koffer eines Ehepaars zu verstauen. Eines weißen Ehepaars. Sie sah, wie der Fahrer höflich nickte und lachte. Ja, der Herr, gut, der Herr, nein, die Dame, in Ordnung, die Dame. Was hätte sie tun sollen? Zurücklaufen und dem Mann einmal gehörig die Meinung geigen? Ihm alle möglichen Beschuldigungen an den Kopf werfen?

»Mehr, Theo?«

Ein Samstag im Dezember vorigen Jahres. Sie war mit Sidney in die Stadt gegangen und wollte sich ein schönes Kleid zu Weihnachten kaufen. Fast zehn Minuten schlugen sie Wurzeln in einem schicken Laden im Nieuwe-Noord-Viertel. Endlich kam eine Verkäuferin angeschlurft. Fragte gelangweilt, ob sie vielleicht helfen könne. Gut, sie wollten nicht sofort etwas dahinter vermuten und beschlossen stillschweigend, das Ding sei einfach ein faules Stück, das nur widerwillig seine Arbeit tat. Aber verdammt, man sah ihr ihre Gedanken an: Neger, an denen ist sowieso nichts zu verdienen. Sidney stellte sich dumm und fragte die Kleine höflich irgendwas zu dem und dem Kleid. Sie antwortete ihm kaum, denn inzwischen waren zwei Damen ins Geschäft gekommen. Weiße Damen. Ja, auf die schoß unsere kleine Verkäuferin wie eine Eidechse zu – und bot den beiden etwas später sogar einen Kaffee an! Pardon? Sidney schlug vor, sich hinten im Geschäft noch eine Weile umzusehen, um dahinter zu kommen, ob das Ganze nicht doch ein unglücklicher Zufall sei. Vielleicht waren die Frauen ja Stammkundinnen oder mit dem Mädchen befreundet. Aber auch gegenüber drei nachfolgenden Kunden, die etwas kauften, verhielt sich das Mädchen ausgesprochen höflich: ein Kopfnicken, ein Lächeln, Täßchen Kaffee die Dame, der Herr? Nein, Sidney hatte kein Tamtam gemacht und sie auch nicht. Sie hatten ohne ein weiteres Wort das Geschäft verlassen, mehr nicht. Was wäre die Alternative gewesen? Loszupoltern und herumzubrüllen wegen Benachteiligung?

Derartiges erlebe sie zum Glück nicht täglich oder wöchentlich, aber doch oft genug, um immer wieder an die Grenzen der Toleranz zu stoßen, mit der die Niederländer sich so brüsteten. Und sie habe ihm noch von zwei ziemlich harmlosen Vorfällen erzählt. Denn es geschehe einem einfach mehr, viel mehr, wenn man die falsche Hautfarbe habe. Äußerungen Jugendlicher im Bus. Ließen eine winzige Spur zu laut etwas über dufte schwarze Miezen fallen, während man an ihnen vorbeiging. Andere Jugendliche, die nichts sagten und einen bloß ganz lange ansähen und dann schlagartig die Lippen fett vorstülpten. Das bedeute: Nimm dich in Acht, du mit deinen Zulu-Lippen. Unmöglich, das Gesocks darauf anzusprechen. Die sagten dann eiskalt, sie dürften doch wohl noch ganz normal ihren Mund bewegen oder was, zum Teufel, krieg bloß nicht die Paranoia, dämliche Zicke. Mehr, Theo? Vor kurzem sei sie mit ihrer Cousine Grace, die gerade ein Mädchen bekommen habe, in der Amsterdamse Poort einkaufen gewesen. Beugten sich im Hema-Billigkaufhaus doch zwei platinblonde Frauen über den Kinderwagen, und als sie weitergingen, aber immer noch in Hörweite waren, sagten sie laut zueinander, was Weiße häufiger behaupteten: »Ach, wenn sie klein sind, haben sie noch so niedliche Schnuten, nicht?« Noch so niedliche Schnuten. Mehr? Mehr. In Restaurants verdächtig oft irgendwo ganz hinten im Raum plaziert zu werden. Jedenfalls selten am Fenster, das schrecke die Kundschaft doch irgendwie ab, nicht wahr, Schwarze im Geschäft. Ach, sie könne noch lange so weiterreden ... Sidneys Vater habe sich letzten Monat bei dem Nachbarn über ihm über dessen lautstarke mitternächtliche Musik beklagt. Gleich habe der sich übers Balkongeländer gehängt und ihn angeschnauzt, was ihn das anginge. Verpissen solle er sich, wenn es ihm hier im Haus nicht gefalle, er als Holländer sei schließlich hier in diesem Scheißland zu Hause, und außerdem gingen jede Woche drei Flieger nach Surinam. Natürlich habe Sidneys Vater zurückgebrüllt. Sei auf einen enormen Streit hinausgelaufen, das Ganze. Und dann, wie weiter? Den Ausländerbeauftragten einschalten vielleicht? Damit goß man bei solchen Leuten lediglich Öl ins Feuer und verschaffte ihnen einen Vorwand, beim nächsten Mal noch lauter rumzubrüllen. Mehr, Theo?

»Nein. Nicht mehr.«

Während ihres Berichts hatte Theo ein paarmal seine Brille auf- und abgesetzt. Jetzt rieb er sich mit Daumen und Zeigefinger die Augenbrauen.

»Warum hast du mir nicht schon früher davon erzählt?« fragte er.

»Weil ich keine Lust dazu hatte«, sagte Iris. »Wieso sollte ich auch? Ich fand es durchaus angenehm, daß du von solchen Dingen keine Ahnung hattest. Jedenfalls wollte ich das glauben. Ich hatte etwas mit einem netten Mann und nicht etwas mit einem weißen Mann, verstehst du? Aber sei ehrlich, Theo. Zwischen uns hat eigentlich überhaupt nichts gestimmt.«

»Ach! Und wieso nicht?« Für einen kurzen Moment überkam ihn das Verlangen, seine Hände auf ihre zu legen, als könne er so ihre Antwort steuern.

»Möchtest du das wirklich wissen?«

»Nein«, dachte er.

»Ja«, sagte er.

»Gut. Du bist weiß, und doch bin ich auf dich abgefahren. Ich bin schwarz, und also bist du auf mich abgefahren.«

»Lächerlich«, sagte Theo sofort und machte eine wegwerfende Gebärde. In seiner Eile, dem Motiv, das sie ihm zudichtete, zu widersprechen, war ihm nicht sogleich bewußt, was sie über sich selbst gesagt hatte.

»Immer mit der Ruhe«, sagte Iris. »Ich werfe dir doch nichts vor? Ich an deiner Stelle hätte dasselbe getan. Ich als weißer Mann wüßte auch, was ich getan hätte. Ich hätte mich auch für eine schöne Negerin entschieden und nicht für irgendeine dußlige weiße Stubenpflanze.«

Ein mildes Lächeln seinerseits war jetzt wohl angesagt, und er tat es brav. In Wirklichkeit ärgerte ihn ihr jovialer Tonfall. Dußlige weiße Stubenpflanze – vielleicht hatte sie es nicht so gemeint, aber er faßte es als Verspottung seiner Frau, seiner Ehe auf.

»Und du?« fragte Iris.

»Was?«

»Wenn du eine schwarze Frau gewesen wärst, was dann? Auf wen wärst du dann geflogen?«

Ohne große Begeisterung versuchte Theo, sich den Rollentausch vorzustellen.

»Dann hätte ich mich immer noch für dich entschieden«, sagte er nach kurzem Schweigen. »Wir hätten ein hübsches schwarzes Lesbenpaar abgegeben.«

Sie lachte und rieb dabei mit einem Fuß über den andern. Ihre Pumps lagen mit den Spitzen zueinander unter den Pedalen.

Theo überdachte, was sie soeben von sich gesagt hatte. Mit der Zunge tastete er seitlich über seinen hohlen Zahn.

»Du stehst also nicht auf weiße Männer«, sagte er dann.

»Also wirklich nicht.« Das kam so sehr aus tiefstem Herzen, daß er sich wieder ärgerte. Außerdem zog sie dabei ein Gesicht, als stiege ihr ein Gestank in die Nase. Den dick aufgetragenen Widerwillen empfand er als kränkend.

»Und ich bin die Ausnahme.«

»Ja.« Sie bestätigte das ohne jede Ironie, als sei es vollkommen selbstverständlich, daß er der einzige weiße Mann sei, für den sie sich jemals interessiert habe. Theo wußte nicht, was er davon halten sollte.

»Soll ich jetzt stolz sein?« fragte er.

»Wie du willst.« Mißmutig zog sie die Schultern hoch.

Mit eingezogenen Mundwinkeln, so daß die Innenseite seiner Wangen gegen seine Backenzähne drückte, wandte Theo sich von ihr ab. Sie hatten immer sehr allgemein und mit großem verbalen Aufwand über ihre unterschiedliche Hautfarbe gesprochen. Jetzt, wo es soweit gekommen war, daß sie ihre jeweiligen vermeintlichen Vorlieben an der einen oder anderen Stelle pointiert zur Sprache brachten, fand er sie womöglich überhaupt nicht nett.

»Ich weiß noch immer nicht, worauf du gerade hinauswolltest«, sagte er.

»Ja, was meinst du? Ich war wütend auf dich. Ich bin wütend auf dich.«

Wieder machte Theo eine abschätzige Handbewegung.

»Wütend, auf mich? Weil ich Wouter Nijman der Klasse verwiesen habe? Dann sei wütend auf die Menschheit, Iris, denn es wird noch mehr Leute geben, die Dinge ab und zu anders angehen als du. Nein, es muß etwas anderes sein. Und ich will es wissen.«

Er sah, wie sie zögerte. Dann sagte sie: »Ich wollte nicht, daß du mich so siehst.« Sie legte die linke Hand auf den Verband. »Und so.« Sie deutete auf die Schwellung an ihrem Kiefer.

»Vom Fahrrad gestürzt.« In dem Moment, als er das sagte, auch noch mit einem schiefen Grinsen, begriff er den Grund ihres Zögerns. Er federte nach vorn und stieß mit dem Knie gegen den Schaltknüppel.

»Mein Gott, Iris! Wieso hat er das getan?«

»Er weiß Bescheid. Über uns.«

Verblüfft sah Theo sie an.

»Wie ist das möglich? Wer hat es ihm erzählt?«

»Ich. Ich selbst.«

Sie waren doch noch in das Restaurant gegangen. Bastion hieß es, ein ausgefallener Name. Mit dem stechendweißen Putz und den grellroten und -gelben Türen und Fenstern wirkte es von außen wie die Vergrößerung eines Lego-Häuschens, aber drinnen erwarteten einen sandstrahlgereinigte Fliesen und schwere Holztische, zwei Karrenräder an der Wand und ein Zierpropeller aus Sandelholz an der Decke. Neben dem L-förmigen Bufett prangte ein hoher Vitrinenschrank mit glänzenden Siegerpokalen und einem Wald von Fähnchen und Wimpeln. Eigentlich nicht der Ort, um eine Affäre zu beenden, dies Gasthaus in einer postmodernen Bauklotzschachtel, aber Iris schien das schaurige Interieur kaum zu beachten und steuerte, ohne ihn zu fragen, einen Tisch hinter dem Poolbillard an. Bei einem zu lauten Kellner bestellten sie Kaffee. Theo wollte noch vorschlagen, ins La Bascule zu fahren, sah jedoch davon ab, weil Iris nicht den Eindruck erweckte, als hätte sie sehr viel für eine sentimental journey übrig. Sie hatte ihre Jeansjacke ausgezogen und mit einer entschiedenen Geste über den Stuhl neben sich gehängt.

Nachdem sie ihn davon überzeugt hatte, Sidney tatsächlich selbst über ihre Affäre aufgeklärt zu haben, nahm Iris ihm ein zweifaches Versprechen ab. Erstens, daß er nie versuchen werde, sich mit Sidney irgendwie »auszusprechen«. Und zweitens, daß er keinerlei Versuch unternehmen werde, sie erneut zu verführen. Gegen die zweite Forderung hatte er protestiert, nicht einmal, weil er sich nicht daran halten wollte, sondern weil sie damit unterstellte, die Initiative sei seinerzeit nur von ihm ausgegangen. Als sei er im letzten Schuljahr wie ein Womanizer hinter ihr hergewesen ... War nicht sie es gewesen, die ihn zu sich nach Hause eingeladen hatte? Iris bestätigte es, ohne zu zögern. Natürlich habe sie seinerzeit so ihre Maßnahmen ergriffen. Aber darum gehe es doch jetzt nicht. Gebe er ihr nun die beiden Versprechen, ja oder nein? Und er hatte es getan, förmlich und mit jungenhaftem Ernst, hatte er das Gelöbnis nachgesprochen, das sie ihm Wort für Wort diktiert hatte, und dabei mit zwei Fingern, die er an seiner Zunge befeuchtet hatte, das Freiheitszeichen gemacht. Zeige- und Mittelfinger der anderen Hand nicht heimlich über Kreuz gehalten, Theo? Nein, natürlich nicht. Wirklich nicht? Wirklich nicht. Zeig her die andere Hand. So hatten sie trotz allem aus der Sache noch ein kleines Spiel gemacht.

Sidney habe andere Frauen. Manchmal bis zu drei oder vier in einem Jahr. Nein, nicht gleichzeitig, das hätte gerade noch gefehlt. Schon zwei Monate nach ihrer Hochzeit habe es angefangen. Überall wo sie hinkamen, in der Disko, auf Feten, ja sogar in Geschäften, wenn sie dabei war: immer den Frauen hinterhergeschielt. Sie war entgeistert. Was stellte er wohl an, wenn sie nicht dabei war? Sidney-boy war ein Luftikus, selbst M'ma Pompier hatte sie davor gewarnt, einige Wochen vor ihrer Hochzeit. Anfangs habe sie noch gedacht: Das wird schon noch werden. Sie waren doch total ineinander verknallt, sie und Sidney. Aber schon bald kam er abends manchmal sehr spät nach Hause. Oder sagte, er sei den Sonntagnachmittag über bei seiner Mutter, obwohl er dann einfach irgend 'nem Mädchen hinterherlief. Sie schüttete ihr Herz Freundinnen aus, die auch erst kurz verheiratet waren. Und was stellte sich heraus? Fast alle hatten das gleiche Problem! Ach, die niggahs sind alle gleich, sagten sie dann grimmig zueinander. Tun, als wären sie nach wie vor in Surinam und halten sich ihre Frauen außerhalb. Und die Kerle kamen immer mit der gleichen Entschuldigung an: Es gebe nun einmal einen Frauenüberschuß unter den Kreolen, sie könnten doch nicht anders? Sollten all die alleinstehenden Mädels sich denn mit *bakras* zusammentun, bloß um an einen Mann zu kommen? Taten die Mädels nicht. Wollten die Mädels nicht. So redeten sie sich heraus, auch Sidney. Ach, er konnte noch so schön reden – aber gehen tat es ihm lediglich um eins, nämlich immer wieder seinen *toli* in irgendein loses Ding zu stecken, das und sonst nichts!

Nach drei Jahren hätte sie die Nase voll gehabt. Sie wollte nicht so eine Frau werden, die zu Hause verkümmerte, immer bloß dasaß und wartete, ob ihr Mann nächtens nach Hause kam oder nicht. Sie stellte ihn vor die Wahl: Entweder Schluß mit dem Geschäker oder raus, fort, aus dem Haus. Er versuchte es. Gab sich wirklich Mühe. Sah aber all seine Freunde, auch wenn sie eine gute Arbeit und eine schöne Frau hatten, weiter mit den Mädels ausgehen. Nach einem halben Jahr blieb er wieder ab und zu eine Nacht weg. Sie verließ ihn. Kehrte vorübergehend zu P'pa und M'ma zurück. Brachte so natürlich Schande über die Familie. Schon bald stand Sidney in Bijlmermeer vor der Tür. Flehte, was sonst. Komm doch zurück, Iris, du bist doch meine wirkliche Frau, bist meine one and only – auf die Tour halt. Ach, er sagte es so schön, schaute so lieb, machte Geschenke ... Sie ging zu ihm zurück. Aber nach ein paar Monaten fing alles wieder von vorn an. Irre wurde sie davon! Sie faßte einen neuen Entschluß. Raus aus Amsterdam mußten sie. In Bijlmermeer, dem Pijp-Viertel und Amsterdam-Noord wimmelte es von alleinstehenden Frauen. Vielleicht würde es anders werden, wenn sie umzogen. Sidney war natürlich dagegen. Ich zwischen den Käsköppen auf dem Land, nie und nimmer! Aber sie setzte sich durch. Suchte sich eine andere Stelle. Lehrerinnen wurden gesucht für Schulen in Volendam, Purmerend, Weesp. Bewerbungen. Und Antwort gab's jedesmal schriftlich: Zu unserem Bedauern, undsoweiter.

Dann kam Hoorn. Anzeige in *Jugend und Gesellschaft*. Schönen Brief formuliert, zwei Gespräche, angenommen! Ach, auch Sidney habe sich gefreut, ja, er auch. Er fand ein sehr schönes Haus in Kersenboogerd. Ohne krumme Touren, hübsch anständig über die Stadtverwaltung, und das innerhalb eines Monats! War ziemlich nah an Amsterdam, er konnte seinen Job in Sloterdijk ganz normal weitermachen. Ein halbes Jahr ging es gut. War abends immer schön zeitig zu Hause. Ging wohl noch ab und zu mit den Jungs in Amsterdam einen trinken oder zum Fußball, aber nicht mehr das andere. Dann wurde es Februar, und sie fuhr mit auf Klassenfahrt nach Tilburg. »Hab' mich ganze Abende lang mit dir unterhalten, Theo. War tatsächlich ein bißchen verliebt in dich, echt. Brachte mich ziemlich durcheinander.« Sie, verrückt nach einem *bakra?* Kurz und gut, sie habe weniger auf Sidney geachtet und auf das, was er so tat, tja. Merkte nicht gleich, daß er manchmal wieder log, wo er gewesen war, sonntags oder die Woche über. Aber als sie es dann herausgefunden hatte, war sie ratlos. Da wohnten sie schon in Hoorn, und er behielt die Hose noch immer nicht am Hintern. Mußten sie womöglich zum Nordpol ziehen? Immer häufiger Streit, stundenlang. Einmal habe sie ihm einen ganzen Topf Reis an den Kopf geworfen. Schimpfen, das tat er! Manchmal beklagte sie sich bei ihrer Mutter, die wußte auch keinen Rat mehr. »Kindchen, du hast alles versucht ...« Sie habe ihrer Mutter natürlich nicht gesagt, daß sie selbst auch jemand anderen ... nein. Das sei Sünde, Entehrung. Trotzdem gingen die betrogenen Ehefrauen durchaus auch fremd, aber meistens nicht mit einem Mann, das nicht. Sondern miteinander! Und das merkwürdige war: Die Männer fanden das gar nicht so schlimm, daß ihre Frauen heimlich miteinander rummachten. Aber mit einem anderen Mann ... eine Schande! Immer wenn sie daran denke, werde sie fuchsteufelswild. Letzten Dienstagabend sei es wieder soweit gewesen. Er lag im Bett, hatte den Arm um ihre Schultern geschlagen, und sie roch, daß er wieder ein Mädchen gehabt hatte. An seiner Hand, seinen Fingern roch sie es. Seinen Fingern! Und das habe sie ihm gesagt: »Nach *poenta* riechst du, du Ausreißer! Besitzt noch nicht mal den Anstand, dich hinterher zu waschen!« Fuchsteufelswild seien sie geworden, alle beide, seien aus dem Bett gesprungen und hätten sich die ganze Zeit gegenseitig angeschrien. Und auf einmal habe sie es ihm einfach vor die Füße geknallt: »Daß du's bloß weißt, ich habe auch ab und zu mal mit jemand anderem ...« Erst habe er sie einfach nur baff angeschaut. Dann fing er wieder an. Wild gestikuliert, auf und ab gegangen, ihr die Teekanne an den Kopf ... Und sie hatte nicht einmal gesagt, daß sie jede Woche ... sie sagte Sidney, hör auf, nur ein einziges Mal bin ich mit 'nem anderen gegangen, und du ... so oft! Machte keinen Unterschied. Er schlug Alarm im ganzen Haus. Bis er irgendwann zur Besinnung kam und fragte: »Mit wem eigentlich? Kenne ich ihn, kenne ich diesen Schuft?« Sie erwiderte: »Nein, natürlich nicht.« Er ließ nicht locker. Und auf einmal fragte er: »Mit wem denn, doch wohl mit 'nem *negre,* doch nicht mit 'nem Käseheini?« Sie habe nicht direkt geantwortet – und Sidney habe es sofort gewußt. Ach, diese Demütigung, meine Frau mit einem Weißwurm, igitt ...! Und zum ersten Mal in sechs Jahren schlug er sie. Ins Gesicht. Und dann auf Rücken, Po, Bauch. Sie konnte weinen, wie sie wollte, er prügelte weiter. Rücklings gegen den Küchentresen sei sie geknallt. Sie versuchte, ihren Fall abzufangen, indem sie sich am Griff einer Schranktür festhielt. Das ging schief. Knallhart sei sie mit dem Handgelenk gegen die scharfe Schrankkante geschlagen. Verstaucht. Sie habe gebrüllt wie am Spieß. Und merkwürdig, als sie vor Schmerzen schrie, wurde er ruhig. Plötzlich ganz ruhig, der Sidney. Aber später in der Nacht fing er wieder von vorn an. Daß sie sich so was nie, nie wieder erlauben dürfe. Ach, und was sei mit ihm? Streit, die ganze Nacht. Am nächsten Tag habe sie wirklich nicht zur Schule gekonnt. Sidney dagegen sei ganz normal zur Arbeit gegangen. Hopp, als sei nichts geschehen, mit der Bahn nach Sloterdijk. Aber sie nicht. Allein schon ihr Gesicht. Alle würden es sehen und sich das ihre denken. Also habe sie Ferweda angerufen und ihm die erstbeste Ausrede erzählt, die ihr eingefallen sei: ein Sturz mit dem Fahrrad.

Neben dem Stimmengewirr der übrigen Gäste und dem Geschrei des Kellners, der lauthals seine Bestellungen an die Küche weitergab, war hinter dem Bufett immer wieder das Klappern einer Tür zu hören, die dumpf ins Schloß fiel, aber Iris schien sich keines Lärms bewußt und machte den Eindruck, sich in einem Umkreis der Stille zu befinden. Sie ließ ihren Blick auf den Tulpen in der Kristallvase auf dem Tisch ruhen. Mit dem Daumen tickte sie gegen den Pfeffer-und-Salz-Ständer daneben. Nachdem sie soeben Sidneys jahrelangen Ehebruch zu einem übersichtlichen Bericht komprimiert hatte, ließ sie wahrscheinlich auch andere Aspekte ihrer Ehe in anekdotischer Form an sich vorüberziehen. Theo, ihr gegenüber, erwägte, seine Hand auf ihre zu legen. Er fragte, ob sie noch etwas trinken wolle. Iris nickte und deutete auf die Kaffeetasse, die sie anschließend ein Stück von sich wegschob. Mit halb erhobenem Arm und winkendem Zeigefinger versuchte Theo die Aufmerksamkeit des Kellners zu erregen. Mit der anderen Hand klopfte er sich lautlos auf den Schenkel. Nie war ihm der Gedanke gekommen, ihr guter Sidney könnte sein Vergnügen ebenfalls aushäusig suchen. Und auch noch so exzessiv, bei so vielen … Theo riß sich zusammen. Welchem Risiko hatte er sich um Gottes willen ausgesetzt, welche Viren durchrasten seinen Körper infolge einer Affäre mit einer, die sich einen vollkommen promiskuitiven Ehegatten aufgehalst hatte, und – das allerschlimmste – wie hoch war die Wahrscheinlichkeit, daß er Sylvia mit irgend etwas infiziert hatte, Chlamydia, Herpes, von dem Allerschlimmsten ganz zu schweigen?

Der Kellner erschien an ihrem Tisch. Theo, plötzlich physisch erschöpft, als sei ihm tatsächlich soeben seine Todesstunde verkündet worden, gab murmelnd die Bestellung auf, zwei Kaffee und für ihn zusätzlich einen Genever mit Eis. Dies wurde in voller Lautstärke vom Kellner wiederholt, der sich zu seinem Kollegen hinter dem Bufett umgedreht hatte. Theo rückte mit seinem Stuhl näher an den Tisch. Es gelang ihm nicht, seine panischen Gedanken zu unterdrücken, und fieberhaft rieb er sich mit Daumen und Zeigefinger über Kiefer und Hals, auf der Suche nach seinen Lymphknoten. Unauffindbar, Gott sei Dank. Aber wo saßen die Dinger eigentlich, unter dem Kinn oder eher um den Adamsapfel? Abgemagert war er nicht, im Gegenteil. Unter den Augenbrauen schielte er verstohlen zu Iris. Natürlich war seine selbstsüchtige Hypochondrie beschämend. Iris hatte ihre Scham überwunden und ihn über das unermüdliche Fremdgehen ihres Mannes aufgeklärt, und ihm fiel nichts anderes ein, als sich hysterisch am Hals zu betasten. Das konnte nicht so bleiben.

Theo legte doch noch seine Hand auf ihre.

»Tut es noch weh?« fragte er und faßte sich ans Kinn.

Sie schüttelte den Kopf: »Ist nicht so schlimm.«

»Und das Handgelenk?«

»Ja, das schmerzt noch immer. Kann auch noch eine Weile dauern, es ist tatsächlich verstaucht. Aber mein Kinn ist schon besser. Gestern war da noch eine große, gemeine Beule.« Vorsichtig befühlte sie die Stelle, wie um die Größe der Schwellung zu überprüfen. »Aber gestern abend dachte ich: Das Handgelenk könnte genausogut eine Sportverletzung sein. So sehr fällt es auch wieder nicht auf. Und mein Kinn … ich könnte doch einfach gestürzt sein? Na ja, jedenfalls hat in der Schule niemand was gesagt.«

»Nein, die hatten schon genug Gesprächsstoff«, dachte Theo.

»Und was wirst du jetzt tun?« fragte er.

Sie zog ihre Hand unter seiner hervor.

»Weiß nicht. Warten. Vielleicht ändert sich jetzt etwas. Sidney hat sich doch auch erschreckt. Wir haben noch immer Streit, wir reden nicht miteinander. Beim Frühstück haben wir die Stummen gemimt, aber ab und zu hat er mich so angeschaut, daß man sehen konnte: Doch, er fühlt sich schuldig.«

»Und das findest du …« Der Kellner servierte. Theo nickte höflichkeitshalber, und als der Mann verschwunden war, beugte er sich in einer Bewegung über den Tisch zu Iris und sagte, laut und doch zugleich flüsternd: »Und das findest du ausreichend. Monsieur zeigt Reue, und alles ist vergeben und vergessen.«

Sie ging nicht darauf ein. Schweigend rührte sie in ihrem Kaffee. Theo begriff seinen Fehler. Man sollte nie den Ehemann seiner Geliebten schlechtmachen, auch wenn sie selbst soeben dessen sämtliche gemeine Untaten aufgezählt hat. Er vermutete, sie würde schon weniger zynische Bemerkungen über Sidneys Verhalten als ungebetene Einmischung empfinden. Aber das durfte kein Grund sein, sich jeglichen Kommentars zu enthalten. Seine Ehre stand auf dem Spiel. Er hatte als Surrogat fungiert. Nein, nicht einmal das, sie hatte – und Theo saugte die Zunge an den Gaumen, während er dies dachte – aus innerehelicher Rache eine Affäre angefangen.

»Wieso ziehst du nicht eine Weile woanders hin?« schlug er vor.

Wie gestochen richtete sie sich auf.

»Und wohin?«

»Na, du bist doch schon mal zu deinen Eltern zurückgegangen.«

Sie sah hoch mit einer Miene, als hätte er soeben etwas Verächtliches behauptet.

»Das geht nicht noch einmal«, sagte sie, »dann bringe ich Schande über sie. Du kannst dir das nicht vorstellen, aber in Bijlmermeer wird so viel geklatscht. Ein großes Dorf ist es, nichts weiter. Nein, das kann ich meiner Mutter nicht antun.«

Es konnte nicht allzu schwer sein, in Hoorn und Umgebung eine freie Wohnung zu finden, aber Theo begriff, daß sie ihre Sorge um ein Unterkommen nur als Vorwand benutzte und einfach nicht daran dachte, Mann und Haus zu verlassen, auch nicht zeitweilig. Er wertete es als einen weiteren Beweis dafür, daß ihre Affäre als Blitzableiter gedient hatte, und ohne sich um die Wendung im Gespräch zu kümmern, sagte er: »Also hast du dir gedacht: Er jemand anderes, ich auch jemand anderes.«

Iris seufzte und schüttelte den Kopf.

»Ich wußte es, ich wußte, daß du das denken würdest. Aber es ist nicht wahr. Du weißt doch, wie es gegangen ist. Damals in Tilburg hast du mir schon gefallen, und danach ist es einfach passiert. Ich konnte nichts dafür.«

Diese ultrakurze Zusammenfassung ihres Kennenlernens stimmte mutlos. Einfach passiert. Konnte nichts dafür. Theo fand ihre Äußerung dumm, schockierend, nichtssagend. Während er immer davon ausgegangen war, sie hätte, ganz gleich wie vage, etwas von seiner Sucht nach pornographischer Luzidität geteilt oder ihre Affäre doch wenigstens in sexueller Hinsicht geschätzt, schien sie einem Idealbild der Romanze zu frönen, das noch am ehesten der schwer umflorten Romantik einer Courths-Mahler oder eigentlich mehr noch einer Barbara Cartland gleichkam, jenen Priesterinnen des busenschwellenden Rausches. Seine Angewohnheit, ihr dienstägliches Liebesspiel Woche für Woche auf eine Komposition einzelner Szenen zu reduzieren, bekam rückwirkend etwas Lächerliches. Sie hatten offenbar zwei unterschiedliche Romanzen erlebt.

Das Gefühl der Ernüchterung mußte ihm anzusehen sein, denn Iris begann mit spürbarem Unbehagen einige Falten aus dem Tischtuch zu streichen. Gerade als er eine etwas weniger freundliche Bemerkung machen wollte, sagte sie: »Übrigens, wenn ich Sidney mit einem anderen hätte eifersüchtig machen wollen, hätte ich das doch wohl schon früher getan? Schließlich ging er schon vier Jahre lang fremd, bevor ich dir begegnet bin.«

Sieh an, das war bereits ein ganzes Stück prosaischer, klang aber durchaus einleuchtend.

»Ich weiß«, sagte er, »und doch würden wir hier nicht sitzen, wenn dein Mann nie fremdgegangen wäre. Meinst du nicht auch?«

Sie legte eine Hand, die gesunde, unter ihr Kinn.

»Was soll ich sagen? Was zwischen dir und mir war, habe ich nie mit Sidney in Zusammenhang gebracht. Punkt.«

Mit gespannten Lippen und krampfender Zunge – er trank ihn selten – nahm Theo einen Schluck Genever. Eigentlich war mit ihr nicht zu reden. Sie hielt ihn schön auf Distanz, wie es ihr gerade paßte, mit aus dem Damenroman gepflückten Nebulositäten oder, im Gegenteil, einem allzu nüchternen Dementieren, in der überdeutlichen Absicht, jedwede mögliche Diskussion schon im Keim zu ersticken. Mit Sylvia wäre er bereits bei viel weniger wichtigen Meinungsunterschieden dazu übergegangen, ihre beiden Standpunkte bis ins kleinste zu analysieren. Iris dagegen begnügte sich mit einer simplen Zweiteilung ihrer Zuneigung, und fertig. Punkt. Ihre Haltung stimmte notgedrungen auch ihn nüchtern und sachlich, und er fragte: »Wie verhalten wir uns künftig in der Schule? Müssen wir uns von jetzt an aus dem Weg gehen?«

Darüber hatte sie schon nachgedacht. Nein, sie bräuchten sich keinesfalls aus dem Weg zu gehen, das würde gerade die entgegengesetzte Wirkung haben und besonders auffallen. Allerdings gelte es die passende Distanz zu wahren, in den Pausen und nach dem Unterricht. Kollegiale Herzlichkeit als goldener Mittelweg, so ungefähr. Wenn beide sich unverkrampft benähmen, werde man das Geschehene rasch vergessen, obwohl es natürlich zunächst peinlich sein werde, den Kollegen unter die Augen zu treten.

Mit allem, was sie sagte, war Theo einverstanden, auch wenn seine Zustimmung hauptsächlich einem faulen Unwillen entsprang, ihr zu widersprechen. Der Rhythmus ihrer Worte trug seine Gedanken fort, und gerade als er erneut zu brüten anfing – Bluttest, zum Arzt? –, tippte Iris mit dem Fingernagel auf seinen Handrücken und sagte: »Was wühlst du eigentlich die ganze Zeit mit der Zunge im Mund herum?«

Automatisch brachte er eine Hand an seine Wange.

»Ach, das. Eine Füllung verloren, heute früh. Ich habe ein Brötchen gegessen, und zack, ist sie herausgefallen.«

Das wollte sie ganz genau wissen – natürlich aus dem Bedürfnis heraus, das Thema zu wechseln. Entgegenkommend berichtete Theo ihr von dem Zwischenfall. Am Ende hakte er einen Finger in den Mund, beugte sich über den Tisch und sagte: »Hier, links unten. Kannst du es sehen?« Weil er seinen Mundwinkel beiseite gezogen hatte, schwang ein dunkler Brummton in seiner Stimme mit. Iris lehnte sich auf den Tisch, kniff die Augen zusammen und versuchte, den schadhaften Backenzahn zu entdecken, bis ihr einfiel, daß sie einen seltsamen Anblick bieten mußten. Sie lehnte sich zurück und umfaßte mit beiden Händen die Armstützen ihres Stuhls.

»Also, hör mal, Theo, ich werde dir doch hier nicht in den Mund kriechen.«

Beide tranken ihren Kaffee aus, Theo leicht errötet und Iris wie ein Schulkind mit beiden Händen die Kaffeetasse umfassend. Sie schwiegen eine Weile, und als Theo seinen Stuhl zurückschob, faßte sie das als Zeichen zum Aufbruch auf.

»Geh'n wir?« fragte sie, und ohne eine Antwort abzuwarten, stand sie auf und nahm ihre Jacke von der Stuhllehne.

Er stellte sich ans Bufett, um zu zahlen. Iris war schon nach draußen gegangen. Während Theo auf den Kellner wartete, blickte er durch die mit Gardinen verhängten, hohen Fenster und sah, wie sie auf dem halbleeren Parkplatz auf und ab ging. Er bezahlte und gab ein bescheidenes Trinkgeld. In der Tür blieb er nochmals stehen, um Iris zu betrachten. Sie hatte aufgehört, hin und her zu gehen, und stand jetzt mit dem Rücken zum Eingang. Theo kannte niemanden, der mit einer solchen Geschmeidigkeit, frei von jeglichem Nachdruck, eine kerzengerade Haltung einnehmen konnte, die Schultern immer weit nach hinten gezogen, so daß man ihr vom Nacken bis zum Po ein Lineal an den Rücken hätte legen können. Sie hatte ihr schwarzes Haar soeben zu einem Knoten hochgebunden, der sich, wie mit dem Winkelmesser umrissen, in einem perfekten Halbkreis gegen das blaudurchwebte Weiß des Wolkenhimmels abzeichnete. Im Licht der Nachmittagssonne bekam ihre Haut den Glanz von Salmiakpastillen. Theo schloß die Tür hinter sich, und als er neben ihr war, widerstand er dem Verlangen, einen Arm um ihre Taille zu legen. Statt dessen berührte er leicht ihre Schulter, und in einer plötzlichen Anwandlung sagte er: »Wieso gehen wir nicht einfach von hier fort, ich meine, fort aus Nordholland, du und ich?«

Verdutzt schaute sie ihn an. Sie wollte etwas sagen, aber Theo kam ihr zuvor.

»Hör zu, wir kündigen beiden unseren Scheißjob. Ziehen dann irgendwohin nach Gelderland oder Overijssel. Kaufen zusammen ein Haus, suchen uns neue Arbeit, andere Arbeit, nicht mehr vor der Klasse. Wieso tun wir das nicht? Iris?«

Es war nicht nur Ungläubigkeit und Erstaunen, sondern es lag auch etwas wie Mitleid und Rührung in der Art, wie sie ihn anstarrte.

»Ist das dein Ernst?« fragte sie. »Möchtest du das wirklich?«

Natürlich wollte er das nicht. Umziehen. Sylvia verlassen, anderes Leben, neue Frau – schon bei dem Gedanken krampfte sich sein Magen zu einem kalten Klumpen zusammen. Aber aus irgendeinem Grund betrachtete er es als seine Pflicht, ihr das vorzuschlagen. Iris wiederholte ihre Frage, und weil es unangebracht gewesen wäre, seinen Stoßseufzer sogleich zu widerrufen, sagte er lachend: »Ist doch eine phantastische Idee, oder?«

Sie berührte seine Hand.

»Theo, ich liebe Sidney.«

Ihr Ton: Die Lehrerin, verwundert, daß der beste Schüler der Klasse etwas nicht verstanden hatte. Beschämt zog Theo seine Hand zurück. Zweifelsohne hätte er sich zu Tode erschreckt, wäre sie ihm jubelnd um den Hals gefallen, aber diese Reaktion war gar zu dürftig. Was hieß hier, ich liebe Sidney? Erst den Ehemann heruntermachen und anschließend mir nichts dir nichts behaupten, man liebe ihn? Nur Frauen waren zu einer derartigen Solidarität imstande. Und dann der Gedanke, daß er in ihr die Verkörperung der freien, unabhängigen schwarzen Frau gesehen hatte. Wenn es darauf ankam, war sie genauso unemanzipiert wie eine Wildsau, soviel war klar.

»Du liebst deine Frau doch auch?« fragte Iris. Beide hatten immer möglichst vermieden, den Ehepartner des anderen mit Namen zu nennen, Theo aus dem nicht sonderlich heldenhaften Wunschdenken heraus, das Unstatthafte des Ehebruchs werde dadurch gemildert.

Als es still blieb, sagte Iris: »Außerdem finde ich überhaupt nicht, daß ich einen Scheißjob habe.«

Auch darauf gab er keine Antwort. Ohne noch etwas zu sagen, gingen sie nebeneinanderher über den Rasen zu ihren Autos. Auf der anderen Straßenseite, an der Ecke der im Bau befindlichen Häuserreihe, gaffte ein Jugendlicher im Rollstuhl sie an, als beträten sie verbotenes Gelände. War natürlich zufällig der Freund eines Cousins eines Nachbarsjungen von jemandem aus seiner Klasse, schoß es Theo durch den Kopf. »He Jungs, ich habe Pompier und die Nase aus der Bastion kommen sehen!« Als sie die Straße überquerten, legte der Junge die Hände auf die Hinterräder seines Rollstuhls und machte eine elegante Halbdrehung, wobei die Vorderräder sich kurz vom Boden hoben.

Iris hatte ihre Autoschlüssel hervorgeholt. Theo lehnte sich gegen die Motorhaube ihres Volvos.

»Ein Abschiedskuß?« fragte er.

Lächelnd sah sie ihn aus den Augenwinkeln an, klimperte divahaft mit den Wimpern und meinte: »Sollten wir besser bleibenlassen, oder?«

Diese Unbekümmertheit empfand Theo als anmaßend. So beendete man kein Verhältnis von vierzehn Monaten. Und ihr Bekenntnis im Restaurant, sie sei zu Anfang ihrer Affäre willenlos gewesen und alles sei ihr einfach so widerfahren, wurde dadurch auch nicht gerade glaubwürdiger, daß deren Ende sie jetzt keinerlei sichtbare Mühe zu kosten schien. Er mußte und würde ein Zeichen der Rührung aus ihr herauspressen, wie vage und indirekt auch immer. Das mindeste, was er verdient hatte, war doch der Trost einer süßen Erinnerung.

»Du wirst mir fehlen«, versuchte er.

»Theo, bitte.«

»Ach. Darf ich das etwa nicht sagen?«

»Doch, natürlich. Aber …«

»Werde ich dir eigentlich fehlen?«

Stille. Gebieterischer Augenaufschlag von Theo. Iris sah in eine andere Richtung.

Er sagte: »Ich hab' dich was gefragt.«

Jetzt klang er, als stünde er vor der Klasse, bereit zu einem kleinen Machtkampf mit irgendeinem Rüpel. Aber es machte keinen Eindruck, Iris entfuhr ein dick aufgetragener Seufzer, und in einem Ton, als habe er sie ungebeten und aufdringlich befummelt, sagte sie: »Genug jetzt, Theo.« Sie gab ihm einen keuschen Kuß auf den Mund, streichelte mit dem Handrücken flüchtig seine Wange, ging anschließend um ihren Wagen herum und stieg ein.

Beim Anlassen des Motors machte der Volvo einen kleinen Satz rückwärts, so daß ihre Stoßstange leicht gegen die seine stieß. Theo, mittlerweile ebenfalls hinter dem Steuer, langte unwillkürlich auf die Hupe. Mit einem Ruck drehte sie sich um und hob entschuldigend die Arme. Wider Willen mußte Theo laut auflachen. Einen Moment lang hielt Iris befremdet den Kopf schräg. Dann lachte auch sie, und so sahen sie einander an, bis Iris sich wieder umdrehte, gerade als Theo seine Hand zum Mund geführt hatte und ihr eine Kußhand zuwerfen wollte. Beschämt preßte er seine Finger fester gegen die Lippen, um sich vor seinem momentanen Impuls zu schützen, der ihm sofort lächerlich vorkam, als sie nicht mehr zum ihm hinsah. So, mit dieser fraulichen Gebärde, die bei einem Zuschauer wahrscheinlich den Eindruck verstummten Entsetzens erweckt hätte, schaute er ihr nach.

Er fuhr erst los, nachdem sie seinen Blicken entschwunden war.

Achtzehn

Auf dem Nachhauseweg merkte Theo, wie ihn alle Sentimentalität schlagartig verließ. Er war zu nachgiebig gewesen, beinahe schon unterwürfig. Es gefiel ihm nicht, daß Iris seine Entrüstung über das Benehmen der 3 f lächerlich fand, einzig und allein weil er angeblich »keinen blassen Schimmer hatte, wovon er sprach« – so die Worte, mit denen sie ihn abgekanzelt hatte. Im Vergleich zu ihren Erfahrungen war an den Vorfällen in seiner Klasse tatsächlich wenig dran. Aber verlor die Bestrafung Wouter Nijmans darum gleich alle Gültigkeit? Wenn Menschen gegen versteckten Rassismus protestierten und nicht eine Hautfarbe hatten, die sie selbst zu Betroffenen machte, war das Iris zufolge sogleich unglaubwürdig. Bloß gut, daß er ihr nicht widersprochen hatte! Gegen jemanden, der sich schon im vorhinein für rassische anstatt rationale Solidarität entschied, war nun einmal wenig auszurichten. Und daß dieser Typ, ihr Mann ... Daß er nie an mögliche Seitensprünge Sidneys gedacht hatte! Vor vier, fünf Jahren hatte Theo eine Fernsehdokumentation über Polygamie unter Kreolen gesehen, aber erst als Iris ihm ihre Eheprobleme erläutert hatte, war ihm die Sendung wieder eingefallen. Mehrere schwarze Männer hatten da im Halbkreis zusammengesessen, gestriegelt und gebügelt und umgeben von einem Dekor wie aus einer Kindersendung. Das Gespräch leitete eine Journalistin mit schleppender Stimme, und bei jeder Frage, die sie stellte, raschelte sie mit ihren Papieren, wohl in dem Bemühen, neutral zu wirken. Mit glasigem Gesichtsausdruck lauschte sie den alles andere als neutralen Erzählungen der Männer über ihre Frauen zu

Hause und auswärts. Sie berichteten zögernd und umsichtig und ließen bisweilen Pausen entstehen, aber sobald einer das Wort hatte, glänzten die Augen der anderen, vermutlich weil sie sich bei dem Gedanken an die Empörung des Durchschnittsniederländers schon vorab vergnügten, während jeder weiße Mann natürlich insgeheim eifersüchtig war auf diese vielleicht nicht durchgehend praktizierte, aber doch immerhin respektable Tradition öffentlicher Vielweiberei – das jedenfalls ging ihnen ab, den weißen Schlaffis. Iris hatte es manchmal durchschimmern lassen: Schwarze Männer empfanden sich weißen Männern gegenüber als sexuell überlegen. Verweichlicht seien die, prüde und fad, besonders seit sie auch noch so dumm gewesen seien, den unnatürlichen, ehrenrührigen Forderungen der Emanzipation in Teilen nachzugeben.

Aus den Anfängen seiner Studentenzeit erinnerte Theo sich einiger Samstagabende, an denen er mit Studienfreunden in eine Diskothek an der Lijnbaansgracht gegangen war. Nach dem dritten Mal hatten sie eine Anzahl regelmäßiger Besucher auszumachen vermocht; Schwarze, die jedesmal kurz vor Sperrstunde mit einer neuen Eroberung die Disko verließen. Häufig waren es Negermädchen mit einem nach Kokos duftenden Gel in den Haaren, aber fast ebensooft stark geschminkte, knallblonde Hühner in baumwollenen Miniröcken und schwarzen Lederjacken. Strahlend hingen sie am Arm dieser antillianischen oder kreolischen Protze und ließen sich in kürzester Zeit mit Alkohol abfüllen, woraufhin ihre Begleiter sie schon mitten in der Disko routiniert befingerten und betatschten. Studentischen Softies wie ihnen hatte das die Schamesröte ins Gesicht getrieben. Natürlich vergingen sie dabei geradezu vor Eifersucht auf diese Disko-Neger … Während man selbst nach langem Zögern ein schon von vornherein aussichtsloses Gespräch mit einem Mädchen anfing, taten sie, wovon man träumte: anmachen. Schnell, effizient, ohne Skrupel und immer mit Erfolg. Einer aus ihren Reihen, Ed Ranzijn, hatte ihnen die Geschichte aufgetischt, diese tatkräftig operierenden Blacks seien allesamt weit in den Zwanzigern und hätten zu Hause Frau und Kinder; er habe es selbst von einem von ihnen gehört. Natürlich glaubte ihm keiner, aber Ed war nicht davon abzubringen. Einmal habe so ein Typ ihm sein Portemonnaie gezeigt. Hinter dem Plastikfenster für die Kreditkarten habe ein ganzer Stoß von Paßfotos gesteckt, die der stolze Eigentümer breit grinsend hervorgeholt habe. Ganz unten in dem Stapel, nach den vielen Fotos von Küken, Döschen, kleinen Vamps oder wie sie die Mädels auch nannten, sei ein abgegriffenes, vergilbtes Paßfoto ganz anderer Art zum Vorschein gekommen: ein Mauerblümchen mit fettigem Haar, Doppelkinn und Hasenzähnen. »Ist das vielleicht eine Cousine von dir, Raymond?« habe Ed höflich gefragt. Nicht doch. Raymond habe grinsend geantwortet, das sei jetzt die Echte, die Frau für daheim, die das Haus in Schuß halte und mit der er die Kinder gezeugt habe. Auch das hatte niemand aus ihrem Kreis geglaubt, Theo am allerwenigsten. Ed hatte die Anekdote wahrscheinlich in irgendeinem Sensationsroman gelesen und anschließend auswendig gelernt. Doch seit er wußte, was er wußte, vermutete Theo, daß Ed Ranzijn seinerzeit kein Wort erfunden hatte. Vielleicht hatte sich auch Sidney damals in dieser Diskothek an der Lijnbaansgracht herumgetrieben, und ihre Blicke waren sich einmal begegnet, Sidney mit zweifellos arroganter Miene und er selbst schüchtern, weil vermutend, der andere sähe in ihm den Inbegriff der Einfalt und Fadheit.

Wie hatte sie es vorhin gesagt, Iris? Im Durchschnitt vier Eskapaden pro Jahr bei Sidney. Iris war fünf Jahre mit ihm verheiratet, also hatte er seit ihrer Hochzeit wohl an die zwanzig Flittchen durch. Wie oft er es wohl mit jeder getrieben hatte? Theo entschied sich für durchschnittlich zwanzig Mal pro Liebschaft. Das bedeutete vierhundert außereheliche Nummern für Sidney, und bei einem Infektionsrisiko von, sagen wir mal, eins zu hundert war das ein beträchtlicher Risikofaktor, für Iris, für ihn, für Syl ... Theo konnte es nicht ändern, ihm schossen mehr von diesen Wahrscheinlichkeitsrechnungen durch den Kopf, kaum hatte er Hoorn verlassen, hatte ihn die Angst vor Krankheit oder Ansteckung wieder überkommen.

Es war schon nach drei Uhr, er hatte wie immer den Rückweg über Heerhugowaard genommen, die Wolken am Himmel waren weggezogen, aus dem gnadenlosen Blau knallte jetzt die Sonne voll auf die Windschutzscheibe seines Toyotas, auf dem Armaturenbrett blinkten zwei verbogene Büroklammern in einem Streifen harten Sonnenlichts, und Theos Augen gingen zwischen Fahrbahn und Armaturenbrett hin und her, gepeinigt von dem immergleichen Satz, der ihm durch den Kopf ging, jenem grauenhaft erzieherischen und theoretisch unwiderlegbaren Schlagwort von dem Virus, das »keinen Unterschied macht zwischen Rasse, Geschlecht, Alter und sexueller Vorliebe«. Der Satz wollte nicht weichen, beherrschte klopfend seine Schläfen, im Gleichmaß mit dem leeren Brillenetui, das hinten auf der Ablage raschelnd hin und her rutschte und jedesmal gegen die Rückscheibe tickte, wenn er das Tempo oder die Fahrtrichtung änderte ...

Er versuchte, auf andere Gedanken zu kommen, und beruhigte sich erst bei der Erinnerung an die ersten Wochen von Iris' Anstellung, jetzt schon fast zwei Jahre her; an die seltenen Augenblicke, in denen es ihm gelungen war, mit ihr in Kontakt zu treten, zwischen den Stunden, an Sporttagen und Elternabenden, und natürlich das eine, ausschlaggebende Mal in der Turnhalle. Er hatte ein mit Aufklebern bedecktes Etui, das eine kleine Aerosolpumpe und zwei Streifen Euphilin-Tabletten enthielt, einem leicht asthmatischen Schüler aus der Orientierungsstufe hinterhergetragen, der die Medikamente in der vorangegangenen Stunde in seiner Klasse vergessen hatte. Er dem Kind also hinterher. Die Orientierungsstufe hat in dieser Stunde Sport, wie er soeben dem Unterrichtsplan entnahm, Sport bei Iris Pompier. Er hastet durch die Flure, erreicht die Turnhalle über den Umkleideraum für Jungen, klopft leise an die Tür zur Halle, erhält keine Antwort, zögernd öffnet er die Tür – und da steht sie, mit dem Rücken zu ihm, inmitten der Zwölf- und Dreizehnjährigen mit ihren zerbrechlichen Beinchen unter der farbenfrohen Sportbekleidung. Sie haben Holzreifen in den Händen, die sie nach dem Vorbild von Frau Pompier über die Köpfe halten. Mit lauter, schriller Reibeisenstimme, warm und heiser, gibt sie ihre Instruktionen: »und streckt die Arme, und seitwärts beugen«, und Theo spürt, wie ihm die Knie weich werden aufgrund ihrer Diktion, beim ersten Hören ebenso gebieterisch, wie er es von den Sportlehrern aus seiner Schulzeit in Erinnerung hat, außer daß bei ihr auch etwas Festliches in dem strammen Rhythmus ihrer Sätze mitschwingt. Die Kinder schwenken und drehen die Reifen, niemand scheint ihn zu bemerken, wie er da verzückt in der Tür steht. Dann legt Iris den Reifen neben sich auf den Boden und beendet die Übung, indem sie dreimal in die Hände klatscht. Zwei Mädchen haben ihn schließlich doch gesehen und zeigen auf ihn. Iris dreht sich um und blickt ihn fragend und freundlich an. Theo, noch immer eine Beute seliger Entrücktheit, hält benommen das Etui in die Luft. Das fragliche Kind kommt mit flink trippelnden X-Beinen auf ihn zugelaufen und nimmt das Etui entgegen. Iris macht weiter, ohne die Klasse zur Ordnung rufen zu müssen, und ehe Theo die Tür schließt, bestaunt er ein letztes Mal ihren geraden Rücken, ihre hohen Turnschuhe, ihren pechschwarzen, über der Kapuze ihres Sportshirts hin und her fliegenden Zopf, ihre Jogginghose, deren Beine an den Knöcheln mit Klettverschlüssen zusammengebunden sind ... Über die Flure schwebt er zurück in seine Klasse und steht den Rest des Tages hinter einem Schleier wirrer Gefühlsseligkeit vor den Schülern. Theo der Zaghafte, Theo der griesgrämige heimliche Nörgler, der mit seinen zynischen Bemerkungen lediglich bei den höheren Klassen ankommt, während die Jüngsten untereinander ihren Spott mit ihm treiben – seht nur, wie dämlich er hinter seinem Schreibtisch hockt, mit seiner dummen langen Fresse und seinem Kartoffelzinken, groß wie ein Tennisplatz, seht ihr das, jetzt bewegt er sogar seine Nasenflügel, solche Apparate, als würde er Unrat riechen oder irgendwas ganz Leckeres, Jungs, paßt auf, Ameisenbär Altena ist im Anzug, rettet euch vor der Nase! Aller Hohn dieses Tages war an ihm vorbeigerauscht, halb betäubt hatte Theo seine Stunden heruntergespult, ab und zu in der Tat unwillkürlich die Nasenflügel weitend, so sehr hatten ihn die Gerüche der Turnhalle ergriffen, die er in seine Klasse mitgebracht zu haben schien. Ach, der Gummigeruch des grünen Linoleums, das Leder von Bock und Pferd und den Basketbällen im Materialschrank, der Kunststoff der langen Matte, die, einmal ausgerollt, eine Duftmischung von Mottenkugeln, ungewaschenen Haaren und Plastik in der Halle verbreitete, und durch das alles hindurch das leicht süchtigmachende Parfum des Magnesiumpuders, das wie Blütenstaub in der Halle verflog und körnig in den Rillen der Handflächen zusammenklumpte, wenn man sie damit eingerieben hatte, bevor man die Seile hinaufkletterte oder sich an eine Hangwaage wagte oder einen Handstand in den Ringen ... Bis dahin hatte er mit diesen Gerüchen immer die ewigdauernden Turnstunden seiner Jugend assoziiert, aber seit dem Morgen, an dem er sich in Iris verguckt hatte, sollten sie unlöslich und in alle Zukunft mit ihrer Erscheinung verbunden sein, und auch als ihre Affäre bereits Monate dauerte, gab es an jedem Dienstagnachmittag bei ihr zu Hause mindestens einen Augenblick, in dem Theo ganz flüchtig eine Prise »Turnhalle« an ihrem Körper zu entdecken meinte, obwohl sie in Wirklichkeit ganz anders roch, nach Nußöl und taufrischem Waldgrund. Ihr Körpergeruch war charmant und erregend, gewiß, aber es waren die Gerüche der Turnhalle, die ihm im Verlauf ihrer Affäre das intensivste Wiedererleben der gemeinsamen Stunden am Dienstag bescheren sollten, und wenn Wochenende oder Ferienzeit war und sie ihm fehlte, brauchte Theo sich nur den chemischen Lackgeruch auf dem Holz der langen, langen Bänke an den Hallenwänden ins Gedächtnis zu rufen, und schon kam eine Flut von Szenen, in denen er Iris aus Blickwinkeln betrachtete, die er faktisch nie eingenommen hatte. Und doch sah er diese Szenen in einer Schärfe vor seinem inneren Auge, als habe er Iris beim Vögeln aus der Distanz beobachtet, einzig zum Zweck künftiger Erinnerungen.

Manchmal überkam ihn das Entgegengesetzte, und er schnappte unvorbereitet einen Geruch auf, der vielleicht von Ferne an das Turnhallenbukett erinnerte. So konnte er durch sauber riechende Sportartikel in einem Warenhaus in eine Serie kühl-obszöner Szenen zurückkatapultiert werden, die er am Dienstagnachmittag mit Iris durchexerziert hatte. Aber ganz gleich, ob er den Gerüchen hinterherjagte oder sie sich ihm unerwartet aufdrängten, die Auswirkungen waren jedesmal überwältigend. Sogar durch eine Klasse, die eine Stunde zuvor Sportunterricht gehabt hatte, fiel er plötzlich aus Raum und Zeit. Nach dem Turnen war Duschen für die Kinder Pflicht, so daß in der darauffolgenden Stunde ein frischer Hauch von Seife, Shampoo und nassen Haaren durch sein Klassenzimmer strich, mit dem Kabinengestank schmutziger Socken, muffiger Hemden und zu lange getragener Jeanshosen als unvermeidlicher Begleiterscheinung. Natürlich hieß es aufpassen, daß man nicht übertrieb. So war er bisweilen am Ende eines Schultags, wenn das Gebäude nahezu verlassen war und nur noch Nachsitzer und Reinemachefrauen die Flure bevölkerten, in eine der drei Turnhallen geschlüpft, um sein olfaktorisches Gedächtnis aufzufrischen. Das war ... nun ja, absonderlich, er wußte es. Manchmal ging er wirklich zu weit, und seine Fixierung grenzte schon ans Perverse. Etwa wenn er zu Hause die Küchenschränke aus Kiefernholz beschnüffelte und erwartete, den Holzgeruch der Stöcke und der Reifen und der Keulen darin wiederzufinden. Oder spät am Abend im Badezimmer den Deckel des Wäschekorbs lüftete, um herauszubekommen, ob ihre schmutzige Wäsche genauso säuerlich, salzig roch wie am Dienstag der Sportdreß von Iris, nachdem sie einen Morgen lang darin unterrichtet hatte ...

Wieder zwang Theo sich zu anderen Gedanken. Gespannt wie eine Sprungfeder saß er hinter dem Steuer. Sie hätten anders, besser, schöner auseinandergehen müssen, heute. Man konnte schwerlich behaupten, Iris hätte auf anständige Weise Abschied von ihm genommen. Sie hatte sich seiner entledigt, wie ein nasser Hund sich die Tropfen aus dem Fell schüttelt. Theo riß sich zusammen. Mit der rechten Hand langte er nach den Knöpfen des Autoradios, ließ die Suchtaste über diverse Kanäle gehen und fand den 24-Stunden-Sender mit Hits aus den siebziger Jahren. Gleich beim erstbesten Lied sang er mit, lauthals, falsch, neben dem Takt und eine halbe Oktave zu tief. Das Seitenfenster war halb heruntergekurbelt, die Lautsprecher dröhnten in voller Lautstärke, und Theo verspürte einen angenehm Druck auf den Schläfen. So laut sang er, daß Autofahrer, an denen er vorüberfuhr, ihn von der Seite beäugten. Einer tippte sich wild an die Stirn, wie er selbst es auch manchmal tat, wenn jemand ihn allzu brüsk überholte. Auf der Höhe von Sint Pancras war es vorbei. Das Lied war zu Ende, und Theo hatte einen rauhen Hals. Er wechselte den Sender und hörte die Nachrichten, ohne daß die Berichte ihn erreichten. Er formte die Lippen zu einem O und versuchte, ein Gähnen zu forcieren. Ganz laut zu singen war erleichternd; was er soeben getan hatte, war vielleicht auch eine höhere Form des Weinens.

Zu Hause angekommen, entdeckte er, daß Sylvia in die Stadt gefahren war; auf dem Tisch hatte sie eine Nachricht hinterlassen. Daneben lag eine Mappe mit Papieren: die Bedienungsanleitung für die Alarmanlage. Theo ließ sich von der schematischen Darstellung der Apparatur entmutigen. In einem Winkel der Kochnische war direkt unter der Decke ein Detektor angebracht. Es war ein weißer, quadratischer Kasten mit einem Mattglasfenster in der Mitte, hinter dem zwei schwarze Kugeln schimmerten, die ihn an die Spulen eines Kassettenrekorders erinnerten. Die Anleitung zählte sieben dieser Detektoren auf. In Flur und Abstellkammer entdeckte Theo zwei, und ja, oben hingen sie auch, der Beco-Mann hatte nicht bloß gescherzt. Theo durchkreuzte die Zimmer seines Hauses wie ein Museumsbesucher, die Anleitung war sein Kunstführer. Irgendwo mußten auch ein Kombisender und ein Telefonalarm angebracht sein. Er fand sie im Zählerschrank. Die beiden Apparate waren durch ein Gewirr dünner, flacher Drähte miteinander verbunden. An der Rückwand des Schranks war eine schwarze Sirene in der Größe eines Telefonhörers befestigt. Mit ebenso großem Respekt wie Widerwillen studierte Theo die Apparatur. Jetzt also sollte er sich sicher und beschützt vorkommen. Eher beschlich ihn das unangenehme Gefühl, die Herrschaft über sein Haus an einen geschlossenen Schaltkreis verloren zu haben, dessen Funktionsweise er zwar verstand, nicht aber dessen Bedienung, selbst wenn er die Instruktionen aufmerksam durchlas. Und er lachte laut auf, als er auf der letzten Seite der Anleitung auf die Erwähnung eines Schwenklichts stieß, »außerhalb des Hauses zu befestigen, vorzugsweise beim Haupteingang«. Durch Abstellraum und Garage ging er in den Vorgarten. Es stimmte, über der Haustür war ein Schwenklicht angebracht. Das sah wirklich nach nichts aus. Die ganze Fassade wirkte dadurch irgendwie lächerlich, als bewohne er eine Dorfkaserne oder einen Krämerladen. Als er sich auf die Zehenspitzen stellte, um die Kabelführung ins Haus zu inspizieren, hörte er hinter sich sagen: »Phantastisch, was?«

Ertappt, ohne zu wissen wobei, drehte Theo sich um. Am Gartenzaun stand Frau Does, das Fahrrad neben sich herschiebend. Sie strahlte.

»Sie haben es an einem einzigen Tag gemacht, auch bei uns«, sagte sie und deutete auf das Schwenklicht. »Ihre Frau hatte mir gestern schon erzählt, sie würde auf der Stelle eine Einbruchschutzfirma anrufen. Also, wir auch. Und morgen kommen sie bei der geschiedenen Frau von gegenüber vorbei. Der sitzt der Schreck auch in sämtlichen Kochen. Was soll man auch anderes erwarten, bei zwei kleinen Kindern im Haus.«

Das Strahlen von Frau Does konnte nur eins bedeuten, und also fragte Theo: »Noch was von der Polizei gehört?«

Jetzt brach durch das Beige ihres Make-ups erst richtig große Freude.

»Sie werden es nicht glauben, aber sie haben alles wiedergefunden. Alles!«

»Nein wirklich?« Theo klang geradezu begeistert; ihre Stimmung übertrug sich auch auf ihn.

»Die Polizei hat heute früh angerufen und uns die gute Nachricht überbracht. Mein Mann ist gleich hin, nicht wahr. Ein wunderbarer Zufall, haben die Beamten dort gemeint. Ihre Kollegen in Purmerend haben heute nacht eine Razzia gemacht in, na ja, wie heißt so ein Haus?«

»Ein Drogenhaus?« riet Theo.

»Ja, genau. Und was sie da vorgefunden haben, die Beamten, ei-ei-ei ...« Frau Does schüttelte den Kopf und schlug die Hand vor den Mund, als hätte die Polizeieinheit von Purmerend sie höchstpersönlich dort herumgeführt. »Es war gerammelt voll mit Diebesgut. Sogar das Badezimmer. Fernseher, Autoradios, Computer, alles. Und wissen Sie, was das schönste ist? Sie haben bloß eine Razzia wegen Drogen und Asylanten gemacht. Oder Illegalen, da will ich mich nicht festlegen. Wie finden Sie das?«

Ja, wie fand er das.

»Gratuliere«, sagte er, »so ein Glück.«

»Das kann man wohl sagen. Auf der Wache haben sie es auch schon zu meinem Mann gesagt, sie sagten, Herr Does, sagten sie, Sie haben enormes Glück gehabt, denn die Wahrscheinlichkeit, daß Diebesgut wiedergefunden wird, ist heutzutage minimal. Mi-ni-mal. Unglaublich, nicht? Da wird stibitzt und gestohlen und gemacht, und es kommt nie mehr ans Tageslicht.«

»Außer dies eine Mal«, sagte Theo, dessen Begeisterung schon wieder gehörig abgeflaut war. Er fürchtete, das Gespräch würde eine ihm mittlerweile bekannte Richtung nehmen.

Frau Does sah plötzlich argwöhnisch drein. Sie legte zwei Finger ans Kinn.

»Das waren doch Sie, heute früh auf dem Parkplatz dort hinten? Man konnte meinen, sie hätten da Schmiere gestanden.«

Doch noch erwischt. Frau Does war genau die Person,

die halbe Tage hinter der Gardine verbrachte und die Straße beobachtete. Theo versuchte ein möglichst beiläufiges Lächeln.

»Ich habe kontrolliert, ob die Detektoren von außen zu sehen sind«, sagte er.

»Ach richtig, ja«, antwortete Frau Does, die ihm offensichtlich kein Wort glaubte. Die Alte mochte denken, was sie wollte, fand Theo, aber leider bestand die Möglichkeit, daß sie Sylvia anquatschte. »Gottchen, ich hab' Ihren Mann den ganzen Morgen auf dem Parkplatz stehen sehen. Hat die Sicherungsanlagen kontrolliert, wie er selber sagt.« Syl, natürlich schon verwundert, daß er zu dieser Stunde nicht wie sonst in der Schule gewesen war, würde glauben, er sei verrückt geworden.

Allzu wortreich suchte Theo nach einer Ausrede, er sagte, die Apparatur dürfe von außen nicht zu sehen sein, wegen des Überraschungseffekts für die Einbrecher.

»Und was ist mit dem Schwenklicht?« fragte Frau Does trocken. »Alles soll im Gegenteil gerade zu sehen sein. So ein Schwenklicht ist eine prima Abschreckung.«

Das wußte er selbst natürlich auch, aber ehe er antworten konnte, war Frau Does schon wieder bei dem aufgeklärten Einbruch.

»Man darf es nicht sagen, aber es waren doch wieder mal die Dunkelhäutigen, nicht. Oder gut, Ausländer jedenfalls. Es ist doch himmelschreiend. Also, ich wüßte da schon was. Die Grenzen zu, keine Familienzusammenführung mehr, Landsleute aus Übersee nur hereinlassen, wenn sie nachweisen können, daß sie anständig von Montag bis Freitag arbeiten, und alle Illegalen ins Flugzeug, eine Reise ohne Rückfahrkarte Richtung Vaterland. Sie würden sehen, wie schnell unser Land wieder obenauf wäre.«

Sie machte es anders als Pa Houtman am Dienstagabend, merkte Theo. Frau Does hatte etwas Triumphales und Herausforderndes in ihrem Blick. Wieder zwang er sich zu einem Lächeln. Auf keinen Fall widersprechen, das hatte er mittlerweile gelernt. Mit offener Hand vollführte er eine kleine Gebärde und sagte: »Tja. Es ist halt so, Frau Does.«

Dabei wollte er es gern belassen. Er nickte ihr noch einmal höflich zu und zog das Garagentor auf.

Im Haus legte Theo die Anleitung auf den Tisch zurück. Nachbarin, Schwiegervater, Schüler, es war, als legten sie es darauf an. Seine frischgebackene Sensibilität war ihm auf die Stirn tätowiert, er brauchte nur einen Schritt vor die Tür zu tun, und schon kamen gewisse Bemerkungen auf ihn zugesegelt. Er mußte es loswerden, das Odium heiliger Entrüstung, oder er würde demnächst die Zielscheibe sämtlicher Xenophoben sein, die in ihm den idealen Scheinheiligen sahen, gegen den sie hübsch vom Leder ziehen konnten, weil er in ihren Augen eine Beute genau derselben Ressentiments war und bloß nicht den Mut hatte, dazu zu stehen. In Zukunft würde er den Mund halten, in der Klasse, auf der Straße, bei den Schwiegereltern. Was brachten ihm seine Einsprüche und Diskussionen ein? Nichts als Ärger, vergeudete Energie. Außerdem war seine moralische Entrüstung durch und durch provinziell. Er hatte lange genug in Amsterdam studiert, um zu wissen, daß man im Ballungsgebiet Geschwätz wie das von Frau Does als Lappalie betrachtete. In den Großstädten hielten sich Integrations- und Diskriminierungseifer so ziemlich die Waage. In seiner Studentenzeit hatte er in Amsterdam gehört, wie die rassistischen Beleidigungen und Schimpfworte nur so hin und her gingen, und gleichzeitig war es dort seit Jahren die normalste Sache der Welt, wenn, nur um ein Beispiel zu nennen, in der Straßenbahn ein schwarzer Mann aufs heftigste Zungenküsse mit einer Blondine tauschte.

Die unverbesserlichen Optimisten beriefen sich gerne auf solche Beispiele, wenn sie behaupteten, daß es gut stünde um die Integration. Dann bekam man zu hören, daß der Prozentsatz von Mischehen jährlich zunahm, daß Allochthone immer häufiger repräsentative Funktionen in Politik, Medien und Wirtschaft einnahmen und daß zahlreiche Schulen den Unterricht erfolgreich an die Nationalitätenvielfalt ihrer Schüler anpaßten. Das mochte alles so sein, aber die Gegenreaktionen, die diese Entwicklung hervorrief, wurden weitgehend ignoriert. Das größte Mißverständnis war nämlich, Fremdenhaß werde hauptsächlich durch die Armut unter ethnischen Minderheiten und die Verelendung alter Stadtviertel begünstigt. Erfolg und Wohlstand sorgten für ebensoviel, wenn nicht mehr Widerstand. Es gab eine Sache, die bei den Frau Doesens in diesem Land mehr Verärgerung hervorrief als ein schmuddeliger, verwahrloster türkischer Imbiß, und das war ein florierender, nach Zaster riechender türkischer Imbiß. Vier junge Marokkaner, die in einem alten Break durch die Straßen sausten, fand man störend und provokant; glitten sie geräuschlos in einem nagelneuen viertürigen BMW vorbei, machte einen das erst recht rasend – woher nahmen sie es denn, wenn nicht von unseren Steuergeldern?

Ein Kind konnte vorhersagen, daß alles noch viel grimmiger werden würde. Die extreme Rechte war ins Parlament eingerückt. In Diskos und Provinzstädten spielten sich rassistische Prügeleien ab. Hausbewohner zerstörten leerstehende Apartments, wenn Gefahr bestand, daß sie Allochthonen zugewiesen wurden. Türkische Familien in brabantischen Neubaugebieten erhielten Schmähbriefe. Schüler taten in Meinungsumfragen ohne Wimpernzucken kund, sie hätten »Verständnis« für Gewalt gegen Ausländer. Und die Politiker schwafelten immer noch salbungsvoll von »Zwischenfällen«, obwohl der erstbeste

Kuchenbäcker einem schon erzählen konnte, daß die Stammtischdiktatur unaufhaltsam vorrückte. Und vor den Augen der Welt predigte man nach wie vor jene Toleranz, auf die man untereinander immer unverhohlener pfiff. Dieselbe Doppelherzigkeit haftete der explosionsartigen Zunahme guter Zwecke an. Jahrelang hatte Theo aus Pflichtbewußtsein seine bescheidenen Beträge auf eine ganze Serie von Spendenkonten überwiesen. Er tat es mit immer größerem Widerwillen, seit schlangengleiche Showmaster und deren Obere sich definitiv aller nur erdenklichen Spendenaktionen bemächtigt hatten. Das folkloristische Klatsch- und Glotzvieh überwies gefügig auf Kontonummer soundso, wenn sich damit nur ein Auto oder eine Einbauküche gewinnen ließ. Die Beichte war endgültig durch den periodischen Ablaß des Guten Zwecks ersetzt worden. Und wo blieben die angeblich so engagierten Künstler und Intellektuellen? Jetzt, wo es wirklich nötig war, dem Bürger ein Gewissen einzubleuen, verlegte sich die kulturelle Vorhut auf laschen Camp und postmoderne Ironie. Das Ganze war wohl auch eine Sache der Mentalität. Der Türke klagte, und der Niederländer gähnte. Theo hatte seinen Entschluß gefaßt: Er machte nicht mehr mit. Nicht, daß er früher jemals gegen Mißstände und Unrecht auf die Barrikaden gegangen wäre. Er hatte es zwar durchaus gewollt, aber nie gewagt. Ein Schritt in einer Protestdemonstration, und schon lag er in einem phobischen Krampf und nach Luft schnappend auf dem Asphalt, konnte er etwas dafür? Er war für aktives Engagement einfach ungeeignet. Bestenfalls war er ein Experte in Widerwillen und Menschenverachtung, auch wenn er Theorie und Praxis gerne getrennt hielt und sein Ekel der Gattung Mensch und nicht dem einzelnen Mitmenschen galt. »La condition humaine« war ihm keinen Pfifferling wert, er hielt für ein menschliches Gegenüber aber immer eine Tür offen und würde jedem über die Straße helfen, der ihn darum bat – im Denken ein Solipsist, im Handeln ganz schlicht ein Pfadfinder.

Vielleicht lag in dieser Zweiteilung auch die Erklärung für den unglücklichen Ausgang seiner Kollision mit Wouter Nijman. Theo fragte sich, ob er sie vielleicht halbbewußt herbeigeführt hatte, in der Klasse. Immerhin ließ sich sein Wutanfall in der 3f als eine unvermeidliche Folge einer zu lange unterdrückten Sehnsucht erklären, einer Sehnsucht nach einem spiegelglatten Dasein, weitab von Schule und Kindern, zu erreichen notfalls mittels Suspendierung, Wartegeld, Entlassungsklage … Ach, es gab Zeiten, da war ihm nach »sozialer Isolation«. Die Vorhänge zu, Ohrstöpsel rein, 220 Volt auf die Türklingel, Telefon ausgehängt, und nicht eine, sondern zwölf Einbruchsicherungen in und ums Haus, eine bona fide Abschreckung, denn Infrarot unterschied nicht nach Rasse, Geschlecht oder Glaubensüberzeugung; Milchmann, Postbote oder Einbrecher, jeder war ein Eindringling in Fort Altena.

Es ging auf fünf Uhr zu, durchs Küchenfenster sah Theo, wie die Ernährer in ihren dunkelblauen Volvos, Peugeots und VWs in die Straße einrückten. Kinder stiegen von ihren Mountainbikes und stoben fröhlich auf ihre Väter zu. Abwesend verfolgte Theo die Szenen und wußte nicht recht, ob er sich dadurch getröstet oder verärgert fühlen sollte. Neben dem Küchentresen stehend, trank er ein Glas Wasser. Dann hörte er Sylvia heimkommen. Im Flur vernahm er das vertraute dreifache Klicken des Haustürschlosses, und Theo hoffte auf eine Wiederholung der Euphorie, die über ihn gekommen war, als er sie am Tag aus der Ferne beobachtet hatte. Für einen Moment stellte er sich sogar vor, sie würde ihren Einzug in einer Art Wolke der Erlösung halten, in die er sogleich aufgenommen würde, aber als sie wirklich ins Zimmer trat, umständlich mit drei großen Einkaufstaschen von Modegeschäften hantierend, sah er an der Verkleinerung ihrer Pupillen und den eckigen Bewegungen, mit denen sie heftiger als gewöhnlich die Wohnzimmertür hinter sich zuwarf, daß an diesem Tag etwas geschehen war, was sie ihm anrechnete. Theo fürchtete im Augenblick nur eines, und zwar das, was er seit vierzehn Monaten fortwährend befürchtete.

Sylvia hatte die Taschen neben sich abgestellt. Sie reagierte nicht auf seine Begrüßung, und als er fragte, ob sie etwas trinken wolle, vermied sie es, ihn anzusehen. Sie legte ihren Mantel über einen Stuhl und fragte: »Und, wie war's in der Schule?«

Sein Herzschlag stockte. Alles war heraus.

Als er nicht sofort antwortete, sagte sie: »Heute mittag hat jemand für dich angerufen.«

Er hatte das Gefühl, als würde seine Haut an einigen Stellen straffgezogen.

»Ach? Und wer?«

Iris, wer sonst. Bedauerte im nachhinein ihren wortkargen Abschied. Hatte sich zum ersten Mal nicht beherrschen können und ihn gleich von zu Hause aus zu erreichen versucht, ohne daran zu denken, daß er in dem Augenblick noch nach Alkmaar unterwegs sein mußte. Dumme Kuh. Hatte zu guter Letzt doch noch alles verraten und verpatzt.

»Ferweda«, sagte Sylvia. Jetzt sah sie ihn an, sie peilte seine Reaktion. »Er wunderte sich, daß du nicht zu Hause warst. Ich wunderte mich, daß du nicht in der Schule warst.«

Die beiden Sätze waren so einfach, daß sie ihm geradezu leicht in den Ohren klangen. Zu seinem Entsetzen fühlte er, daß sein Mund sich zu einem Grinsen verzog.

»Irgendwas entgeht mir anscheinend«, sagte Sylvia eisig. »Habe ich etwas Witziges gesagt?«

»Nein nein, überhaupt nicht«, antwortete er rasch.

»Theo ich will nicht in die Rolle der Frau gedrängt werden, die wissen will, wo ihr Mann gewesen ist. Das ist unter meinem Niveau.«

»Das hat sie vorher geübt«, dachte er. Sie klang, als würde sie ihm gleich eine Standpauke halten. Aber sie sagte nur: »Trotzdem möchte ich es wissen. Wo du gewesen bist.«

Er konnte nichts dafür, wieder mußte er sich bezwingen, um nicht in Lachen auszubrechen. Er preßte die Lippen aufeinander und wußte, daß Sylvia sein nervöses Grinsen falsch auffassen würde.

»Ich verstehe es nicht«, sagte sie, »wieso warst du nicht in der Schule? Wo warst du, Theo?«

Jetzt klang sie nicht länger eisig, sondern traurig und auch irgendwie ängstlich. Schlagartig fühlte Theo seinen Lachkrampf verschwinden. Am liebsten hätte er sie geküßt.

»Ich kann es dir erklären«, sagte er und fragte sich, was er erzählen würde und wieviel er noch verschweigen konnte.

Neunzehn

Wann hat es angefangen?« fragte Sylvia. Sie saß ihm gegenüber am Küchentisch und sah ihn besorgt aus großen, klaren Augen an.

»Ich weiß nicht genau«, antwortete Theo. »Ich glaube, vor ungefähr vierzehn Monaten.« Er empfand eine nicht unangenehme Spannung beim Nennen dieser Zahl.

»Vierzehn Monate ... Und keiner hat etwas davon gemerkt? Es ist niemandem je aufgefallen? Keinem von deinen Kollegen, meine ich?«

Theo verschob eine leere Teetasse, die auf dem Tisch stand.

»Syl, es ist nicht üblich unter Lehrern, sich zu einem Kollegen in die Klasse zu stellen und zu schauen, wie er zurechtkommt.«

Er hatte es nicht bissig oder belehrend gemeint, aber er sah, daß sie es so auffaßte.

»Wieso hast du nicht darüber gesprochen?« fragte sie. »Mit der Schulleitung beispielsweise.« Sie zögerte. »Oder mit mir.«

Theo schüttelte den Kopf.

»Ich habe noch nie gehört, daß ein Lehrer vor Kollegen oder dem Konrektor Disziplinschwierigkeiten zugegeben hätte. Das hieße ja, sich glattweg für unfähig zu erklären. Und ich habe halt gemeint, es wäre ein kurzes Formtief. Ich dachte jedesmal: Ab nächster Woche ist alles wieder wie früher.«

»Aber so war es nicht.«

»So war es nicht«, wiederholte Theo mechanisch und überdachte die Antworten, die er ihr in der vergangenen Stunde gegeben hatte. Es war erstaunlich, wie sich alles in seiner Geschichte zusammengefügt hatte. Zunehmende Lustlosigkeit bei der Arbeit, Streß, Schlaflosigkeit, Disziplinschwierigkeiten in der Unterstufe, die Spottzeichnungen auf der Tafel, die Eskalation in der 3 f: Nichts deutete auf Ehebruch, sondern alles auf Überarbeitung hin. Also hatte er sie strenggenommen auch nicht belogen, sondern lediglich alles weggelassen, was sich auf die Sportlehrerin bezog. Zur Sicherheit hatte er noch gefragt, was Ferweda von ihm gewollt habe. Möglicherweise hatte der stellvertretende Schulleiter etwas über Iris fallenlassen. Aber nein, er hatte lediglich gesagt, Theo solle ihn bei Gelegenheit zurückrufen. Das hatte er nicht getan, noch nicht, denn zuerst galt es, »eine Reihe von Mißverständnissen aus der Welt zu schaffen«, wie er Sylvia versicherte. Sie hatte ihn spöttisch angesehen, aber anschließend hatte eine erste, kurze Erklärung seiner schulischen Probleme schon genügt, ihr den Argwohn und Sarkasmus zu nehmen. Später hatte er ihr sogar alles (alles bis auf den eigentlichen Anlaß; die Pornofotos auf seinem Schreibtisch) von Wouter Nijmans unglücklichem Sturz und den Anschuldigungen seines Vaters erzählt. Gerade weil er so ins Detail gegangen war, hatte seine Erklärung an Glaubwürdigkeit gewonnen. Und welchen Grund gab es auch für Mißtrauen? Theo wußte, daß er auch nichts dahinter vermutet hätte, wenn sie eines Tages mit der lange verschwiegenen Nachricht nach Hause gekommen wäre, sie halte ihre Arbeit nicht länger aus und sei nach einer Reihe unglücklicher Zwischenfälle vorläufig beurlaubt.

Doch fürchtete er nach wie vor, sie würde ihn bei einer Erzähllücke oder kleinen Inkonsequenz ertappen, und jedesmal, wenn er zu einer Antwort auf eine neue Frage anhob, dachte er: »Jetzt, jetzt, jetzt sage ich was Falsches, und sie weiß mit einem Schlag Bescheid.« Aber statt Argwohn legte sie Sorge und Mitgefühl an den Tag. Von allen Formen des Betrugs kamen Ehebruch und Plagiat nahezu immer ans Licht, das behaupteten jedenfalls diejenigen, die Ahnung davon zu haben schienen. Theo hielt sich keineswegs für einen unfehlbaren Betrüger, und Sylvias Intuition war ungleich stärker entwickelt als seine – aber wie kam es, daß sie ihn selbst jetzt nicht durchschaute? Denn wie logisch und glaubwürdig seine Geschichte auch geklungen hatte, der Schweiß hatte ihm buchstäblich auf der Stirn gestanden, und anfangs hatte er gestammelt und gezaudert wie das erstbeste Schulkind, das Vater oder Mutter beim Diebstahl aus der Haushaltskasse erwischt haben. Vielleicht war es ein Märchen, daß Ehebruch immer herauskam, und es gab außer dem Netzwerk offizieller Romanzen und Verbindungen auch eine Kette unspektakulärer Affären, die aufblühten und erloschen, ohne je entdeckt zu werden und anhaltende Streitigkeiten oder gar Ehescheidungen zur Folge zu haben. Sylvia war derart gutgläubig, daß es ihn fast schon ärgerte. War er denn so gerissen gewesen beim Beseitigen von Spuren? Hatte sie kein einziges Mal einen unbekannten Geruch an seinem Körper entdeckt? Theo vermutete allmählich, daß sie sich weigerte, ihm zu mißtrauen, und irgendwann aus Selbstschutz beschlossen haben mußte, jeden Verdacht eines Seitensprungs aus ihrem Innersten zu verbannen. Letzteres war vielleicht weniger wahrscheinlich, weil Sylvia ihn soeben zum zweiten Mal vorwurfsvoll gefragt hatte, weshalb er seine schulischen Probleme so lange verschwiegen habe. So etwas fragte man nicht, wenn man vage Vermutungen über ein Problem anderer Art hegte, dachte Theo.

Er erklärte ihr, daß er sich geschämt habe. Das verstand sie nicht.

»Schämen? Vor mir? Daß du dich deinen Kollegen gegenüber schämst, okay. Aber ich bin deine Frau und keine Kollegin. Wenn mich etwas bedrückt, erzähle ich es dir doch auch?«

»Es ist wirklich nicht schön, zugeben zu müssen, daß man für seinen Beruf nicht mehr taugt«, sagte Theo gelassen.

Sylvia verschränkte die Arme und zog die Schultern hoch.

»Bitte, Theo. Das klingt ja sehr dramatisch. Wieso solltest du nicht mehr zum Unterrichten geeignet sein, bloß weil sie dich andauernd provozieren?«

Er wußte, daß es ihm eigentlich das Herz zu brechen hatte, so viel unverdiente Unterstützung und Solidarität. Statt dessen spürte er einen Anflug von Geringschätzung. Sie blieb einfach taub und blind. Mit seiner unvollständigen Erklärung hatte er sich in eine Position manövriert, aus der heraus er in seiner Frau – der Heldin, Soldatin, Liebespatriotin – nur noch eine dumme Ignorantin sehen konnte.

»Ferweda hat mir geraten, eine Weile zu Hause zu bleiben. Dieser Ratschlag ist natürlich eine verkappt freundliche Art, mich fürs erste aus dem Verkehr zu ziehen. Wenn Wouter Nijmans Vater tatsächlich Beschwerde einreicht, könnte das durchaus auf eine Suspendierung hinauslaufen. Eine Suspendierung! Das ist doch ziemlich demütigend, Syl.«

»Das siehst du falsch«, sagte sie entschieden. »Nach allem, was du erzählt hast, finde ich es nicht so abwegig, daß dir irgendwann alles zuviel geworden ist. Eigentlich ist es schon eine Leistung, daß du es überhaupt so lange ausgehalten hast.«

Theo strich langsam mit beiden Händen über die Tischplatte, und mit einem Gefühl der Ermattung sagte er: »Jedenfalls bin ich froh, daß du es jetzt weißt. Dann kann ich morgen wenigstens einfach zu Hause bleiben.«

Sylvia dachte nach.

»Wenn ich heute wie immer zur Arbeit gegangen wäre und heute mittag nicht zufällig Ferweda am Apparat gehabt hätte, was hättest du dann gemacht? Wärst du dann morgen wieder aus dem Haus gegangen, ohne etwas zu sagen?«

»Nein. Ich hätte es dir erzählt.«

Stimmte das? Offensichtlich; er hörte es sich ja lautstark verkünden.

»Was genau hast du denn heute gemacht?« fragte Sylvia.

Theo erinnerte sie an den zerschlagenen Außenspiegel des Wagens, von dem er ihr ebenfalls gerade erst erzählt hatte. Sie nickte. Er sagte: »Ich habe also den Spiegel auswechseln lassen, in der Werkstatt auf dem Industriegelände.«

Sehr einfach – auch hier brauchte er nicht zu lügen.

»Und danach?«

Er sah auf. Natürlich, es gab ein »Danach«. Den Wagen in die Werkstatt zu bringen nahm nicht den ganzen Tag in Anspruch.

»In der Stadt herumgelaufen. Mir Geschäfte angeschaut. Kaffee getrunken.«

Sylvia mußte lachen.

»Dann hätten wir uns heute also durchaus über den Weg laufen können.«

Er lächelte fragend. Sie deutete auf die Taschen.

»Ich bin doch auch in der Stadt gewesen!«

»Ja ja«, sagte Theo rasch, und obwohl er wußte, daß es kaum schaden konnte, betrachtete er es als unerlaubte Fahrlässigkeit, daß er sie nicht sofort verstanden hatte. Es hieß wachsam bleiben.

Mit dem Zeigefinger schob er seine Brille hoch. Er musterte sie und fragte sich, wie Männer, die sie kennenlernten, sie beurteilten – und gerade als er versuchte, sich vorzustellen, was sein erster Eindruck gewesen wäre, wenn er ihr jetzt, heute, zum ersten Mal begegnet wäre, beugte sich Sylvia seufzend vor, streckte quer über den Tisch die Arme nach ihm aus und umfaßte seine Handgelenke. Theo wollte sich räuspern, tat es aber nicht. Auf seinem Gesicht erschien von ganz weither ein Lächeln, und als er die Augen niederschlug und ihre schmalen, weißen Hände auf den seinen sah, stellte er sich vor, sie wären beide zwölf Jahre alt und Sylvia wolle ihn mit ihrer sanften Umklammerung dazu überreden, über einen Wassergraben zu springen oder über einen hohen Schwebebalken zu laufen, eine körperliche Leistung jedenfalls, ebenso unschuldig wie anstrengend, etwas, weswegen sie ihn bewundern konnte, wozu ihm aber wie immer der Mut fehlte (er war wasserscheu und nicht schwindelfrei, nichts Feiges war ihm fremd). Ihre Hände waren warm, unter dem Druck ihrer Finger fühlte er das Pochen seines Herzschlags. Es stimmte nicht, daß Unschuld und Unwissenheit eine Frau begehrenswert machten. Sylvias Unwissenheit war wie ein verunzierender Striemen auf ihrem Gesicht, vergleichbar mit etwas Ekligem, Rotz, Schmiere, einem kringelnden Speichelfaden oder etwas anderem, von dem sie nichts wußte und das zu peinlich war, um sie darauf aufmerksam zu machen, nur daß bei ihr das Verunzierende nicht wegzuwischen war. Er hatte Angst, künftig zuallererst den Striemen und danach erst ihr Gesicht zu sehen. Gewiß, er hatte ihr diese Verunzierung beigebracht, eine unsichtbare und allgegenwärtige Beschmutzung, die er nie mehr ungeschehen machen konnte. Allmählich war er wirklich davon überzeugt, sie würde seinen Betrug nie, niemals entdecken – und erst jetzt, nachdem seine Angst vor Entdeckung langsam schwand, begann er sich endlich schuldig zu fühlen, allerdings gleich mit einer Heftigkeit, die ihn schlagartig lähmte und ermattete. Und endlich brach es ihm doch das Herz, falls man den kalten, krampfartigen Druck hinter und unter seinen Rippen denn so nennen konnte. Es schien, als fließe dort etwas neu zusammen, ehe es endgültig gerann.

»Ich sagte doch, ich wäre in der Stadt gewesen?« fragte er und sah sie über sein Brillengestell hinweg an.

»Ja?« Sie setzte sich gerade.

Noch schwieg er.

»Das stimmt nicht ganz. Ich bin am Morgen noch einmal zurückgekommen. Zurück nach Hause, meine ich.«

Ein Schatten der Beunruhigung schob sich über ihr Gesicht.

»Das verstehe ich nicht«, sagte sie beherrscht.

»Ich habe dich beobachtet.«

»Du hast was?«

»Ganz einfach, wie ich es öfter am Morgen tue. Dich nochmals aus dem Wagen heraus betrachten.«

Sie seufzte und sagte: »Das ist etwas anderes. Dann weiß ich, daß du nach mir schaust.«

Diesen Einwurf ignorierte Theo. Ihr Ärger weckte eine warme Spannung in ihm, als beteilige er sich an einem Glücksspiel und als sei die Möglichkeit, einen Preis zu gewinnen, soeben größer geworden.

»Ich habe das Auto in einer Seitenstraße geparkt und mich bei der Grünanlage hingestellt«, sagte er. »Ich konnte die Fenster im Obergeschoß sehen. Der Kerl von der Einbruchschutzfirma war da zugange. Und manchmal bist du in mein Arbeitszimmer gekommen und vor dem Fenster aufgetaucht.«

Sie starrte ihn an, als habe er sich soeben in einen Fremden verwandelt.

»Machst du das öfter, spannen?«

Er stand auf und stellte die Teetasse in die Spüle. Den Rücken zu ihr gekehrt, sagte er: »Laß den Unsinn, Sylvia. Spannen tut man Unbekannten hinterher, nicht seiner eigenen Frau.«

»Nein, wie denn auch. Wie auch kein Mann je seine eigene Frau vergewaltigt.«

Theo sah über die Schulter.

»Unser Gespräch nimmt ja eine sehr merkwürdige Wendung, findest du nicht?«

»Nur ruhig«, sagte Sylvia und fuhr leiser fort, »fühl dich bloß nicht angesprochen, es war nur so dahingesagt. Ich finde den Gedanken einfach unangenehm, daß du mir nachspioniert hast.«

»Nachspioniert!« Theo faßte sich an den Kopf, drehte sich um und ging in derselben Bewegung neben ihr in die Hocke. »Syl, angerührt hast du mich. Es war so süß, wie du durchs Haus gelaufen bist.« Er streichelte ihren Arm. »Ich fand dich phantastisch. Meine Frau, in unserem Haus. Weißt du noch, wie wir uns ›Garp‹ auf Video angesehen haben?« Sie nickte; sie hatte damals den Film ausgeliehen. »Und«, fuhr er fort, »erinnerst du dich noch an die Szene, in der Garp mit seiner Frau einen Abend ausgehen will, aber nicht recht weiß wohin, und daß sie auf seinen Vorschlag hin schließlich vor ihrem Haus im Auto sitzenbleiben und den Kindern zusehen, die glauben, Papi und Mami wären weit weg? So etwa war es, Syl. Ich hatte das Garp-Gefühl. Der Unschuld der anderen zusehen. Das war es, was ich tat. Ich trank deine Unschuld.«

Sylvia lächelte, wenn auch sichtlich reserviert und mit Widerständen. Theo hatte sich erhoben und stand gegen den Küchentresen gelehnt. Er hatte sie noch keineswegs für sich gewonnen, was eigentlich auch nicht in seiner Absicht lag. Noch nicht. Scherzend fragte er sie: »Du bist doch unschuldig? Oder hast du vielleicht etwas zu verbergen?« Er wartete, dann fragte er: »Syl, hast du einen anderen?«

Die Kinnlade fiel ihr buchstäblich herunter.

»Wovon sprichst du? Was meinst du?«

»Genau was ich sage«, sagte er aufgeräumt. »Und, hast du einen anderen?«

Sie bewegte den Kopf. Ihre Augen verengten sich.

»Nein. Du?«

Ah! So war es gut. Lieber Sarkasmus und Argwohn als Besorgtheit und Mitgefühl. Jetzt war ihm gestattet, mit ganzem Einsatz zu schauspielern, zu scherzen, eine Schmierenkomödie abzuziehen. Und mit einem spöttischen, singenden Ton in der Stimme sagte er: »Na, aber gewiß doch. Bei dem ganzen Elend in der Schule darf das doch nicht fehlen, eine Geliebte.«

Und um den Eindruck zu erwecken, daß er das Närrische ihrer Frage noch einmal überdachte, sah Theo kopfschüttelnd an ihr vorbei. Er wußte ihren Blick auf sich gerichtet, und als er ihr wieder das Gesicht zuwandte, mit einer perfekt vorgetäuschten Arglosigkeit, die ihn auf der Stelle von jedem Verdacht befreien würde, sah er, daß sie ihn in der Tat observierte und sich keine Einzelheit seiner Mimik entgehen ließ. Sie wollte etwas sagen, besann sich aber. Dann wandte sie sich ab und lächelte, in der einen, speziellen Art, die eine kleine, vertikale Falte mitten auf ihrem kleinen Kinn entstehen ließ. Theo glühte vor Triumph. Ein Mann, der seine Frau leichthin und spöttisch fragt, ob sie vielleicht einen anderen hat, erweckt den Eindruck, selbst etwas zu verbergen; mit dieser Frage hatte er effizient ihren Argwohn geweckt und ihr vollauf Gelegenheit gegeben, ihn zu demaskieren. Formell betrachtet war sie nicht länger unwissend; sie hatte ihm die entscheidende Frage gestellt und nach einem raschen Taxieren geschlossen, er sei genau wie sie tief, tief, tief unschuldig – und also war er es auch, aus, vorbei, basta. »Nie geahnt, daß vollmundiges Lügen so befreiend sein kann«, dachte Theo, und mit zusammengepreßten Lippen atmete er langsam und konzentriert durch die Nase, atmete ein und nochmals ein. Und nochmals.

Theo deckte den Tisch. Auf Sylvias Vorschlag hin hatte er eine Flasche Wein aufgemacht. Zusammen bereiteten sie das Abendessen.

Während sie aßen, sagte sie: »Wie komisch du kaust. Immer auf einer Seite.«

Er erzählte ihr weshalb.

»Wirklich?« Sie kam um den Tisch herum. »Tut es weh? Zeig her.«

Theo legte den Kopf in den Nacken und machte den Mund auf.

»Ist es ein großes Loch?« fragte er. »Ich ech eing rochech Ngoch?«

Sylvia stand über ihn gebeugt. Unwillkürlich und ganz absichtslos ahmte sie ihn nach und machte ihren Mund weit auf, während sie sein Gebiß untersuchte. Theo wurde warm ums Herz. So war das also. Die Geliebte lehnte dankend ab, während die eigene Frau ohne zu zögern und voller Sorge sein lädiertes Gebiß inspizierte.

Nach dem Essen rief er Ferweda an. Es war schon nach zehn Uhr. Sylvia nahm ein Bad.

Das Gespräch dauerte nicht lange. Nachdem er aufgelegt hatte, ging er die Treppe hinauf und steckte den Kopf zur Badezimmertür hinein. Sylvia lag bis zu den Schultern in einer Wolke aus Badeschaum. Der heiße Dampf ließ seine Brille beschlagen.

»Und?« fragte sie. Die verfliesten Wände legten einen leisen Hall in ihre Stimme.

Theo nahm die Brille ab.

»Gute Neuigkeiten. Wouter Nijman hat keine Gehirnerschütterung. Der Vater hat seine Beschwerde abgeschwächt.«

»Na siehst du«, meinte Sylvia munter.

Die Hitze drang durch seine Kleidung, als er sich auf den Badewannenrand setzte. Sylvia streichelte ihm über die Wangen, ihre warmen Finger auf seiner Haut fühlten sich durch das Badewasser wie Gummi an. Ein Bart aus Badeschaum blieb auf seinem Kinn zurück.

»Und was machst du jetzt morgen?« fragte sie.

»Ich bleibe trotzdem zu Hause, ist wohl das vernünftigste.« Er wischte sich das Kinn ab. »Ferweda war damit einverstanden.«

Sylvia nickte. Sie bewegte die Beine, und das Wasser gluckste leise.

Unten räumte er den Tisch ab. Er hatte zwei Gläser Cognac eingeschenkt. Sylvia kam im Bademantel und auf Espadrilles die Treppe herunter ins Wohnzimmer, nahm ihre Handtasche vom Tisch und holte zwei flache, weiße Schachteln daraus hervor. Zuerst dachte Theo, sie habe sich am Nachmittag irgendwelchen Schmuck gekauft, den sie ihm jetzt zeigen wollte. Mit einem verschwörerischen kleinen Lachen gab sie ihm eine der Schachteln. Es war die Fernbedienung für die Alarmanlage.

»Siehst du die Taste neben dem Sternchen?« fragte sie. »Wenn du die eindrückst, ist das ganze Haus mit einem Schlag gesichert. Gut, was? Versuch's mal.«

Die Fernbedienung weit von sich gestreckt zielte Theo auf den Detektor an der Decke. Sylvia fiel ihm in den Arm.

»Glaubt unser Herr Technikus wirklich, man müßte eigens zielen?« Und mit gespielter Achtlosigkeit hielt sie die Fernbedienung wie ein Feuerzeug in der Hand und drückte mit dem Daumen auf die kleine Taste. In der Ecke des Wohnzimmers machte der Sensor einen leisen Pfeifton, der sofort wieder erstarb. »Jetzt sind alle Detektoren im Haus eingeschaltet. Alle, alle sieben, mit einem einzigen Knopfdruck! Und morgens stellst du sie einfach wieder ab, indem du nicht ein-, sondern zweimal auf die Taste drückst. Das ist alles.«

»Ein infraroter Stacheldrahtverhau um unser Haus«,

sagte Theo, legte die Fernbedienung weg, bewegte kurz die Schultern, fuhr sich mit der Hand durchs Haar, zog die Brauen hoch, so daß ein Relief aus vier parallelen Falten auf seiner Stirn erschien, und mit welterfahrener Miene und in beherrschtem Tonfall sagte er: »Nothing is more safe in this country than the Altena-residence, darling.« Kurzes Gekicher seitens Sylvia. Fältchen auf dem Kinn. Und Theo leerte sein Glas mit der Attitüde eines kosmopolitischen Großindustriellen.

Sie schlug vor, zu Bett zu gehen. Sie machten die Lichter aus und schlossen, doch noch, Türen und Fenster ab. Im Bett sahen sie fern. Gegen zwölf fragte Sylvia: »Theo, bist du schon müde?«

Das fragte sie jeden Abend. Sie vermißte es, gleichzeitig oder ungefähr zeitgleich mit ihm einzuschlafen.

Er schlug seine Bettdecke zurück.

»Schlaf du ruhig schon ein, ja? Ich stehe noch mal auf.«

Unten machte er Licht. Das mußte immer in derselben Reihenfolge geschehen: zuerst die Stehlampe neben dem Bufett, danach die verchromte Tischleuchte und zuletzt der kleine Halogenspot über der Couch. Warmprickelnde Demut, als die Lichter brannten. Schon früh hatte er sich untersagt, je von dieser Reihenfolge abzuweichen. Kleine Angewohnheit. Er hatte Hunderte davon, wie jeder. Beim Hemdenfalten als erstes die Ärmel nach innen einschlagen. Beim Treppensteigen immer den rechten Fuß auf die unterste Stufe. Zur Schule über Schermerhorn, zurück über Heerhugowaard. Milchtüten mit der Öffnung nach rechts in den Kühlschrank stellen und nie andersherum – Dinge dieser Art. Es waren winzigkleine Poller, die seinem Leben Kontur gaben, man fügte der Ordnung der Dinge seinen bescheidenen Entwurf hinzu – und oft, wenn er nicht schlafen konnte und bis tief in die Nacht in seinem Faulenzersessel im Wohnzimmer saß, gab ihm das Durchfühlen und Durchleben all dieser augenscheinlich peripheren Verrichtungen die allergrößte Befriedigung, und er labte sich an seinen bis ins Unendliche verfeinerbaren Regeln und Ritualen wie ein anderer an Alkohol, Drogen oder sonstigen Betäubungsmitteln. Natürlich behielt er die meisten seiner Gewohnheiten nach Möglichkeit für sich. Ehe man sich's versah, hatten andere die eigene Ehrfurcht vor dem Alltäglichen als eine Ansammlung von Zwangsneurosen bloßgestellt. Wer so etwas behauptete, hatte einfach nichts verstanden. Es war ein Privileg und, nun denn, eine kleine Erlösung, eine gewohnheitsmäßige Verrichtung mit Einsatz und Hingabe zu erledigen. Ach, welch' Trost lag in der Ordnung und Wiederholung bis ins Allerkleinste; drei Lampen immer in der gleichen Reihenfolge ein- und ausschalten ... Variation war Verstümmelung, Wiederholung die schönste Annäherung an ewige Bewegung. Alles Regelmaß linderte das Leben –, selbst die kleinste Gewohnheit war ein elegantes Augenzwinkern gegenüber Gevatter Tod.

Jetzt kamen die langen, müßigen Stunden. Mit gestreckten Beinen saß Theo in seinem Faulenzersessel. Er dachte an Sylvias Fragen vom Nachmittag und prägte sich die Einzelheiten seiner Antworten ein, für den Fall, daß sie ihn wieder etwas fragen würde. Natürlich war es eine Illusion zu meinen, er könne seinen Betrug auch künftig hinreichend verschleiern. Seine Affäre mochte zu Ende sein, die Möglichkeit, daß Sylvia noch im nachhinein dahinterkam, blieb immer bestehen. Schließlich brauchte sich bloß jemand zu verplappern, den sie zufällig von einer Schulfeier her kannte, und alles war verloren. Und auch von Iris drohte Gefahr. Daß sie ihren Seitensprung in einer Anwandlung ihrem Sidney gebeichtet hatte, hieß, daß sie auch imstande war auszuplaudern, mit wem sie ihn seinerzeit betrogen hatte. Wie würde der Mann reagieren? Vielleicht eine Szene machen. Die Konfrontation suchen. Sylvia einen Brief schreiben oder sie anrufen. »Hallo, wußten Sie eigentlich, daß Ihr Mann und meine Frau ...?« Theo legte die Hände auf die Armlehnen und spreizte die Finger. Die nächsten Wochen mußte er die Post im Auge behalten und möglichst immer ans Telefon gehen.

Auch über das Telefonat mit Ferweda hatte er ihr nicht alles erzählt. Wouter Nijman fehlte tatsächlich nichts, aber die Schulleitung war über den Vorfall informiert, und der Rektor verlangte eine Erklärung. Ferweda hatte außerdem erzählt, daß in der nächsten Konferenz erörtert werden sollte, ob die 3 f auch bei anderen Lehrkräften Disziplinlosigkeit gezeigt habe. Besonders das ging ihm gegen den Strich; es bedeutete einen Gesichtsverlust gegenüber den Kollegen. Für die nächsten Wochen war er das heimliche Gesprächsthema. »Ach ja, Altena ... nicht einfach für ihn, hat wirklich Mühe, seine Stunden halbwegs anständig über die Bühne zu bringen.« Theo kannte derartige Phrasen, er hatte sie in den sechs Jahren seines Lehrerdaseins regelmäßig gehört, aber immer in bezug auf andere.

Er hatte den Fernseher eingeschaltet und zappte wieder und wieder alle Sender durch. Er liebte das. Es war wie Yoga für die Augen, man fühlte, wie man sich langsam entglitt und sich an die Bilderkette reihte. Ein probates Schlafmittel war es leider nicht. Man wurde leer, blieb aber hellwach.

Gegen zwei Uhr: von Schlaf keine Spur. Immer mehr Kanäle zeigten Testbild oder Senderlogo, bis nur noch die 24-Stunden-Satellitensender übriggeblieben waren.

Halb drei. Er beschloß, eine Schlaftablette zu nehmen. Im Badezimmer spülte er eine mit einem Glas Wasser hinunter – und nahm blitzschnell, ehe er es sich anders überlegen konnte, eine zweite. Zweimal zwanzig Milligramm Dalmadorm, die schwerste ihrer Art. Das versprach für die nächsten Stunden ein seliges Dahinduseln.

Das angenehmste war, jetzt nicht gleich ins Bett zu gehen. Man mußte nicht im Liegen auf den Augenblick der Betäubung warten, sondern noch rasch ein wenig lesen oder aufräumen und etwa zehn Minuten nach der Einnahme mit bleiernem Kopf ins Bett taumeln.

Die Treppe hinunter. Letzte Verrichtungen unten. Gläser abwaschen. Tisch aufräumen. Küchentresen säubern. Seine Hand mit dem Geschirrtuch bewegte sich schon annähernd in Zeitlupe – nicht wirklich, klar, aber so fühlte es sich an. Die Lampen im Wohnzimmer aus – Reihenfolge beachten! Jetzt brannte nur noch in Flur und Küche Licht. Kühlschrank richtig zu. Der Müllsack. Morgen kam die Müllabfuhr. Zusammendrücken, zuknoten. Vom Flur zur Haustür watete er wie durch einen lichten, lauen Nebel. Ab und zu schleifte der Müllsack über den Boden. Die Haustür auf und nach draußen.

Der höllische Lärm schlug ihm wie eine Faust in den Magen. Theo schrie auf und warf den Müllsack von sich. Über den Gartenweg huschten die orangefarbenen Streifen des Schwenklichts. Er rannte zurück ins Haus und zog die Tür des Zählerschranks auf, den Kopf von dem scharf-sonoren Plärren der Sirene umklammert. Knopf, welcher Knopf? Nein, er brauchte die Fernbedienung – er stob (dachte er, ging aber langsam) ins Wohnzimmer, Sylvia kam die Treppe heruntergerannt, polterte über die Stufen, Theo wandte sich um, seine Arme und Beine gaben erste Anzeichen des Erschlaffens, die Sirene erfüllte das Haus wie ein um sich greifendes Feuer, und quer durch das pulsierende Geheul riefen sie sich etwas zu, Theo nur fluchend, und Sylvia zweimal hintereinander: »Was! Soll! Denn! Das!« Gestikulieren und noch mehr Schreie. »Was? Herrrrje, such die Fern … kannst nicht, was?« War mit der Fernbedienung nicht abzustellen, was sonst. Würde es den Einbrechern zu einfach machen, ein rascher Tastendruck und weg war der Alarm. Das wüste Sirenengeheul schwappte durch die Haustür ins Freie. Hundert Dezibel. Lärmbelästigung, die Nachbarn! Sylvia stand vor dem Zählerschrank und bediente mit hin und her schießenden Fingern Schalter und Tasten des Kombisenders. Wie betäubt schaute Theo zu, von innen her schien eine träge Schwere sein Hirn zusammenzufalten, von außen peitschte die Sirene ihm den Schädel mürbe. Dann war es vorbei. Der quäkende Strom schwächte sich zu einem ergebenen Wimmern ab, um anschließend einer laut sausenden Stille Platz zu machen. Sylvia legte den Kopf in den Nacken und sagte: »Lieber Gott noch mal.«

Das kam aus tiefster Seele, Theo konnte es hören. Er wußte nicht, was sagen. Sein Herz wollte ständig in den höchsten Gang schalten; eine Verdickung, die es umschloß, hinderte es jedoch daran, als würde es durch warme Kissen erstickt. Schon hatte er erwartet, daß auch diesmal sein Hals sich zuschnürte. Aber den Atem nahm es ihm nicht, und Schrecken und Spannung wurden gedämpft von einer schlaffen Benommenheit. Merkwürdig fühlte sich das an: apathische Panik, angespannte Trägheit. Ein Karussell im Kopf.

Sylvia drehte sich abrupt zu ihm um.

»Was hast du denn bloß gemacht, verdammt?«

Er erzählte es und sagte abschließend: »Dumm. Sehr dumm.«

»Ziemlich, ja«, versetzte sie bissig. »Gott, Theo, du bist ab und zu auch ein ...« Sie suchte ein passendes Schimpfwort.

»Ein Arschloch?« versuchte er – und während er es sagte, gierte er danach, daß sie es bestätigte. »Los, beschimpf mich. Bitte!«

Sylvia sah ihn an.

»Du bist blaß«, sagte sie. »Du schwitzt.«

»Habe eine Schlaftablette genommen«, keuchte er.

»Ach. Und weshalb bist du dann nicht gleich ins Bett gekommen?«

Er zuckte mit den Schultern. Diese Frage verlangte eine zu ausführliche Antwort.

»Zwei«, sagte er dann.

»Was?«

»Zwei. Zwei Tabletten.«

»Lächerlich.« Sie wandte sich ab. Keine Spur von Mitleid. Ausgezeichnet. Wieso auch? Es war seine Schuld. Ja.

Sylvia schloß die Schranktür. Sagte: »Ich brauche etwas zu trinken.« Und ging ihm voran ins Wohnzimmer.

Er spürte Kälte an Nacken und Beinen. Die Haustür stand noch offen. Theo legte die Hand auf den Innenriegel und wollte gerade die Tür schließen. Da sah er die orangefarbene Glut über der Tür. Das Schwenklicht brannte noch. Die orangefarbenen Streifen schwangen still und mit ruhigem Regelmaß über die Fliesen des Gartenwegs. Er wollte hinausgehen, besann sich aber rechtzeitig. Sylvia hatte die Sirene abgeschaltet, aber bedeutete das, daß die Alarmanlage auch abgeschaltet war? Und würde der Alarm wieder losgehen, wenn er die Haustür ins Schloß fallen ließ? Fragen, große Fragen, und das, während sein Kopf sich immer kleiner anfühlte, kompakt und zusammengefaltet, so wie auch Flur und Hauseingang einzuschrumpfen schienen, bis die Decke ihm auf den Schädel drückte und die Seitenwände sanft seine Ohren berührten. Dann Muskelstarre.

Er sah hinaus. Totenstille auf der Straße. In den Häusern gegenüber brannte nirgendwo Licht. Schön war das. Ein beunruhigender Lärm durchjagte die Straße, und keiner der Nachbarn brachte es fertig, die Sache in Augenschein zu nehmen. Gut, dann wußte man gleich, daß man mit niemandem zu rechnen brauchte, falls wirklich